그곳엔
?!이 있었다

그곳엔
?!이 있었다

ⓒ 황현탁, 2022

초판 1쇄 발행 2022년 4월 25일

지은이   황현탁
펴낸이   이기봉
편집   좋은땅 편집팀
펴낸곳   도서출판 좋은땅
주소   서울특별시 마포구 양화로12길 26 지월드빌딩 (서교동 395-7)
전화   02)374-8616~7
팩스   02)374-8614
이메일   gworldbook@naver.com
홈페이지 www.g-world.co.kr

ISBN   979-11-388-0889-7 (03810)

황현탁의 워킹데이트

그곳엔 ?! 이 있었다

황현탁 쓰다

Walking-date with Culture & Nature

좋은땅

또 여행 책을 펴내면서

2020년 1월 '어느 전직 외교관의 9개국 인문기행' 《세상을 걷고 추억을 쓰다》라는 해외여행기를 출간하면서 국내여행기도 이어서 펴낼 계획을 세웠다. 그래서 그해 연초부터 안동의 병산서원과 하회마을 탐방을 시작했으나, 바로 코로나19가 창궐하여 더 이상 나다닐 수 없게 되었다.

방향을 바꿔 여행 책을 읽고 여행기분을 느끼는 '대리만족'에 초점을 맞추었다. 동서고금의 여행 책을 읽고 있던 중 2021년 초 〈독서신문〉으로부터 연재요청을 받아 '황현탁의 책으로 떠나는 여행'이란 고정칼럼에 21회를 기고하였다. 그 와중인 2021년 4월에 《어디로든 가고 싶다》가 발간되었다.

'코로나19 시국'이라고 집에서 웅크리고만 있을 수 없어, 주로 혼자서 수도권 당일치기 나들이에 나섰다. 늘 해 오던 것처럼 보고, 읽고, 다닌 것들을 블로그에 게재하여 왔는데, 외부에 고정적으로 기고하면 여행을 지속할 수 있으리라 생각하였다. 그래서 인터넷언론 〈뉴스버스〉의 배려로 '황현탁의 워킹데이트'라는 칼럼을 마련, 25회를 연재해 왔다.

〈독서신문〉과 〈뉴스버스〉에 1년여 기간 매주 여행관련 글을 연재하는 셈이어서 지치기도 해 책이라는 결과물이 나오면 엔도르핀이 솟아날 것 같아 그동안 기고, 게재하였던 국내여행 칼럼과 블로그 글들을 추려 이번 국내여행기를 펴내게 되었다.

많은 여행서적이나 블로그에 코스나 즐길 거리, 먹거리, 교통편이 포함되어 있어 그런 내용은 내 글에서는 생략하였다. 대신 그 장소가 갖는 문화적, 인문학적 의미를 찾고, 방문지에 대한 개인적인 느낌을 첨가하는 방식으로 글을 마무리하려 했다. 다닌 곳에서는 왜 그럴까, 무슨 의미일까 등 알 수 없는 것들이 있었고, 나름대로 아름다움, 역사성, 교훈 등을 깨칠 수 있었다. 그래서 책의 제목을 《그곳에는 ?(의문) !(느낌)이 있었다》로 정했다. 방문지에서 받는 느낌은 사람마다 다르며, 사전지식이나 해석능력도 차이가 있을 것이므로 이 책에서 쓴 것들은 오롯이 나 개인의 느낌이나 이해수준일 뿐이다.

방문지와 관련되는 다른 글이 있을 경우에는 주된 글에 별도의 글을 덧붙이는 방식으로 구성하였다. 물론 그 내용을 본문 글에 녹여 다시 쓰는 방법도 있을 것이나, 그때그때의 느낌을 생생하게 전하는 것이 여행지에 대한 감상을 더 잘 전달할 수 있을 것 같아 고쳐 쓰지 않고 덧붙이는 방식을 택했다.

여행지에서 느끼고 체험하는 것도 아름다운 풍광, 애틋한 사연, 질곡의 역사, 추억 만들기나 소환 등 다양하다. 또 여행을 통해 얻는 소득은 즐거움, 교훈, 시간 때우기 등 개인마다 다를 것이다. 여행한 시기가 코로나19 시국인 탓도 있었지만, 홀로 조용히 여행지를 음미해 보는 식의 여행을 하였다.

자주 나돌아 다닌 결과로 2021년 11월 말에는 '코로나19 확진자'가 되어 생활치료센터 신세를 졌고, 정부의 생활지원비도 수령하였다. 주로 혼자서의 여행이었지만 어려운 시기를 잘 넘길 수 있었음에 감사하며, 기쁜 마음으로 열다섯 번째 책의 프롤로그를 쓴다. 각 글이 게재된 매체나 일자를 밝혀, 전하고자 하는 메시지가 무엇이며, 여행한 시기가 언제인지를 알 수 있도록 하였다.

2022년 3월

저자 황현탁

목차

＊괄호 안에 날짜표시만 있는 것은 〈뉴스버스〉 게재일자임

제1부　IN 서울

Walking date with Culture & Nature

by

Hyon Tak HWANG

제1부

IN 서울

광화문에서 본 세종로, 북악산

1.
한양도성, 왕조와 백성을 지켰을까
(2021. 11. 6.)

한양도성(사적 제10호)은 조선왕조 도읍지인 한성부의 경계를 표시하고 외부의 침입으로부터 방어하기 위해 자연 지세를 이용하여 쌓았다. 평균 높이 5~8m, 전체 길이 18.6㎞에 이르는 한양도성은 태조 5년(1396)에 백악산, 낙산, 남산, 인왕산의 능선을 따라 축조된 이후 몇 차례 개축되었다. 한양도성은 일제강점기와 도시화 과정에서 파괴되기도 하였는데, 일부 구간은 복원하여 현재는 13.7㎞의 성곽이 보존되고 있다.

도성을 쌓으면서 전체 성곽을 180m씩 97개 구간으로 나누어 관리하였는데, 각 구간에 천자문 순서대로 번호를 매겼으며 북악산 정상에서 천(天) 자로 시작하였다. 이런 내용을 성돌에 새겨 함께 쌓았는데, 이 돌을 각자성석(刻字城石)이라 한다. 이후 개축할 때에는 축성을 담당한 지방의 이름을 새기거나(15세기), 담당 관리나 석수(石手)의 이름을 새긴(18세기 이후) 돌이 280개 이상 발견되었다.

초가을 연휴 낮 더위에 땀을 흘려 가며 한양도성 탐방에 나섰다. 남산 구간은 광희문에서 숭례문까지 5.4㎞이나 광희문에서 장충체육관까지는 도시화로 성곽이 사라져 장충체육관에서 시작하여 숭례문까지 걸었다. 이 구간에도 반얀트리클럽(구 타워호텔) 경내, 남산정상부 타워 구간, 남산도서관 뒤편 남산공원 구간, 숭례문 인근 지역은 사유지이거나 도시화로 복원하지 못해 성곽의 실제 길이는 훨씬 짧다.

　　이 길을 '한양도성 순성길'로 이름 붙였는데, 병사들이 경계 목적으로 순찰하는 순성(巡城)길이 아닌, 탐방객들을 위해 새로 만들어 놓은 통행로이다. 장충동에서 반얀트리클럽 경계까지 구간은 성곽 안팎으로 순성길을 만들어 놓았는데 그 구간은 도성 안쪽 순성길, 남산 남측 순환로부터는 성곽 바깥쪽 순성길, 남산 정상에서 남산도서관 뒤편까지는 성곽 안쪽 남산등정 '중앙계단길', 백범광장부터는 바깥쪽 순성길을 이용하였다.

한양도성 신라호텔 구간

2013년까지 순성길과 가까운 약수동에 10년 이상 살아 성곽길을 수없이 다녔다. 장충동부터 시작되는 도성 안쪽 순성길은 사유지(신라호텔, 자유총연맹, 반얀트리클럽)여서 2010년경 완성되었다. 탐방로에 사유지 경계 방책이 설치되기 전에는 신라호텔 경내에 들어가 팔각정, 많은 조각 작품, 고 이병철 동상 등을 살펴볼 수 있었다. 호텔 부지가 끝나는 지점에는 성곽에 암문이 있어 드나들 수 있다. 장충동에서 반얀트리클럽 경계까지 순성길은 벚꽃 피는 시기와 단풍이 지는 시기가 탐방의 최적기로, 바람에 흩날리는 꽃잎과 떨어지고 굴러다니는 낙엽을 맞닥뜨리면 환상적이다.

반얀트리클럽 경내를 통과하여 국립극장 입구로 들어서 남산 남측 순환로와 북측 순환로 경계 지점을 지나면 도로 때문에 성곽이 단절된 곳을 만난다. 그곳이 바로 중구와 용산구의 경계 지점으로 보행자 도로 바닥에

성곽을 타 넘는 659계단 전망대에서 본 시내 전경

남산 정상부의 성곽

표지석을 박아 놓았다. 거기서부터 성곽 바깥에 순성길을 만들어 놓았는데, 전부가 계단으로 되어 있어 '계단길'로 부른다. 탐방객들이 전부 몇 계단인지 세는 고민을 덜어 주기 위해서인지 누군가 계단에 흰색 유성 펜으로 숫자를 적어 놓았다. 군부대로 인해 순성길을 만들 수 없어 성곽을 타넘는 탐방로를 조성하였는데, 그곳까지 659계단이란다.

남측 순환로 합류 지점에서 군부대 입구까지 내려가 보니 성곽 주변도 많이 정비해 놓았다. 구절초를 심어 산들바람에 활짝 핀 구절초가 일렁인다. 구절초, 성곽, 남산서울타워가 어울린 멋진 풍광이다. 도로를 따라 남산 정상부까지 오르니 연휴여서 많은 사람들이 쉬거나 경관을 즐기고 있다. 남산타워 전망 데크는 11시 전이어서 줄을 쳐 놓아 들어가지 못했다. 팔각정, 국사당 표지석, 봉수대를 둘러보고 '중앙계단길'을 이용하여 잠두봉 쪽으로 내려왔다. 봉수대의 담쟁이는 새빨갛게 단풍이 들었으나, 남산

숲은 한 달은 더 지나야 단풍이 절정에 이를 것 같다.

1925년 일제는 남산의 성곽 일부를 해체하고 그 자리에 조선신궁을 건립하여 참배토록 하였다. 또 1941년 태평양전쟁을 일으키면서 조선에 1만 개의 방공호를 구축한다는 계획에 따라 남산에도 방공호를 파 놓았다. 광복 이후 신궁 터에는 이승만 대통령 동상이 들어섰다가 4·19혁명으로 철거되었다. 1968년에는 식물원과 분수대를 설치하였다가 2006년 식물원은 철거되었다. 몇 번 아이들과 함께 식물원을 구경했던 기억이 가물가물하다.

2013~2014년에는 남산도서관 뒤편 지역을 발굴하여, 도성 축성의 역사, 일제강점기의 수난, 해방 이후의 도시화, 발굴 및 정비 과정을 볼 수 있도록 전시시설을 설치하여 2020년 말부터 일반에게 공개하고 있다. 땅속에 묻혔던 성곽의 기단부가 드러나도록 발굴하고 축성 흔적을 알아볼 수 있도록 일부는 새 돌을 쌓아 전시하고 있다. 발굴하지 않은 구간은 성곽이 위치하였던 곳임을 알 수 있도록 백범광장을 가로질러 표시해 놓았다.

전시시설 설명판에는 나무 기둥을 세우고 돌에 줄을 묶어 위아래에서 줄을 당겨 가면서 성을 쌓는 모습을 그림으로 표시해 놓았다. 14세기 말 전국 각지에서 20만 명을 동원한 '인해전술(人海戰術)'로, 특별한 기계나 기구 없이 맨몸으로, 수많은 돌을 다듬어 가며 쌓은 방위시설이다. 노고(勞苦)의 흔적을 보니, 외적의 침입으로부터 왕국을 보전하려는 통치자들의 고뇌를 읽을 수 있었다. 그런데 한편으론 그런 시설이 '전쟁의 승리나 왕조를 지키는 데 얼마나 유용했을까?'라는 의구심이 들기도 했다.

임진왜란 때에도 한양도성은 있었다. 그럼에도 선조는 그 성곽에서 왜군과 대치하면서 제대로 전투 한번 치르지 않거나 못하고 개성을 거쳐 압록강 변 의주까지 피난을 가야만 했다. 왕은 전쟁에 이겨서가 아니라 적장의 죽음으로 적이 퇴각하자 환도하였다. 20세기 일본이 조선을 강점한 것도 도성을 둘러싼 전투의 결과는 아니다. 또 병자호란 때 인조 역시 남한산성에 들어가 청군에 대항해 공방전을 펼쳤으나, 40여 일 만에 항복하고 말았다. 성곽은 개별 전투에서 필요하고 효과적일 수 있겠지만, 나라의 존망이 달린 전쟁의 승패에는 결정적인 요인이 되지 못함을 우리 역사는 말해 주고 있는 것이 아닐까?

그리스·로마 신화에 등장하는 트로이성은 견고하고 대비가 철저하여, 아카이아 연합군이 공방전을 벌였음에도 함락시키지 못한다. 아카이아군은 꾀를 내어 목마 속에 정예군을 숨겨 전쟁에서 승리한다. 이처럼 전쟁의 승패는 성벽의 견고함이나 병사들의 응전 태세보다는 군수물자 반입 차단이나 요새의 봉쇄, 위장술 등 전략 전술이나 국력에 달렸음을 웅변하고 있지 않은가!

장충동 성곽 바깥쪽은 인기 드라마였던 〈겨울연가〉의 촬영지여서, 2000년대 초에는 일본 관광객들이 많이 찾기도 하였다. 오랜 시간이 흘렀고 양국 관계도 예전 같지 않아서인지 촬영지 표지판은 사라지고 없었다. 한양도성 성곽은 600여 년의 성상을 버텨 오면서 자연스런 현상으로 중화, 배부름, 균열현상이 발생하여 안전진단과 계측을 하고자 성벽에 계측 장비들을 부착해 놓았음을 알리고 있다.

불탄 후 복원된 숭례문(남대문)은 개천절 연휴 대규모 집회시위가 예정되어 있어 굳게 문을 닫아 놓았다. 경내에 들어가진 못하고 방책 밖에서 사진에 담는 것으로 구경을 대신했다. 도시화로 끊어진 성곽을 전 구간 복원하긴 어렵겠지만, 왕실과 백성을 보위하려 했던 의지는 이어져야 한다. 나라와 국민의 안전을 보호해야 하는 국가와 정부의 능력은 강고하고 한 치의 빈틈도 없어야 함을 위정자는 잊지 말았으면 좋겠다.

숭례문(남대문)

그곳엔 ?!이 있었다

"광화문이여, 광화문이여. 너의 목숨이 이제 경각에 달려 있다. 네가 지난날 이 세상에 있었다는 기억이 차가운 망각 속에 파묻혀 버리려 하고 있다. 어쩌면 좋으냐? 나는 갈피를 잡을 수 없다. (중략) 하지만 아무도 너를 구해 낼 수는 없다. 불행히도 살려 낼 수 있는 사람은 너를 슬퍼하고 있는 사람들이 아니다."

〔光化門よ、光化門よ、お前の命がもう旦夕に迫ろうとしている。お前がかつてこの世にいたという記憶が、冷たい忘却の中に葬り去られようとしている。どうしたらいいのであるか。私は想い惑っている。（中略）だけれども誰もお前を救ける事は出来ないのだ。不幸にも救け得る人はお前の事を悲しんでいる人ではないのだ。〕

〈改造〉라는 일본 잡지 1924년 9월 호에 게재된 '한국인들이 창조한 미의 세계에 한없는 애정과 존경을 갖고 있었던' 야나기 무네요시(柳宗悅)의 위와 같은 '항의 글'로 인해 경복궁 내 일부를 허물고 그 자리에 조선총독부를 건축하고, 광화문마저 부숴 버릴 계획이었던 일제가 광화문은 이건(移建)하기로 결정하여 파괴의 불행만은 면하게 되었다.

광화문은 원래 1395년 태조 4년에 창건되었는데 1592년 임진왜란 때 불타 훼손되었다가, 1864년 고종 1년에서야 중건되었다. 경복궁 근정전 앞에 조선총독부 건물이 완공되자 광화문이 건물을 가린다는 이유로 1926년 경복궁의 동문인 건춘문 북쪽으로 이건되었다가 6 · 25 때 소실된 것을 1968년 복원하였다. 정부 수립 후 중앙청으로 불리며 정부청사로 이용되던 조선총독부 건물은 1986년부터 국립중앙박물관으로 사용되었는데, 1995년 광복 50주년에 철거를 개시하여 경복궁 복원 작업을 시작하였다. 광화문 역시 2006년 복원 작업을 시작, 2010년 8월 15일에 완공하여 오늘에 이르고 있다.

요즈음 세종로의 광화문 앞을 지날 때면 외국인들이 그 광화문을 들락거리거나, 왕궁수문장 교대식이 있을 때는 많은 사람들이 지켜보거나 광화문을 배경으로 사진을 찍는 광경을 보면서 '출입문' 규모의 웅장함이 아니라 과거 남의 나라 왕실의 정문을 출입하는 여행객이나 관광객들의 '묘하고 들뜬' 기분을 상상해 보곤 한다.

한일관계가 긴장상태에 있는 오늘날 외국인들 중 왜인(倭人)들은 얼마나 될지 궁금하며, 한국의 문화를 사랑했던 '한 일본인'에 의해 광화문이 보존될 수 있었다는 사실을 알고 있는 한국인이 얼마나 되고, 그런 일본인에 대한 한국인들의 감정은 어떨지 자못 호기심이 발동한다.

광화문

광화문 앞의 광장에는 잔디밭을 가꾸어 한편에는 무궁화와 백일홍 등 꽃도 심어 놓았고, 10월 서울에서 개최되는 전국체육대회 조형물도 설치되어 있는데, 국가의 중심 거리인 만큼 각종 시위대의 '표현의 장'으로서의 역할은 끝냈으면 좋겠다.

2019년 10월 28일과 11월 12일 혜화동 서울대병원에 각기 다른 진료가 예약되어 있어 낙산공원의 한양도성(서울성곽) 탐방로를 걸었다. 하루는 흥인지문(동대문)에서 성곽 안쪽으로 돌아 혜화역 쪽으로 내려오고, 다른 날은 역으로 대학로에서 낙산공원 놀이마당 암문까지 올라가 성곽 바깥쪽 탐방로를 따라 혜화문 쪽으로 내려와 혜화동로터리에서 귀가 버스를 탔다. 단풍이 한물가긴 했지만 그래도 성곽을 따라 이어지는 단풍이 아직은 볼 만했다. 간간이 외국인들도 눈에 띄는데, 시내 한복판 야산을 따라 성곽이 있고 산책로가 조성되어 있어 고색창연함을 맛볼 수 있는 것도 서울의 독특한 매력일 것이다.

2009년 5월 혜화동성당 너머에 산책로를 조성하기 위해 철거작업이 한창일 때 걷고는 정비된 후 처음으로 산책하였다. 이제 10여 년이 흘러 그곳도 세월의 흔적이 쌓여 '고색(古色)'을 드러낸 성곽으로서의 모습을 보여 주고 있었다. 다만 혜화문은 보수 중으로 가림막이 쳐져 제대로 볼 수 없었다.

동대문 인근 이화여대부속병원과 동대문교회가 있던 곳을 모두 공원으로 조성하였는데, 공원 한쪽에는 부속병원 터였음을 알려 주는 동판이 매설되어 있다. 서울성곽 흥인지문과 혜화문 구간 중 가장 거슬리는 부분이 한양도성박물관 건물로, 언덕에 덩그렇게 홀로 솟아 있다. 그 외에도 교회나 민가 등 좀 더 철거되었으면 좋겠다는 건물이 성곽 안팎에 있으나 모두 철거하고 정비하려면 엄청난 돈이 필요했으리라!

탐방로 옆으로 곱게 물든 단풍뿐만 아니라 빨갛게 익은 감이 까마귀밥이 되기에는 조금 이른 탓인지 감나무 가지가 꺾일 정도로 많이 달려 있다. 길섶에는 늦게 핀 장미며 나팔꽃도 보이고, 전망대에는 노란 야생 국화가 찾는 이를 반긴다. 멀리 인왕산과 북악산, 그리고 북한산이 둘러쳐져 있는 서울은 그야말로 '아름다운 서울'이다. 곳곳에 운동시설과 쉴 수 있는 벤치를 설치하여 인근 주민들이 맑은 공기를 마시며 운동을 하거나 이웃들과 담소를 나눌 수 있어 평균수명 연장에 일조할 뿐만 아니라 이웃 간의 인정을 돈독히 하는 데에도 큰 기여를 하고 있다.

낙산공원

　탐방로 주변에는 젊은이들이 이용할 수 있는 카페도 영업하고 있으며, 사진을 찍을 수 있는 포토 존, 잠시 쉴 수 있는 정자도 만들어 놓았다. 누가 관리하는지 모르나 어느 벤치에는 스케치북과 사인펜을 매달아 놓아 오가는 탐방객이 아무렇게나 끄적거릴 수 있게 해 놓았는데, '낙산공원과 관련된 것이면 더욱 좋다!'고 한다. 전 세계에서 가장 오랜 기간인 514년간(1396~1910) 성으로서의 역할을 하였다는데, 시간이나 요일을 정하여 일반 탐방객들이 문화유산해설사의 안내를 받아 함께 산책하거나, 일정 인원이 사전 신청하는 경우 동행 안내하는 시스템을 도입하면 어떨까?

　조금만 가면 산을 오르거나 강을 만날 수 있고 옛날의 향수를 느낄 수 있는 수도 서울의 멋과 맛은 다른 어느 도시에도 비견할 수 없다. 스스로 경험한 환경 때문에 즐기는 것들이 다른 나라 사람들과 다르겠지만, 내가 각각 수년씩 살았던 도쿄, 런던, 로스앤젤레스 등 대도시에서는 그런 욕구를 충족할 수 없었다.

　깊어 가는 가을의 문턱에서 오랫동안 찾지 않았던 서울의 전경을 볼 수 있는 또 다른 탐방로를 찾아야겠다. 남산도 좋고 서울 둘레길도 좋다. 이젠 시간에 쫓길 필요가 없으니 지난날 찾았던 곳을 다시 찾아 사진만이 아니라 글로 느낌을 적어야겠다. 여행작가가 되어야 하니까!

2.
수백 년의 역사와 다양한 계층의
삶이 흘러온 곳, 서촌

(2022. 2. 12.)

조선시대 정궁이었던 경복궁의 서쪽에 있다고 하여 서촌으로 불리고 있는 곳이 종로구 통의동, 청운동, 효자동, 체부동, 누상동, 누하동, 옥인동, 필운동 등 15개 법정동 지역이다. 그런데 조선시대 서촌은 서소문이 있던 곳이어서, 종로구 지명위원회는 2011년 서촌 대신에 '세종마을'이라고 명명한 바 있다. 이후 체부동 먹자골목을 '세종마을 음식문화거리'로 이름 붙여, 상가입구에는 간판까지 달아 놓았다. 아이러니는 그 간판에 '서촌'을 함께 병기하고 있다는 점이며, 실제로 곳곳에 '서촌'이란 명칭을 붙이고 있고 시민들에게도 널리 통용되고 있다. 세태를 반영하지 않고 굳이 이렇게까지 결정했어야 될 일일까?

세종마을 음식문화거리 간판

　설 연휴 서울관광재단의 도보관광 프로그램에 참여하여 서촌 일대를 둘러보았다. 임진왜란으로 경복궁이 불타기 전에는 서촌에 왕족, 고관대작들이 살았으나, 왕이 창덕궁으로 이주한 270여 년 동안 서촌에 중인들이 거주하기 시작했다. 대한제국 시절인 1910년 한일병탄조약 체결 때에는 윤덕영이 질녀 순종황후가 감추고 있던 옥새를 빼앗아가 날인하는 바람에 조선왕조는 멸망하고 만다. 이때 매국행위를 한 윤덕영(이들을 가리켜 '경술국적(庚戌國賊)'이라 부름)이, 일본으로부터 받은 은사금 5만 엔(현재 화폐가치로는 10억 원)으로 옥인동 땅 반, 산지를 빼면 평지 대부분을 사들였고, 그 지역에 자신의 호를 딴 '벽수산장(碧樹山莊)'이란 서양식 건물을 건립하였다고 한다.

윤덕영의 벽수산장 문간 지주석

　벽수산장이 철거된 후 그곳의 돌기둥들이 다세대주택 입구나 아파트 구석진 곳에 지금도 산재하고 있으며, 그의 땅에 건립되었던 박노수미술관, 한옥 등 일부 건축물은 현재도 남아 있다. 필운대로 9가길의 한옥은 보수·복원하려고 해도 소유주, 거주자 등 권리관계가 복잡해 관청에서 손을 놓았고, 지붕에는 빗물이 스며드는 것을 막기 위해 임시방편으로 대형 방수포를 씌워 놓았다. (남산 한옥마을에 '윤씨가옥'으로 복원해 놓았음.)

　그 지역은 인왕산 자락으로 겸재 정선의 〈인왕제색도(仁王霽色圖)〉에 등장하는 곳이며, 〈수성동(水聲洞)〉에도 잘 나타나 있다. 옥인시범아파트가 있던 곳을 철거하고 공원으로 재단장하였는데, 겸재 그림에 등장하던 돌다리(Stepping Stone)가 멀쩡한 상태로 발견되어 그대로 복원해 놓았다. 천만다행이다. 며칠 전 내린 눈으로 돌다리 위와 주변에는 소복이 눈이 쌓여, 인왕산을 배경으로 사진을 찍으니 그럴듯하다.

겸재 그림 〈수성동〉에 등장하는 돌다리

그곳은 교과서에 등장하는 여러 예술가들이 살았거나 작업했던 곳이 많은데, 〈하늘과 바람과 별과 시〉라는 시로 유명한 시인 윤동주의 하숙집(윤동주문학관과 시인의 언덕은 자하문고개에 설치), 〈사슴〉이란 시로 잘 알려진 노천명 시인의 거주지(현재는 '이화한옥'으로 개조되어 게스트하우스로 변했음), 〈날개〉로 날개처럼 사라진 이상이 살았던 집(이상의 집), 산수화의 대가 청전 이상범(靑田 李象範)의 살림집 겸 화실, 한국화(동양화) 1세대인 남정 박노수(藍丁 朴魯壽)의 미술관 등이 있다.

효자동에는 임진왜란 때 문신 조원의 두 아들(희정, 희철)이 왜군에 대적하여 어머니를 구한 효성을 기려 선조가 하사한 한 쌍의 붉은 정려문(旌閭門)이 있었던 곳이 있는데, 그런 연유로 효자동(孝子洞)이 되었다고 한다. 쌍홍문 인근에는 해공 신익희 국회부의장이 말년에 거주하였던 가옥도 있다. 통의동 35-5번지에는 천연기념물로 지정된 백송(白松)이 있었으나 태풍으로 부러지고 고사하자 다른 백송을 심어 놓았다. (지정은 해제됨)

이번 안내지 중 재미있었던 곳은 '세계정교(世界正敎)'라는 신흥종교 발상지로, 유지재단과 '세스팔다스 계옴마루'인 성경루(聖境樓)가 통인동에 있다. 이곳은 교주의 집으로 '미로미로(迷路美路)'로 부르는 모양이다. 이 교단은 한글을 최고 최선의 언어로 여기는데, 교리체계를 순 한글로 독특하게 표현하고 있다고 한다. 검색해 보니 "한민족의 정통성을 단군·화랑·세종·충무공 정신에 두고, 전국 각지에 '세스팔다스 계옴'의 신전을 짓고 주로 천제(天祭)를 지내는 종교 활동을 계속해 오고 있다. '세스팔다스'는 뜻의 님, 삶의 님, 짓의 님의 세 신격을 받들어 그 힘으로 우리 스스로를 다스린다는 뜻이고, 또 '계옴'은 한울의 '온데 계시옵는 님'을 뜻한다." 라고 설명되어 있다. 주변에 있는 몇 채의 건물과 골목에는 넓적한 돌을 쌓아 두거나 아기자기하게 꾸며 놓았다.

각 지방자치단체에서는 '명예도로명'을 부여하고 있는데(김포 이회택로, 군포 김연아거리 등), 세종대왕이 탄생한 종로구에서는 '세종마을'을 지정한 데 이어, 경복궁역에서 자하문터널 구간을 '한글로'로 지정한 바 있다. 이후 옥인동 군인아파트에서 종로장애인복지관 사이를 '겸재길'이라고 명명했는데, 겸재 정선은 현재 경복고등학교 안에서 태어났다. 어느 카페에서는 '겸재케이크'도 팔고 있다.

이상범가옥은 일반에게 공개하고 있었으나, 박노수미술관, 이상의 집은 설 연휴여서 문만 쳐다보고 왔다. 종로구에는 이번에 다닌 곳 외에도 송강 정철의 생가, 추사 김정희 본가(증조부가 영조의 옹주 부마), 이완용 집터, 일제강점기 서정주, 김동리, 이상, 이중섭 등 예술인들이 어울렸던 보안여관 등이 있다. 태조의 서자인 무안대군 방석(제1차 왕자의 난 때 방원에게 살해)의 거처 자수궁 터(慈壽宮址)도 옥인동 45-1 군인아파트 자리에 있다.

이상범가옥 누하동천

서촌에는 스시, 소바, 돈가스, 라멘, 우동 등을 파는 일식집들이 많다.

그곳을 찾고 좋아하는 젊은이들을 탓할 수는 없다. 오늘날 전 세계의 많은 젊은이들이 한국의 한글, 노래, 게임, 영화, 음식에 열광하고 있다. 우리 것이 좋고 흥겹다면, 더욱이 필요하다면 세계의 누구나 어느 것이든 좋아하고 몰입한다. 그러다 보니 우리 것의 짝퉁들도 활개를 치고 있다.

역사는 지금의 우리가 어찌할 도리가 없다. 그것은 지나갔기 때문이다. 구한말 을사오적, 정미칠적, 경술국적처럼 나라를 팔아먹은 매국노가 있었던가 하면, 대다수의 백성들은 바람 부는 대로 흔들릴 뿐이었다. 일제에 항거한 윤동주와 같은 분이 있는가 하면, 노천명, 이상범처럼 세태에 이끌려 시나 그림 등으로 자신의 분야에서 발표활동을 하였던 분들도 있다. 그들은 다른 분들의 구명 또는 스스로의 결단으로 더 이상 친일활동을 하지 않기도 했다. 그들의 족적이 후세에 남아 지금도 그들의 발목을 잡고 있는 것에 대해, 나는 다시금 생각해 볼 때가 되었다는 생각이다.

독립운동에 투신했던 분들을 제외하고, 필부필부(匹夫匹婦)들은 호구지책이나 연명을 위해 이름을 바꾸고 부역(賦役, 負役, 赴役, 附逆)이나 심부름을 했을 수도 있으므로, 파헤치고 들쑤셔서 단죄할 수는 없다. 이미 이 세상 사람이 아니기 때문이다. 그들이 남긴, 행했던 과거를 잊지 않고 교훈을 삼는다면, 우리의 앞날은 창대할 것이다. 수성동 계곡을 복원하듯이 되살릴 수 있는 것은 사라지기 전에 말끔히 단장하고, 과거란 질곡에서 벗어나 다른 새로운 것을 향해 함께 달려가면 된다는 긍정적인 사고로 똘똘 뭉쳤으면 좋겠다.

3.
피맛(避馬)골,
말 탄 사람 피하던 길을 따라
(2021. 12. 18.)

　몇 달 전 인사동 재개발사업지구에서 발굴 작업을 진행하던 중 '한자와 한글 활자가 다량 발견'되었다는 삼일로 금강구두 뒤편 골목으로 들어섰다. 입구에는 아직 '피맛골(避馬골) 주점촌'이란 간판이 그대로 걸려 있다. 가림막이 촘촘히 쳐져 발굴지역 안이 보이지 않는다. 끝나는 지점에서 뒤를 돌아보니 그곳에도 '福 서 피맛길/WELCOME TO WEST PIMATGOL 오신 걸 환영합니다'라는 간판이 그대로 달려 있다. '아! 여기가 서 피맛골이니, 동 피맛골도 있겠구나.'란 생각이 들었다. 어디일까?

　오른쪽으로 돌아 가림막이 좀 열려 있는 쪽으로 가니 발굴조사 작업이 진행 중임을 알리는 안내판이 붙어 있고, 부지 안에서는 불도저가 작업 중이었다. 안내판에는 재개발지역이 인사동 117번지 일대로 적혀 있는데, 문화재가 발견되었던 79번지도 같은 지역이다. 출토유물은 2021년 11월 3일부터 12월 31일까지 국립고궁박물관에서 〈인사동출토유물공개전〉이

재개발 중임에도 그대로 달린 피맛골 간판

란 이름으로 전시되었다.

피맛골은 서울YMCA회관 때문에 단절되어 있는데 회관이 언제 건립되었는지 살폈다. 건물 입구 돌판에 한쪽은 1907년, 한쪽은 1961년으로 되어 있다. 가까이 가서 살피니, 동판에는 "옛 회관은 고종과 쫀와나메커(John Wanamaker, 최초의 백화점 설립자, 각국 YMCA 후원자)의 하사금으로 1907년 기공, 1908년 완공되었으나 1950년 전란으로 소실되었음을 황태자 영친왕이 썼다."라고 연혁을 적어 놓았다. 한국전쟁 후 1961년 그자리에 회관을 건립하였던 것이다. 현재 종로타워가 들어선 자리는 과거화신백화점이 있던 곳으로, 백화점 때문에 피맛골은 일제강점기에 단절되었을 것이다.

SC제일은행 쪽으로 가니 '충무공 이순신 백의종군 출발지', '한국 천주교 순교 터이자 신앙 증거 터', '의금부 터', 임대 관설시장인 '시전행랑' 등의 터임을 알리는 표지판이나 돌이 곳곳에 세워져 있다. 그 한 모퉁이에 '피맛골' 국·영문 설명문과 함께, 피맛골 구간 위치도가 그려져 있다. 그림을 보니 종로 북쪽으로는 중학천 복원지점에서 종묘까지 이어져 있고, 남쪽으로는 보신각에서 창경궁로까지 이어져 있다! 종로 양쪽에 걸쳐 있었고 상당히 긴 뒷골목 길이었음을 처음 알게 되었다.

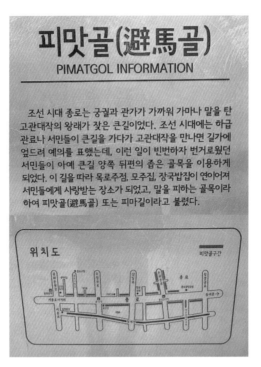

피맛골의 내력과 위치(르메이에르와 타워8 사이 안내판)

인사동의 서 피맛길이 파고다 공원 서쪽이었는데, '그럼 동쪽은 동 피맛골이겠구나.'라고 추측했다. 그 얘기를 1970년대 초에 상경하여 지금까지 종로3가에서 사업을 하고 있는 친구에게 했더니 자신도 '서낙동낙' 얘기를 들었단다. 낙원동 서쪽 '서낙'에는 부유한 사람이 살았고, 동쪽인 '동낙'에는 서민들이 살았다고. 나도 1975년 상경하여 광화문 가까이 피맛골, 지금의 D타워 자리에 있던 곳에서 자주 대폿잔을 기울였다. 마지막으로 피맛골에 들른 것은 2009년으로, '열차집'에서 간장에 절인 양파와 빈대떡에 막걸리가 아닌 소주로 향수를 달랬음을 블로그 글에서 찾을 수 있었다.

종로는 궁궐과 관가가 가까워 하급관리나 서민들이 길에서 말 탄 고관대작을 만나면 엎드려 예를 표해야 하는 번거로움을 피하고자 뒷골목을 이용했는데, 그래서 이 길이 피맛길이 되었다. 과거에는 이 길이 넓었으나 점차 좁아지고 길을 따라 목로주점, 모주집, 장국밥집이 연이어 들어서 서민들의 사랑 받는 장소가 되었다는 설명이 씌어 있다. 나무로 된 술상에서 술을 마시는 목로주점(木墟酒店), 잔술을 파는 모주(母酒)집, 그리고 젓가락으로 포마이카(Formica)나 널빤지 상을 두드리며 뽕짝 노래로 목청을 돋우었던 지난 세월이 때론 그립기도 하다.

종로 북쪽 피맛길은 대형 고층 건물[D타워, 르메이에르, 타워8, 청진상가(그랑서울)]을 지으면서 피맛길 자락은 통로로 연결해 살려 두었으며 곳곳에 유구(遺構)를 복원해 놓거나 설명문을 세워 놓았다. D타워는 그곳을 SOHO(小好 : 작은 행복)로 이름 붙여 놓았는데, 우리에게 잘 알려진 SoHo는 뉴욕 맨해튼 지역의 이름으로, 'South of Houston Street'의 약자다. 런던에도 Soho가 있으며, SOHO는 홍콩, LA, 플로리다 등에서도 지명으로 사용되고 있다. 또 SOHO는 Small Office/Home Office의 약자이기도 하다.

D타워의 피맛골 자리 SOHO

르메이에르 골목에도 '피맛골'이라는 안내판을 매달아 놓았으며, 르메이에르와 타워8 건물 사이에도 피맛골의 유래와 위치를 표시한 안내판을 부착해 놓았다. 타워8 중앙 통로에는 과거 우물이 발견된 자리를 표시해 놓고, 우물은 청진동 골목 쪽에 복원해 놓았다. 복원된 우물 앞에는 그 자리에 한국전쟁 당시 징병업무를 담당했던 사령부가 소재했었다는 설명문도 함께 세워 놓았다. 종로 지역은 '조선의 폼페이'로 발굴하면 지층 곳곳에서 유구나 유물이 발굴되어, 재개발로 현대화하면서도 과거를 알 수 있도록 일부를 복원하거나 흔적을 알 수 있게 해 놓았다.

보신각 쪽으로 건너와 뒷골목을 다녀 보고 종로3가 '송해거리'로 와 피카디리 골목으로 들어오니 그곳에도 피맛골 표시 동판을 바닥에 묻어 두었다. 단성사 쪽으로 와 그쪽 피맛골을 둘러보고, '박카스 아줌마'의 등장이 화제가 된 종묘 옆으로 가니 초겨울이어서 아줌마는 물론 할아버지도 보이지 않고 담배 피우러 나온 인근 건물의 장년들만이 몇 명 서 있다.

남쪽으로 건너와 피맛길을 들어가니 그곳에는 좁은 골목에 음식점들이 다닥다닥 붙어 있고, 돈화문로를 건너니 보쌈골목이 이어진다. 돼지고기를 넣은 커다란 솥이 펄펄 끓으면서 고기가 삶기고 있다. 보쌈보다 생굴 안주에 소주라도 한잔할까 하는 생각이 들었다.

지금 발굴이 진행되고 있는 곳에는 또 어떤 가게들이 들어설까? 노틀들의 향수를 달래 주는 가게 한두 곳이라도 들어서면 좋으련만…. 피맛길 같은 곳이 또 어디 없을까? 말 탄 사람을 피했던 길이었지만, 한국전쟁 후에는 술집과 음식점 거리가 되어 서민들의 애환이 서린 거리가 되었다.

종로1가 북쪽 피맛길은 재개발되어 이젠 청장년들이 찾는 숍이 즐비하다. 그 옛날 피맛길을 찾았던 내게는 왠지 정이 가지 않는다. 그 길도 세월이 흐르면 누군가의 애환이 쌓이겠지만, 언젠가 업종과 고객이 바뀔 것이고, 그러면 지금의 세대 역시 나와 같은 떨떠름한 느낌을 가지지 않을까? 그것이 세월의 흐름이고 역사가 아니겠는가!

4.
격랑의 세기를 버텨 온
고종을 생각하다

(2022. 1. 1.)

2017년 막혀 있던 덕수궁 돌담길이 열린 뒤 다녀 보지 않아 돌아볼 겸 덕수궁을 들렀다. 마침 조선 제26대 왕이자 대한제국 초대 황제인 고종이 집무하였던 '즉조당(卽阼堂)'의 집기를 재현, 전시하고 있었다. 집무실에 관람객의 입장도 허용하여 내부도 둘러보았다. 특별 한시공개여서 안내원이 배치되어 전시품과 궁궐에 얽힌 이야기도 들려주었다.

코로나19 때문에 1회 5명으로 입장을 제한하고 자수 슬리퍼도 다섯 켤레만 준비해 두었는데, 인원제한을 알지 못한 나는 남은 슬리퍼를 신고 대청마루에 올랐다. 외국인 여성이 관람하고 있어 영어로 설명을 하고 있었는데, 귀동냥해 가면서 건물과 집기에 대한 설명을 들었다. 이어서 회랑을 둘러보는데, 옆 건물인 '준명당(浚明堂)'과 이어져 있다. 이를 '월랑(月廊)'이라고 한단다. 달빛 아래 난간(을 거닐다)! 멋진 이름이다. 한자가 있는 것을 보니 오래전부터 조상들은 그런 분위기를 즐겼던 모양이다. 야심

한 달밤 남녀가 담벼락을 걷는 〈월하정인(月下情人)〉이란 그림도 있는데, 집안 난간을 거니는 것은 숨을 필요 없는 자연을 즐기는 도락의 한 방책이었으리라.

덕수궁의 금천교와 하마비

원래 덕수궁 지역은 조선시대 월산대군(제9대 성종의 형)을 비롯한 왕족들과 고관들의 저택이 있던 곳이었다. 그런데 임진왜란으로 정궁인 경복궁을 비롯하여 모든 궁궐이 불타 없어지자, 선조는 이곳을 임시 행궁(行宮)으로 사용하였다. 그러다 창덕궁이 재건되어 광해군이 그곳으로 옮겨 가면서 별궁인 경운궁(慶運宮)이 된다. 즉조당 옆 건물인 석어당(昔御堂)은 단청이 되어 있지 않은데, 그 건물은 단청을 하지 않고 사용하다가 그대로 돌려주었기 때문이라고 한다.

제25대 철종이 후사 없이 승하하자, 흥선대원군(興宣大院君) 이하응의 둘째 아들이 제26대 왕이 된다. 당시 고종의 나이가 12세로 증조할머니 격인 제24대 헌종의 어머니 조대비(趙大妃)에 의한 수렴청정, 아버지 흥선대원군에 의한 대리청정 도합 10년을 거치면서 온갖 세파를 경험한다. '조선을 침범하는 서양세력과는 화친할 수 없다.'는 척화비(斥和碑)를 세우고 물밀듯이 쏟아져 들어오는 미국, 영국, 러시아, 프랑스, 독일 등 서양세력들을 배척하였던 대원군의 쇄국정책이 대표적인 사례다.

고종은 1873년 왕비인 민비(閔妃)와 합심하여 대리청정을 끝내며 친정(親政)을 편다. 그는 쇄국 대신 열강들과 수교를 맺기 시작한다. 일본은 1875년 운양호(雲揚號)를 보내 수교교섭 대표인 조선 관리를 탑승시키고 포사격 시범을 보이는 등 무력시위를 벌이는 외교를 펼친다. 그리하여 일본은 1876년 한일수호조규를 체결한다. 이어서 조선은 미국(1882), 영국과 독일(1883), 러시아(1884), 프랑스(1886)와 각각 수호통상조약을 체결한다.

일본과 서양세력의 조선 진출, 대원군과의 갈등, 개화파와 수구파의 대립 등 국내 정정의 불안 와중에 민비는 일본 자객에 의해 피살되고(1895), 고종 자신은 러시아공사관으로 파천(播遷)하여 국사를 보게 된다(1896. 2.). 고종은 1년여를 그곳에서 머문 후 덕수궁으로 돌아와 국호를 대한제국으로 바꾸고, 임금의 격을 황제로 높이는 개혁을 단행한다(1897. 10.). 요즈음 말로 치면 '셀프 개혁'인데, 국력의 뒷받침이 없는 일종의 '몸부림'이었다. 그는 경운궁을 으뜸 궁궐로 사용하면서 궁궐 안팎에 전각이나 서양

그곳엔 ?!이 있었다

식 석조 건물을 신축하여 궁궐로서의 격식을 갖추게 했다. 경운궁은 고종 퇴위 후에 선대 황제의 거처가 되자 덕수궁으로 개칭하여 오늘에 이른다.

일본은 청일전쟁의 승리(1895)에 이어 대한제국의 중립선언(1904. 1.)에도 불구하고, 러일전쟁을 개시하면서(1904. 2.) 조선반도를 자신의 손아귀에 넣으려는 계획을 착착 진행한다. 일본이 조선 영토를 사용할 수 있도록 하는 한일의정서를 체결하고(1904. 2.), 군용철도인 경의선 부설을 시작하며, 연이어 외교권을 박탈하는 을사늑약을 체결한다(1905. 11.). 1907년 일본은 마침내 고종을 폐위하고 순종을 즉위시키며, 1910년에는 대한제국을 일본에 합방시키는 병탄조약을 강제하는 만행을 저지른다.

황위를 아들 순종에게 물려준 고종은 무엇을 하였을까? 그는 1904년 경운궁에 불이 나자 중명전으로 옮겨 거처하였는데, 퇴위 후 덕수궁으로 돌아와 1912년 늦둥이 딸 '덕혜옹주'를 보게 된다. 젖을 먹이던 유모가 예를 표하러 일어서려는 것을 만류할 정도로 옹주에 대한 정이 각별하였다 한다. 옹주가 유치원에 갈 나이가 되자 옆 건물 준명당에 유치원을 만들어 그곳에서 지내도록 하였는데, 바로 '월랑'을 통해 건너 다녔다. 준명당과 즉조당 앞 낭하가 제법 높아 떨어질 수 있다는 걱정 때문에 축대 돌에 철제 난간을 세워 놓았는데, 지금은 흔적만 남아 있다. 1919년 승하하기 전까지 고종은 짧은 거리도 가마를 태우거나 궁녀를 동행시키는 등 늦둥이 옹주에 대한 보살핌이 지극했다고 한다.

덕수궁 일대 정동에는 고종이 덕수궁에서 집무하기 전부터 외국 종교시설과 선교사 숙소, 외국공사관이 들어서 있었다. 대표적인 것이 정동제

일교회(1885)와 성공회 건물이며(1891), 미국, 영국, 러시아, 프랑스, 독일, 벨기에 등의 공사관이 있었다. 현재는 미국의 대사관저와 영국, 캐나다(벨기에 영사관 부지) 및 러시아 대사관이 덕수궁에 인접해 있다.

대한제국 황실은 궁궐 부지를 더 확보하고자 일부는 매입하였으나, 종교·외교시설이 있어 그런 시설을 피해 선원전(북쪽, 경기여고 터), 중명전(서쪽, 황실도서관, 을사늑약 체결), 하늘신 위패를 모신 황궁우(皇穹宇)와 제사를 지내는 환구단(圜丘壇, 이상 동쪽)은 궁궐에서 떨어진 곳에 세웠다. 구세군중앙회관 맞은편 선원전은 팔았던 부지를 사들여 복원 중에 있고, 중명전과 조선호텔 경내의 황궁우는 그대로 있으나, 환구단은 조선호텔 건물 때문에 복원이 불가능하다.

조선호텔 옆 황궁우

그곳엔 ?!이 있었다

이 밖에도 정동에는 배재학당(1885, 선교사 아펜젤러), 이화학당(1886, 선교사 스크랜턴), 육영공원(1886, 뒤이어 독일영사관, 그 후엔 경성재판소, 대법원, 현재는 서울시립미술관), 여성전용병원인 보구여관(普救女館, 1887, 이화학당 인근), 손탁호텔(1902, 이화학당 내) 등의 근대적 교육, 의료, 문화시설이 있었다. 이렇듯 덕수궁 주변은 외교, 선교, 문화의 거리였으며, 지금도 변함이 없다.

덕수궁 직조당과 준명당에서 내가 접했던 것은 황제가 쓰던 물품들과 늦둥이 옹주 얘기였던 데 반해, 궁궐 주변에서는 고종에게 닥친 풍파와 격랑이 어떠했을까를 짐작할 수 있는 수많은 역사의 현장이 있다는 것을 알게 되었다. 많은 한국인들처럼 나 역시 대학교육을 받았지만, 우리 역사의 면면이나 이면(裏面)에 대한 관심이나 지식이 깊지 않음을 절감했다.

지금은 '제국의 시대'가 아닌 민주주의 시대다. 나라에 닥친 풍랑을 헤쳐 나가고 미래를 대비해야 하는 과제가 우리 앞에 놓여 있다. 과거에는 선출되지 않은 임금(황제)과 임명된 신하들이 나랏일을 결정, 수행했다면, 오늘날은 시민들이 국정수행자를 선출한다. 투표를 통한 우리의 선택이 중요하게 된 것이다. 투표 결과에 나라의 운명이 결정되는 만큼 신중하고 현명한 선택을 해야 한다.

덕수궁의 내력

덕수궁은 당초 조선시대 왕족의 사저(私邸)였으며, 임진왜란 때에 모든 궁궐이 불타자 피난에서 돌아온 선조는 이곳을 수용하여 거처로 삼아 행궁(行宮)이 된다. 선조 사후 그곳에서 즉위한 광해군은 창덕궁이 재건되자 그곳으로 옮겨 가면서(광해군 8년, 1616), 행궁에 경운궁이란 이름을 붙였다.

임진왜란 때 불탄 경복궁이 흥선대원군에 의해 중건되자(1867) 고종은 창덕궁에서 옮겨와 경복궁에서 기거하였다. 그러다 일본 자객에 의해 민비가 시해되고(1895) 이듬해에 러시아공사관으로 파천(播遷)을 한다. 1년여를 거기서 머문 후 1897년에 경운궁으로 돌아오게 되면서 임금의 처소가 된다. 고종은 그해에 국호를 대한제국으로, 왕을 황제로 개칭하고, 즉위식을 환구단에서 갖고 대한제국 초대 황제가 된다.

궁궐은 왕(황제)이 사용하던 본전(경복궁의 근정전, 창덕궁의 인정전, 덕수궁의 중화전) 외에도 거주하는 침전, 접대나 연회를 위한 공간, 신하들이 사무를 보는 곳 등 많은 전각들이 있다. 당연히 그곳에는 자연의 산천이 아닌 인공적으로 만들어 놓은 정원이 있으며, 주인의 취향에 따라 가꾸어 놓는다.

〈상상의 정원〉 전시

과연 예술가들은 이미 있는 시설물과 정원 어디에 어떤 작품을 가져다 놓을까? 이번 프로젝트에 참여한 작가는 모두 9인(팀)으로 비디오 작품이 3점, 설치 작품이 6점이며, 곳곳에 설치된 소품들도 다수 전시되고 있다. QR코드로 인스타그램을 통해 내력을 알 수 있도록 해 두었는데, 나는 계정을 일부러 열지 않고 있어 작품의 내력은 모른다. 실내에 설치, 상영되고 있는 작품이 6점, 야외 정원에 설치한 작품이 3점(위에 언급한 소품 제외)이다.

덕홍전, 함녕전 행각에 전시된 신혜우의 〈면면상처(面面相覷)〉라는 작품은 덕수궁 내에 서식하는 식물을 채집, 조사, 관찰, 기록한 결과물을 표본으로 만들어 전시하고, 서식분포도를 제작하여 관람객이 가져갈 수 있도록 친절을 베풀고 있다. 나오면서 스태프에게 물으니 작가가 아니라 식물학자라고 한다. 표본실에 들어온 느낌이었다.

〈상상의 정원〉 전시 작품(김범명의 〈원〉-사슴과 괴석)

석조전 분수대 앞쪽 정원에 설치된 윤석남의 〈눈물이 비처럼, 빛처럼:1930년 대 어느 봄날〉이란 작품은 폐목재에 여인의 모습을 그린 작품인데, 치마저고리 차림의 여성들이 바깥세상을 호기심 어린 눈으로 살피고 있다. 아마 1930년대 한양쯤 되었으니 가능하였지 농촌 지역에서는 어림도 없었을 것이란 생각이 들었다. 지니서의 〈일보일경(一步一景/驚)〉이란 구리와 스테인리스를 이용한 '철 망' 같은 작품도 분수대와 중화전 사이 통로에 설치되어 있다.

즉조당과 준명당 앞 잔디밭에는 김범명의 〈원(One)〉이란 작품이 있다. 십장 생 중 하나인 사슴과, 역시 불로장생의 신선 사상을 상징하는 봉래, 방장, 영주의 삼신산을 나타내는 괴석 3개를 창경궁에서 가져와 전시하고 있다. 그 옆 석어당 마루에는 만개한 붉은 복숭아꽃이 달린 나무가 뿌리가 달린 채로 비스듬하게 대 들보에 매달려 있는데, 황수로의 〈홍도화(紅桃花)〉란 작품이다. 조선시대에는 생 화가 아닌 조화로 장식하였는데, 이를 채화(綵華)라 한다. 선조의 계비인 인목

대비는 석어당에 유폐되었던 것으로 추정하고 있다. 석어당은 제9대 성종의 형 월산대군의 처소였으며, 그 옆에는 오래된 살구나무가 있다.

덕흥전 뒤편에는 김아연의 〈가든카펫〉이란 작품이 설치되어 있는데, 가운데 는 모노륨 같은 카펫을 깔고, 둘레에는 옛날에 방 빗자루를 만들던 식물(?)을 심 어 놓았다. 카펫의 무늬는 석조전 접견실 카펫과 전각의 단청을 연구하여 디자인 한 것이라고 한다. 그 설치 장소는 명성왕후의 혼전(魂殿)으로 쓰이던 경효전(景 孝殿) 터에 세워진 덕흥전을 마주하고 있다. 고종과 명성왕후의 기념 정원인 셈 이다.

중화전 앞의 행각 안에서는 권혜원의 〈나무를 상상하는 방법〉, 덕흥전에서는 이예승의 〈그림자 정원: 흐리게 중첩된 경물〉과 〈구곡소요(九曲逍遙)〉, 함녕전 에서는 이용배, 성종상의 〈몽유원림(夢遊園林)〉 등의 비디오나 미디어아트 작품 을 볼 수 있다. 옛날 작가들이 글과 그림을 통해 정원을 읊거나 그렸다면, 요즈음 많은 작가들은 영상이나 기기를 통해 자신들의 정원을 보여 주고 있다. 일반 관 람객의 생각을 뛰어넘는 정원이 가져다주는 결과, 의미, 그 속에서의 유희까지 보여 주려 하고 있다.

관람하면서 사진은 열심히 찍었는데, 글을 쓰려고 하니 팸플릿을 꼼꼼히 읽었 는데도 작가의 의도를 파악하는 데 한계가 있었다. 도슨트 프로그램이 있는지 모 르겠는데, 해설이 곁들여지면 좋겠다는 생각이 들었다. 존재하는 궁궐만 보는 것 에서 나아가 상상 속의 궁궐 안, 정원을 보도록 한 기획 의도가 참신했다.

5.
'정부 위의 정부'였던
중앙정보부(KCIA)의 흔적을 찾아
(2022. 1. 8.)

기억6전시관과 중정 사무동이었던 소방재난본부

정보기관의 기능과 소재, 그 구성원들의 신상에 관한 정보는 공개되지

않는 것이 원칙이며, 그 활동 역시 비밀이 유지되는 것이 일반적이다. 그

런 측면에서 '2007년 아프가니스탄 탈레반에 의해 납치된 한국 기독교 목회자들의 석방을 위해 한국 정부가 직접 협상한 것은 적의 정당성을 인정해 준 것'이라는 미 육군 전사연구소의 평가(2021년 11월 17일 발간 아프간전쟁 공식기록서)와는 별개로, 당시 석방교섭 후 정보기관 수장이 공개석상에 등장한 것은 바람직하지 않다는 비판을 받은 바 있다.

권위주의정부 시절 체제비판 세력에 대한 재산탈취, 탄압 등 정보기관에 의한 정치악용 사례들이 민주화 과정에서 드러나고, 이로 인해 많은 직원들이 조직을 떠나거나 처벌을 받기도 했다. 특히 1992년 이전 처리한 사건 중 사회적으로 의혹이 큰 사건, 시민·사회단체와 유가족 등이 지속적으로 의혹을 제기한 사건을 재조사하는 '과거사건진실규명위원회'가 설치되기도 했다. 정보기관에 의해 저질러졌던 사유재산 탈취, 불법연행이나 강압수사, 고문, 정치공작이나 정보조작 등 인권침해와 불법, 탈법행위들이 공개되는 불행한 역사도 있었다.

———————— **아픈 흔적들을 돌아보고**

옛 정보기관의 터전이었던 예장동 여러 곳에 세워진 안내판에는 국익보다는 정권수호를 위한 '과잉충성' 징표들이 적나라하게 씌어 있다. 본관으로 사용되었던 서울유스호스텔(2021년 11월 현재 코로나19 생활격리센터로 사용 중)과 연결된 지상구조물이 없는 제6별관에는 지하벙커, 지하고문실이 있었고, 그곳에는 '많은 정치인과 언론인이 끌려와 취조를 받던 곳'이라고 씌어 있다. 중부경찰서 주자파출소가 있던 곳에는 "중앙정보부(국가안전기획부)로 끌려간 사람에 대한 소식을 접하려면 이곳에 접수하고 하염없이 기다려야 했습니다. 흔히 면회소라고 불렸지만 면회는 거의 이뤄지지 않았습니다.”라고, 또 대공수사국이 있던 제5별관(현재 서울시 공원녹지사업소)에는 “간첩혐의 등을 수사하던 대공수사국이었으나 조작간첩도 만들어 낸 곳입니다.”라고 적혀 있다.

우체통 모양으로 된 기억6전시관은 중앙정보부(국가안전기획부) 6국이 있던 자리로, 조선시대에는 군사들의 무예훈련장인 ‘예장터’가 있었고, 일제강점기에는 한일병탄조약이 체결된 ‘한국통감관저’가 있던 곳이다. 남산예장공원을 조성하면서 지상에는 전시관을 설치하고 지하에는 독립운동가였던 이회영기념관과 주차장을 만들었다. 또 지상 공원에는 옛 건물에서 나온 벽돌과 녹슨 철근, 기둥 잔해들을 비치해 고통스런 역사를 기억할 수 있도록 해 놓았다.

전시장 안에는 “3층으로 된 6국의 2, 3층에서는 통상적인 조사, 지하층에서는 고문을 포함한 강압취조가 진행되어 한자로는 ‘肉局’으로 불리기도 했는데 대표적인 인권침해 사례가 민청학련 사건”이라고 적혀 있다. 물론 지하에는 ‘원자재 그대로 복원해 놓은 취조실’을 설치하여 안전유리 너머로 볼 수 있다. 권위주의 시대에 ‘남산’ 하면 바로 ‘중정’을 의미하였는데, 그곳에 가야 비로소 ‘남산’의 흔적들을 살펴보는 길이 적힌 답사안내 팸플릿 〈인권길(Trail of Namsan Human Rights)〉을 비치해 놓아 지난날을 좀 더 소상히 알 수 있다.

중정 6국 취조실 모형

앞쪽 스크린에서는 '각하를 삐뚤게만 바라보는 많은 손님들이 다녀갔다.', '우린 이들에게 충성을 훈육했습니다.', '교육이 너무 세서 더러 탈이 난 건 압니다. 다 국가를 위해서 한 일이었습니다.', '몸으로 익힌 교육이야말로 지워지지 않는 법이니까요.', '국민이 되어 나간 자들의 특성은 우리를 보면 바지에 선 채로 오줌을 눈다는 점입니다.', '정치인, 학생, 노동자 따위들이 각하와 국가를 거스를 때 그걸 지지하고 막아낸 게 바로 이곳이고 우리였다.'는 등 '가혹한 억지 변명들'이 흘러나온다.

서울미래유산으로 지정된 중앙정보부장 관사는 '문학의 집 서울'이 되어 있었고, 통감관저 터는 일본군 위안부를 기리는 '기억의 터'로 조성되어 있다. 중앙정보부 본관으로 가는 길섶 남산 쪽 시멘트 축대에는 '세계 인권선언' 서문과 조문이 철판에 새겨져 있다. 문학의 집 옆에는 2021년 11월 22일 한·러 양국 문학인들이 합심하여 세운 '톨스토이' 두상 조각이 설치되어 있다.

'문학의 집 서울'로 바뀐 옛 중앙정보부장 공관

정보기관의 어제와 오늘

5·16군사정변 후 국가재건최고회의 직속으로 "국가안전보장에 관련되는 국내외 정보사항 및 범죄수사와 군을 포함한 정부 각부 정보·수사 활동을 조정·감독하는" 중앙정보부를 설치한 것이 1961년 6월 10일이다. 그 법 제7조에서는 "중앙정보부의 직원은 그 업무수행에 있어서 필요한 협조와 지원을 전 국가기관으로부터 받을 수 있다."라고 규정하여, 설립될 때부터 소위 '정부 위의 정부기관', '무소불위의 정부기관'이 될 씨앗을 잉태하고 있었다.

1980년 12월 31일에는 국가안전기획부법을 제정하여 수행할 직무를 ①

국외정보 및 국내보안정보(對共 및 對政府顚覆)의 수집·작성 및 배포, ②
보안업무, ③ 형법·군형법상 내란·외환 관련 죄, 군사기밀보호법·국가
보안법·반공법에 규정된 범죄수사, ④ 정보보안업무 기획조정, ⑤ 직원
범죄 수사로 구체화하였다. 또 1994년 1월 5일에는 직원은 '정당에 가입
하거나 정치활동에 관여할 수 없다.'는 선언적인 '정치관여금지' 조항을 개
정하여, '정치활동에 관여하는 행위'를 구체화, 세분화하여 규정하였다.
그리고 1999년 1월 21일에는 기관 명칭을 '국가정보원'으로 개칭하여 오
늘에 이르고 있다.

이처럼 우리나라 최고 국가정보기관은 몇 차례 큰 변환을 겪었으며, 주
된 청사도 중구 예장동에서 1995년 10월 서초구 내곡동(헌인릉 옆)으로
이전하였다. 또 정부가 바뀜에 따라 정보기관의 '원훈'도 "우리는 음지에
서 일하고 양지를 지향한다"(1961~1998), "정보는 국력이다"(1999~2008),
"자유와 진리를 향한 무명의 헌신"(2008~2016. 6.), "소리 없는 헌신, 오직
대한민국 수호와 영광을 위하여"(2016. 6.~2021. 6.), "국가와 국민을 위한
한없는 충성과 헌신"(2021. 6.~현재)으로 여러 차례 바뀌었다.

현재의 국가정보원은 권위주의정부 시절 가장 문제가 되었던 '국내정
보, 특히 정치적 활동'과 관련되는 정보의 수집활동을 기능에서 삭제하였
고, 임직원들은 엄격한 정치적 중립이 요구되고 있어 과거와는 많은 차이
가 있을 것이다. 현재 직무로 규정된 국익이나 안보침해에 대응하는 방첩
활동, 대테러활동, 산업이나 국가보안, 사이버안보, 대북정보 등과 관련된
활동은 '대한민국'의 존립에 불가결한 것들로, 더더욱 정예화되어야 한다.

———— 정보기관과의 인연

내가 공직을 시작한 것은 1975년 5월부터로, 2008년 9월에 퇴직하여 33년 4개월을 재직하였다. 그 기간 동안 내가 수행했던 업무 중 많은 부분이 중앙정보부, 국가안전기획부, 국가정보원의 조정통제를 받거나 협조 아래 추진했던 것들이다. 특히 통일부가 발족하기 이전에는 북한방송 청취, 대북 선전물 제작과 같은 북한 관련 업무도 직접 수행하여 수시로 협의하였다.

정부 각 기관들은 국가정보목표우선순위(PNIO)에 따라 국가운영에 필요한 정보를 수집, 취득하여 정보기관에 제공하고 있는데, 내 업무 중 그런 것들이 비교적 많았다. 물론 국내에서 근무할 때에는 정보기관에서 요청하는 정보를 제공하기도 하였는데, 내가 취급했던 정보 중에는 당시는 물론 훗날 정보기관 기능조정의 빌미가 된 정치개입이나 인권탄압 등 문제소지가 있는 것들은 없었던 것으로 기억한다.

또 15년의 해외근무 기간 중에는 주재국에서 수집, 취득한 북한 및 주재국 인사들의 한반도 관련 활동 정보를 제공하기도 했다. 해외에서 취득, 제공한 정보 중에는 소위 북한식 용어로 '블록불가담', 우리 표현으로는 '비동맹' 관련 주재국(대표단) 활동, 현지 인사들의 북한방문, 북한인들의 주재국 내 활동 등을 들 수 있는데, 소속기관보다는 정보기관에서 필요하고 참고가 될 수 있는 것들이다.

옛날 그곳에는 친구도, 후배도 또 해외에서 함께 일했던 동료들도 근무했다. 시대의 잘못된 요구에 부응하여 죄의식 없이 몸 바쳐 일했던 소수 때문에 일터 전체가 적폐의 온상으로 알려져 안타까움을 금하지 못하는 사람들이 많을 것이다. 국가와 국민에게 헌신했던 많은 직원들, 드러내 놓을 수 없는 훌륭한 업적들을 가슴속에 안고 이 세월을 넘기는 것이 공직의 길이란 긍지로 살아가길 염원한다. 우리의 아들딸은 지난 시절과 같은 아픔을 겪지 않고, 또 맹목적 충성을 요구받지 않는 자유 민주사회에서 살아가길 소망한다. '기림의 장소'로 탈바꿈한 정보기관 옛 터전을 보고 역사를 생각한다.

기억의 터 국치길

6.
남산의 봄
(《여행문화》, 2021 여름)

──── 3월

나는 남산 주변에서 십수 년을 살았다. 휴일이면 혼자서 수시로 남산을 올랐다. 로스앤젤레스, 도쿄, 런던 등 외국의 대도시에서도 살아 봤고 다녀 보기도 했지만, 서울처럼 산과 강을 즐길 수 있는 곳은 없었다. 2012년 병원 신세를 크게 진 뒤로는 6개월 동안 소나무에서 내뿜는 '피톤치드'를 들이마시기 위해 청명한 날은 거의 매일 소나무 숲까지 걸어와 한두 시간 나무 데크나 의자에서 쉬었다 가곤 했다.

7, 8년 전 강남으로 이사 온 후로는 주로 우면산을 찾는데, 3월 14일 일요일에는 봄이 왔는지 확인하고 싶기도 하고, 솔향기도 맡을까 해서 남산을 찾았다. 평소에 다녀 보지 않았던 회현동에서 '남산오르미' 에스컬레이터를 타고 중턱의 북측 순환로 쪽으로 올라, 케이블카를 타고 남산을 올랐다. 미세먼지 때문에 시계가 좋지 않아 전망은 별로였다. 케이블카에서

내려 한양도성 성벽을 따라 조금 오르니 '사랑의 자물쇠' 매다는 곳이 그곳으로 옮겨온 것인지 엄청 많이 달렸다!

남산의 봉수대는 '목멱산(木覓山, 남산의 옛 이름) 봉수대'로, 횃불(烽)과 연기(燧)로 전국의 봉수대와 신호를 주고받던 최종 집결지였다. 봉수대 앞의 낙상방지 철책이 투명유리판으로 바뀌었다. 봉수대까지 뻗친 나뭇가지에도 새순이 돋고 있었다. 팔각정은 코로나 때문에 이용하지 못하도록 테이프를 둘러놓았고, 서울타워 테라스는 11시부터 개장이어서 들어가지 못했다.

남산의 소나무와 나

남산 정상부 광장 북쪽 가장자리에는 비교적 큰 소나무 세 그루와 작은 소나무 두 그루가 시내 중심가를 '내려보고' 서 있다. 애국가 가사 중 '남산

위에 저 소나무 철갑을 두른 듯/바람 서리 불변함은 우리 기상일세'에 등장하는 소나무는 어느 소나무를 지칭한 것일까? 크고 오래되었으며, 눈에 잘 뜨이고 멋진 소나무를 조사는 해 보았을까?

고려시대에도 남산 주변의 소나무를 베지 못하도록 하였고, 조선 태종 때에도 20일 동안 소나무를 심었다고 하며, 세조 때도 소나무를 베지 못하도록 하였다는 기록이 있다. 수년 전부터는 북측 순환로 인근에 '남산소나무힐링숲'을 조성하여 예약제로 운영하고 있다.

애국가의 소나무는 오랫동안 민족과 함께 풍상을 겪은 많은 소나무를 의미할 것이다. 《논어》 자한 편에 나오는 "세한연후 지송백지후조(歲寒然後 知松柏之後凋, 날씨가 추워진 후에야 소나무와 잣나무가 늦게 시드는 것을 안다)"라는 말처럼, 곤궁과 역경에도 아랑곳하지 않고 오랜 세월 민족의 흥망성쇠를 지켜보았을 '지조 있는 소나무'가 그것일 것이다.

상큼한 피톤치드 향내를 기대하고 아름드리 소나무 군락지가 있는 남측 산책로로 들어섰다. 몇몇 산책객들이 길을 따라 오르고 있다. 아직 봄이 오지 않은 탓인지 솔향기는 코로 들어오지 않는다. 송홧가루가 날릴 때까지 더 기다려야 하나 보다! 길섶의 찔레며, 조팝나무에 막 새 싹이 돋아나기 시작하니 아직 달포는 더 있어야 할 것 같다.

수년 전 다닐 때보다 길이 더 넓어지고 반드르르하게 되었으며, 마포를 깔거나 다리를 놓은 곳도 있다. 오전 11시 전후고 미세먼지 때문인지 오가는 사람들은 많지 않다. 모처럼 외국인 남녀가 올라오길래 기다리면서 "굿 모닝" 하고 인사를 건네니, 여자만 "Good Morning" 한다.

남산식물원 쪽으로 들어서니 사람들이 많다. 히어리와 산수유도 활짝 피어 사진을 찍고 생강나무 쪽으로 가니 중년 내외가 "산수유가 활짝 피었네!"라고 하여, "이것은 생강나무고 저 위에 있는 것이 산수유입니다." 라고 말했다. 그랬더니 생강이 달려 있냐고 묻는다. 이름은 같지만 나무 뿌리에 생강이 달린 것은 아니며, 가지에 상처를 내면 생강 냄새만 난다고 얘기했다.

지난 2월 복수초가 피었는지 와 본 야외식물원으로 갔다. 땅을 뚫고 올라온 지 며칠 되었다. 과거 내 블로그를 검색해 보니 어느 해 3월 6일 글에 복수초 사진이 올라 있었는데, 오늘은 14일이니 1주일쯤 지난 모양이다. 그 옆에는 매화처럼 예쁜 꽃이 피어 있어 사진을 찍으면서 표지판을 보니 '매실'이다. 이끼동산으로 오니 조그마한 탑 옆의 진달래가 막 꽃망울을 터뜨리고 있다.

남산 버스정류장 인근의 4월 전경

그곳엔 ?!이 있었다

4월

봄을 만나러 10일 다시 남산을 찾았다. 오르는 길 북측 순환로 벚꽃길 입구에는 화사한 꽃들이 화단에 잘 가꾸어져 있다. 봄이 그곳에 있었다. 날씨도 좋아 남측 순환로에는 자전거로 남산을 오르는 '라이딩족'이 제법 된다. 오르막이고 별도의 자전거도로가 없어 순환버스가 제대로 다니지 못할 정도여서, 운전기사가 '차가 오면 옆으로 비켜야지.' 하면서 연신 불만을 토로한다. 주차장에서 정상부로 오르는 입구 성벽 옆에도 튤립을 포함하여 가꾼 봄꽃이 화사하다.

정상부에 오르니 팔각정은 보수를 위해 아예 가림막을 쳐 놓았다. 맑은 날씨여서 북악산이 선명하다. 벚꽃은 졌지만 3월보다 사람도 많고 옷차림도 가볍다. 나무 둘레에 꽃밭을 만들어 의자 뒤편에 봄을 불러다 놓았다.

남산 소나무 밑의 등받이 의자

예전에 다녔던 소나무탐방로로 들어섰다. 나무 데크와 드러누울 수 있는 나무 의자도 그대로다. 아주머니 한 분이 드러누워 있어 조용히 아래쪽으로 내려왔다. 수술한 뒤 회복기에 매일 찾았던 널찍한 소나무 밑 휴게공간이 나온다. 10여 개의 의자 중 2개에만 산책객이 누워 스마트폰을 만작인다. 솔향기는 나지 않는다. 송홧가루가 날리는 음력 4월이 되어야 하나 보다. 소나무 숲 설명문에는 "선베드에 누워 일광욕을 즐기면 어머니의 젖을 먹은 아이처럼 새로운 힘이 솟습니다."라고 적혀 있다. 안내판을 세우기 전이지만, 피톤치드 향을 들이마신 덕분에 회복할 수 있었던 것이다.

약수터까지 내려오니 물은 졸졸 흐르고, 운동기구에도 여러 사람들이 올라타 있다. 남측 순환로의 화장실에서 하얏트호텔 쪽으로 하산할 생각으로 100여 미터를 올랐다. 화장실 옆 공간에 나무 의자를 만들어 놓고 주변에 목책을 설치하여 나갈 수 없다. 과거 산책로는 다닐 수 없도록 나뭇가지로 막아 놓았다. 할 수 없이 돌아 내려와 야외식물원을 통해 '팔도소나무단지'로 들어섰다.

그곳에는 각 지방자치단체에서 식재한 소나무가 자라고 있고, 2010년 식목일에 심은 '속리산 정이품송 맏아들나무(長子木)'도 있다. 1990년대 중반에 만든 식물원의 일부분으로 소나무뿐만 아니라 대나무, 야생화도 심어 놓았고, 원두막도 설치되어 있다. 11시 전후여서 남산예술원 쪽에서 오르는 산책객들로 붐빈다. 약수터에서 남측 순환로로 오르는 길 역시 등산로가 아니라는 표시를 달아 놓고, 길은 나뭇가지로 막아 놓았다. '자연

보존'을 위해서란다.

한남 삼거리 육교에서 남산을 바라보니, 산 벚꽃이 듬성듬성 희뿌옇게 보이는 가운데 산은 연녹색으로 변해 가고 있다. 솔향기는 맡지 못했지만 봄은 와 있었다. 코로나가 모두를 움츠리게 하지만, 자연의 순환은 인간의 고뇌를 아랑곳하지 않고 제 갈 길을 가면서 속도를 유지하고 있다. 녹음이 그리운 계절도 멀지 않았다.

4월 남산을 찾은 봄

7.
북악산과 1·21사태 소나무

(2021. 9. 17.)

'5·16군사정변' 후인 1961년 12월 27일 향토예비군설치법을 제정하여, "향토방위와 병참선 경비 및 후방지역 피해통제의 임무를 수행"하는 향토예비군을 설치하도록 하였으며, '예비역 무관과 제1예비병'으로 예비군을 편성하도록 규정하였으나, 실제로는 운용하지 않고 있었다.

그런데, 1968년 1월 21일 북한 민족보위성(民族保衛省) 정찰국 소속인 124군부대 무장 게릴라 31명이 청와대를 기습하기 위해 침투, 세검정 고개에서 수류탄을 던지고 기관단총을 무차별 난사하여 종로경찰서장 최규식(崔圭植) 총경과 정종수 경장이 무장공비의 총탄에 맞아 순국하였다. 군·경과의 접전 과정에서 28명은 사살되고 1명은 생포되었으며, 2명은 도주하였다. 그날 생포된 김신조(金新朝)에 의해 북한의 침투 의도와 전모가 샅샅이 드러나게 되었다.

이 사건을 계기로 한국에서는 향토예비군이 창설되었고, 고등학교에서

북악산의 1·21 소나무

의 교련 정식과목 채택, 전 국민의 주민등록증 발급 등 많은 변화가 있었다. 우선 향토예비군설치법만 있고 하위 법령이 없어 유명무실했던 '예비군' 제도를 시행하기 위해, 1968년 2월 27일에는 시행령을, 4월 1일 시행 규칙을 제정·공포하여 '향토예비군'을 창설하게 된다.

같은 해 5월 29일에는 향토예비군설치법을 전면 개정하여, "적 또는 반국가단체의 지령을 받고 무기를 소지한 무장공비(武裝共匪)의 침투가 있거나 그 우려가 있는 지역 안에서 적 또는 무장공비를 소멸하고 그 공격으로 인한 피해의 예방과 응급복구 및 중요 시설과 병참선의 경비 등에 관한 임무를 수행"하도록 향토예비군의 임무를 명확히 규정하고, 편성도 "병역

법의 규정에 의한 예비역의 장교·준사관·하사관·제1예비역의 병과 제1보충역의 하사관 및 병과 대한민국 국민으로서 지원한 자 중에서 선발된 자로 조직"하도록 변경하였다. '무장공비'에 관한 정의도 이때 추가되었다.

북악산은 1·21사태 이후 군사상 보안문제 등으로 출입이 제한되어 오다가 참여정부 시절인 2007년 4월 식목일을 계기로 성곽길(창의문-백악마루-숙정문-와룡공원)을 제한적으로 개방하였다. 나는 2009년 5월 신분확인 절차를 거쳐 창의문에서 와룡공원까지 정해진 탐방로를 따라 다녀온 적이 있는데, 2021년 8월 다시 같은 코스를 다녀왔다. CCTV가 신원확인 절차를 대신하는지, 2019년부터는 신분증명서 확인 절차도 생략되었단다. 전 구간에 계단을 설치하거나 마포를 깔아 통행이 훨씬 편해졌다.

1·21사태 당시 무장공비들이 북악산과 인왕산으로 도주하여 우리 군경과 교전이 있었는데, 한양도성길 북악산 구간 백악마루와 청운대 사이 소나무에도 15발의 총탄 흔적이 남아 있다. 이후 이 소나무를 '1·21사태 소나무'로 부르고 있으며, 총탄 자국을 메워 '관리'해 오고 있다.

2009년 탐방할 때는 초소에 군인들이 보이기도 하였는데, 이번에는 백악마루, 숙정문 등 몇 곳에만 경계근무를 서고 있었고 순찰을 돌고 있는 병사만 간간이 보였다. 초소는 비어 있었으며, 중간중간 CCTV가 설치돼 있었다. 동부 전선에서 월남한 북한 군인이 숙소 문을 두드릴 때까지 몰랐다든가, CCTV 모니터링을 제대로 하지 않아 월남 당시의 장면을 놓쳤다는 군의 '안보해이 사태'가 수차례 지적된 적이 있다. 인적 자원도 부족하고 육안 감시보다는 CCTV가 더 효과적일 수도 있다. 그렇더라도 최종

적인 감시와 대응은 사람이 하는 만큼 담당자의 임무 수행 자세가 흐트러져 있으면 제대로 방위할 수 없다.

북악산 정상

아인슈타인은 "평화는 힘에 의해서 유지되는 것이 아니다. 그것은 오로지 이해에 의해서 이루어질 수 있을 뿐이다(Peace cannot be kept by force. It can only be achieved by understanding.)."라고 하였지만, 힘을 바탕으로 철저히 대비하는 자세가 필요하다는 생각이다. 북악산 아래의 청와대는 군 통수권자인 대통령이 근무하고 거처하는 곳이다. '무장공비'로부터 청와대가 안녕한지 많은 국민들은 늘 노심초사하고 있음을 기억해 주었으면 좋겠다.

날씨가 덥고 땡볕이어서인지 그늘에 쉬어 가면서 두어 시간 걷는 동안 탐방객은 10명도 마주치지 않았다. 점차 도성 안과 밖으로 탐방로를 확대할 계획이라고 하니 다닐 곳은 넓어지겠지만, 경계와 대응에 빈틈이 없도록 '정신을 똑바로 차려 달라.'는 부탁과 호소를 전하고 싶다.

세종로에서 본 북악산

8.
백사실 계곡…
권토중래를 꿈꾸는 갓끈 떨어진
세도가의 별장터?

《여행문화》, 2020. 11/12)

코로나 19로 '생활 속 거리두기'가 시행되고 있던 지난 6월, 딱히 소일 거리도 없고 멀리 여행을 떠나는 것도 부담스러워 고등학교 동창들에게 '번개팅' 문자를 날렸다. 그렇게 간 곳이 몇 번 찾은 적 있는 종로구 부암 동 '백사실 계곡'이다. 서울 시내이지만 시골 풍광을 간직한 호젓한 곳이 다. 10여 년 전 선거에 낙선한 후 '낭인 시절' 서울의 공원, 궁릉원, 둘레길 등을 많이 쏘다녔다. 그래서 가끔씩 동창 모임에 방문 장소를 제안하거나 가이드 역할을 할 때가 있다.

백사실 계곡에는 백석동천(白石洞天)이란 글자가 음각된 커다란 바윗 돌이 있다. '동천'은 산천으로 둘러싸인 경치 좋은 곳이란 의미로, '백석동 천'은 백악(북악산)의 아름다운 산천으로 둘러싸인 경치 좋은 곳이란 뜻 이다. 그곳은 백사 이항복(白沙 李恒福)의 별장이 있던 곳이라 전해져 백 사실 계곡으로 불린다. 몇 년 전 부부동반 모임에 그곳을 한번 안내하였더니 대만족이어서, 동창들에게까지 알려져 그곳을 행선지로 정했다.

백사실 계곡은 초행의 경우 찾기 쉬운 코스는 아니다. 경복궁역 3번 출구에서 300여 미터 전방 버스정류장에서 녹색 버스를 타면 되는데, 여러 대의 버스 중 부암동 주민센터에 승하차하는 버스를 타고 그곳에서 내려야 편리하다. 그렇지 않으면 자하문터널을 지나 '석파정'에서 하차하여 고갯길을 되돌아 올라와야 한다. 정류장에서 하차한 후 역방향으로 100여 미터 정도 고개 쪽으로 오르면 북악팔각정으로 가는 길이 나타난다. 차가 다니는 오른쪽은 북악산로인데, 그 길로 들어서면 팔각정으로 이어지므로, 왼편 CU편의점 또는 동양방아간 쪽 백석동길로 가야만 백사실 계곡으로 갈 수 있다.

산모퉁이 카페 입구

백석동길을 오르다 보면 왼편에 돌담집이나 개업한 지 몇 년 되지 않은 카페들이 나타나며, 10여 분 정도 오르면 TV드라마 〈마이 프린세스〉 촬영지였던 '산모퉁이 카페'가 나타난다. 산모퉁이라는 안내판이 붙은 대문 문간에는 곰이 맥주를 들이켜는 조소, 빛바랜 우체통도 달려 있고, 마당에는 외제 구식 폐차도 가져다 놓았다.

건물 입구 양옆에는 돌조각상이 놓여 있고, 전면에 쌓은 돌담에는 카페 옥호 부분만을 제외하고 담쟁이 넝쿨이 올라가 있어 운치를 더해 준다. 건물을 들어서면 주문대, 계산대, 몇 개의 좌석이 있으며, 아래층으로 내려가면 마당에 돌하르방이 놓여 있고 맞은편의 한양도성 성곽과 기차바위를 조망할 수 있다.

위층에는 창가에 선반형 좌석 10여 개가 있어 일행은 그곳에 자리를 잡았다. 북악산을 오르는 길도 보이며, 문을 열고 나서면 옥상에서 마당을 내려다보거나 맞은편 인왕산 전경도 즐길 수 있다. 아메리카노나 카푸치노 중 마시고 싶은 음료수를 셈한 후 주문대로 내려가니 누군가 따라가 전부를 계산한다. 셀프서비스며, 조그만 별실도 있다. 카페 명소여서 가격이 좀 센 편이다.

길을 따라 좀 오르다가 막다른 곳에서 왼쪽으로 내려가면 몇몇 사찰이 나타나고 오른편에는 국내외 내로라하는 인사들로 구성된 싱크탱크 '여시재' 건물이 나타난다. 찻길 코너를 돌기 전 오른쪽 좁은 골목에, 옥상에 자그마한 기와집과 소나무 정원이 있는 집 길로 들어서면 바로 백사실 계곡으로 이어진다.

백석동천이 음각된 바위

　조금 내려가면 비바람을 이길 수 없어 곁가지를 잘라내고도 쇠말뚝에 몸체를 의지하고 있는 그럴듯한 소나무가 애처롭게 길손을 맞이하고 있다. 생태보전지역 안내판을 지나 몇 발자국 옮기면 오른편에 '白石洞天'이란 글자가 음각된 커다란 바윗돌을 만나는데, 명승 제36호로 지정되어 있다. 바위를 오를 수 있는 것도 아니고 주변 경치가 뛰어난 곳도 아니다. 또 북악산의 북측 경사면이어서 해가 잘 드는 곳도 아니다. 다만 한양 궁궐에서 그리 멀지 않은 곳에 있어 등성이만 넘으면 임금이 계시는 곳이 있다는 지리적 이점에 심리적 자족감은 느낄 수 있겠지만.

　수백 보를 더 내려오면 백사실 계곡을 만난다. 가물었고 깊은 계곡도 아니어서 물 흐르는 소리도 들리지 않는다. 돌다리를 건너면 별장 터인데, 연못 자리에는 잡초가 무성하고 주변에는 앉아 쉴 수 있는 바윗돌을 가져다 놓았다. 지대가 좀 높은 집터에는 주춧돌만 남고 건물은 지나간 세월의 영욕을 잊으라는 듯 사라지고 없다. 수년 전 찾았을 때는 방치되어 을씨년스러웠는데, 복원하여 유적지답게 정비해 놓았다. 풍류를 즐길 만큼 풍광이 수려한 곳도 아니요, 햇볕 잘 드는 따스한 곳이어서 자손들이 찾아오길 기다리면서 늘그막에 유유자적할 곳도 못 된다.

세검정 방향으로 내려오면 바닥이 바위로 된 개울을 만난다. 수량(水量)이 적어 나지막한 폭포에 물소리는 들리지 않고 아래 웅덩이에는 청태가 끼어 있다. 몇 번을 다녔지만 제대로 물이 떨어지는 모습을 본 적이 없다. 당연히 개울을 가로지르는 다리는 이용할 필요도 없다. 건너편에는 삼각산 현통사란 사찰이 자리하고 있는데, 안은 들어가 보지 않았다.

그 아래쪽부터는 민가가 들어서 있고, 바위 위에 걸터앉은 주택들은 생활하수를 흘려보내려 PVC관을 집 밖으로 설치해 놓았는데, 외관상 좋지 않다. 경사도 제법 가팔라 몸이 앞으로 쏠릴 정도며, 눈비가 오거나 해빙기에는 조심조심해야 한다. 계곡을 따라 내려오면 세검정이다.

연인과 함께라면 역방향으로, 세검정에서 백사실 계곡을 거쳐 부암동 카페에서 시간을 보낸다면 추억을 만들 수 있을 것이다. 이미 '어르신'이 되어 버린 동창들에게는 산보 후 대폿잔을 기울일 곳도 중요 고려 사항인데, 주변에 그런 곳이 없어서인지 다음에 다시 오겠다는 얘기는 듣지 못했다.

호젓한 곳에서 맑은 공기를 마시며, 한 시간 남짓 걷는 산보 목적으로는 괜찮은 행선지다. 부암동의 환기미술관, 서울미술관과 석파정, 평창동의 화정박물관과 연계하여 찾을 수도 있다. 또 다른 동천인 '청계동천(淸溪洞天)'은 인왕산 자락인 부암동, '홍덕동천(興德洞天)'은 낙산 자락인 혜화동에 소재하고 있는데, 모두 찾았으나 도시화로 인해 동천으로서의 매력은 엿볼 수 없었다.

백사실 계곡 세검정 쪽 폭포

"인간의 본능적 욕구를 은밀하면서도 해학적으로 드러낸 작품들을 통해 그 당시 사람들의 다양한 사랑, 만남, 교류, 유혹의 형태를 알아보는 기회가 되기를 바란다."라고 전시장 입구에 적어 놓았다. 조선 말의《춘화첩》과 20세기 활판인 쇄로 된《원각선종석보》등 한국 것 2종을 포함, 중국 명 말기와 청대의 화첩, 일본 에도와 메이지 시대의 화첩 및 두루마리, 그리고 춘화가 그려진 작은 주발(춘화문완), 춘화가 그려진 조가비(춘화문패), 조그만 자기 욕조에서 목욕하는 남녀(압상저), 모형 음경 공예품 6점 등 40여 점 가량이 전시되고 있다.

우리나라 것은 2점밖에 없고 화첩은 전시된 면만을 볼 수 있어 어떤 그림이 더 있을까 궁금하였고 활판인쇄로 된 면에 등장하는 춘화는 크로키(croquis) 정도여서 사실성이 떨어졌다. 두루마리를 제외하곤 화첩들은 1면 또는 2면만이 전시되고 있었는데, 화첩, 일본 판화 화첩 속의 많은 춘화들은 남녀가 옷을 완전히 벗지 않고 유카타 등 겉옷을 걸친 채 성행위를 하는 모습을 그리고 있었다. 대부분의 춘화에서는 음부와 음경, 음모가 과장되게 표현되고 있고 그릴 때 체위에 신경을 써서인지 얼굴

화정박물관 전시 포스터

표정에는 성적 희열이 잘 표현되고 있지 않다.

'19금'이라서 안내팸플릿도 없어 이 정도로 소개하고자 한다. 관람을 마치고 안내대에서 전시장 입구에 "중국과 일본의 작품을 중심으로 아시아 여러 지역과 유럽의 그림과 공예품으로 구성되어 있다."고 쓰여 있는데, 어디 있느냐고 물으니 "2019년 3월까지 춘화 전시가 계속되는데, 계속 사용하기 위해 그렇게 써 놓았으며, 이번 전시는 한·중·일 3국 것만 전시되고 있다."면서 유료 포스터를 무료

로 준다.

갑각류인 '게'가 중국 춘화에 등장하는데, 무슨 의미일까 자못 궁금하다. 일반적으로 동양화에서 '게'는 과거급제를 바라는 의미로 갈대꽃과 함께 그렸다고 하는데….

● 수화 김환기 탄생 100주년 기념전(블로그, 2013. 11. 9.) ●

종로구 부암동에 소재하고 있는 환기미술관에서는 2013년 12월 31일까지 수화(樹話) 김환기(金煥基, 1913~1974)의 탄생 100주년을 기념하여 〈김환기 영원을 노래하다〉라는 전시회가 열리고 있다.

이번 전시회에는 한국 추상화의 선구적 작품으로 평가되어 문화재청이 근대문화재로 등록한 〈론도〉(Rondo, 음악 용어로, 주제가 같은 상태로 여러 번 반복되는 것을 의미. 1938년, 국립현대미술관)를 비롯한 유화 작품과 오브제, 과슈, 드로잉 등 120여 점이 전시되고 있다. 캔버스뿐만 아니라 코튼, 신문지, 한지, 종이, 스프링노트, 심지어 시멘트를 섞은 하드보드에 그린 것까지 다양하며 작품의 크기 또한 각양각색이다.

1970년대 이전 작품들은 백자, 목가구, 산, 달 등 동양적인 소재를 "차분하나 결코 차갑지 않고 명랑하지만 화려하지 않은" 푸른 색조를 주조로 하여 표현하고 있으며, 점화의 연작 시리즈인 〈어디서 무엇이 되어 만나랴〉를 비롯한 여러 가지 형상의 작품들이 전시되고 있다.

해설자에 따르면 수화는 사람 사귀기를 좋아하고 인정이 많아 여러 사람에게 작품을 선사하였는데, 전 국립현대미술관장 고 이경성 씨에게 선물한 〈사슴〉, 시인 조병화 씨 집에서 몰래 담배 파이프를 가져왔다가 그림을 그려 함께 돌려주었다는 〈여인〉도 전시되고 있으며, 1959년 작 〈산월〉은 시멘트보드 위에 작업을 하여 무거워 이동과 전시에 어려움을 겪는다고 한다. '달·항아리의 작가' 답게 여러 작품에서 달과 항아리가 등장하는데, 〈항아리와 여인들〉, 〈산월〉, 〈월광〉 등 직접 제목에 달과 항아리가 들어간 것 외에도 〈야상곡〉, 〈새벽별〉 등에도 둥그스름한 항아리와 달 모양이 그려져 있다. 전시 작품 중 상당한 숫자의 작품은 스프링노트에 그린 것으로, 항상 노트와 과슈, 색연필을 소지하면서 작품 활동을 하였음을 보여 수고 있다.

근대문화재로 등록된 회화작품은 김환기의 〈론도〉 외에도 안중식(1861~1919)의 〈백악춘효(白岳春曉)〉, 채용신(1850~1941)의 〈운낭자상(雲娘子像)〉, 고희동(1886~1965)의 〈부채를 든 자화상〉 등 1910년대의 작품과, 노수현(1899~1978)의 〈신록(新綠)〉, 이상범(1897~1972)의 〈초동(初冬)〉, 이영일(1904~1984)의 〈시골소녀〉, 오지호(1905~1982)의 〈남향집〉, 배운성(1900~1978)의 〈가족도〉 등 1920~30년대의 미술사와 예술적으로 가치가 있는 작품 5점이 더 있다고 한다(오지호와 배운성의 작품은 현재 덕수궁 미술관에서 개최되고 있는 〈한국근현대회화 100선 전〉에서 전시되고 있음).

〈론도〉, 1938년, 캔버스에 유채 , 61 x 72cm

〈론도〉(환기미술관 팸플릿 스캔)

9.
석파정,
살아 있는 권력의 무서움을 보여 주다
(2021. 10. 8.)

육릉모정(六陵茅亭) 터에서 본 석파정 전경

경복궁에서 자하문고개를 넘으면, 인왕산 자락에 '석파정(石坡亭)'이
란 조선시대 별장이 나타난다. 입구 암반에 '소수운렴암 한수옹서증 우
인정이시 신축세야(巢水雲簾菴 寒水翁書贈 友人定而時 辛丑歲也)'란 글
자가 새겨져 있는데, '물을 품고 구름이 발을 치는 정자, 한수옹(권상하,
1641~1721)이 벗 정이(조정만, 1656~1739)에게 신축년(1721)에 글을 써

석파정

주다.'라는 뜻으로, 18세기 초 또는 그 이전부터 이곳에 별장이 있었음을 알 수 있다.

　이후 이곳은 철종 때 영의정을 지낸 김흥근(金興根)의 별장으로 쓰였는데, 인왕산 북동쪽 바위산 기슭에 세 갈래의 내(川)가 흘러 삼계동(三溪洞)으로 불리기도 했다. 사랑채 뒤 바윗돌에 한자로 삼계동이란 글자가 새겨져 있으며, 삼계동 정사(精舍), 삼계정(三溪亭), 삼계동 산정(山亭)으로 불렸다는 기록도 있다. 각자가 새겨진 바위 모양을 빗대어 거북바위라고도 한다.

　김흥근은 한국의 정자와 달리 바닥을 화강암으로 마감하고, 기둥 꾸밈벽과 지붕을 청나라풍으로 꾸민 '유수성중관풍루(流水聲中觀楓樓, 흐르는 물소리를 들으며 단풍을 감상하는 누각)'를 지었는데, 청나라 장인을 불러와 지었다는 설이 있으나 기록은 없다. 이 정자 건물이 바로 석파정이며, 서울시 유형문화재 제26호로 지정되어 있다.

철종이 병들자 왕위 계승과 관련하여 흥선대원군 이하응도 추천되었는데, 김흥근은 그의 나이와 재종형제인 영의정 김좌근 집에서 비렁뱅이로 지내던 그의 행적 등을 이유로 반대한다. 그러자 흥선의 아들 익성군을 양자로 들여 왕으로 삼으려는 움직임이 일게 되는데, 대원군은 며느리를 안동 김씨 가문에서 데려오겠다고 타협한다. 그러나 정작 아들이 고종으로 등극하자, 그는 민씨를 왕비로 들어앉힌다. 대원군이 어린 왕을 대신하여 국정에 관여하자 김흥근은 공개적으로 그를 비판하게 되는데, 대원군은 김좌근을 해직하고 그의 아들마저 좌천시킨다.

황현(黃玹)이 쓴 《매천야록(梅泉野錄)》에는 삼계동 별장이 대원군에게 넘어간 일화가 다음과 같이 기록되어 있다.

「흥선은 장동(지금의 청운동, 효자동 지역) 김씨(안동 김씨) 중에서도 흥근을 가장 미워해 그가 소유한 땅 수십 경(頃)을 빼앗는다. 흥근이 북문 밖 삼계동에 별업(별장)을 소유하고 있었는데, 서울에서 가장 빼어난 곳이다. 흥선은 그 별업을 팔 것을 청한 바 있으나 흥근이 말을 듣지 않는다. 이에 흥선이 하루만이라도 빌려줄 것을 재청한다. 대개 원정(園亭)을 소유한 자는, 다른 사람이 놀기 위해 빌려 달라 청하면 빌려주는 것이 예로부터의 습속이다. 흥근이 강권에 못 이겨 이를 허락하는데, 흥선은 아들인 임금에게 권하여 그곳을 함께 다녀온다. 그 후 홍근은 임금의 발길이 머문 곳을 감히 신하 된 도리로 거처할 수 없는 일이라 여겨 다시는 삼계동 별업을 찾지 않게 되어, 결국 운현궁 소유가 되었다.」

고종 황제가 묵었던 방

홍선대원군은 자신의 호를 '석파(石坡 : 돌고개)'로 짓고, 이 별장도 '석파정'으로 고쳐 부른다. 이후 이 별장은 홍선의 후손들에게 대물림되다가 한국전쟁 때에는 천주교가 운영하는 어린이집과 병원으로 이용되기도 한다. 1997년, 현재의 운영자인 석파문화원이 인수하여 보수공사를 거쳐 2012년 미술관 개관과 함께 일반에게 공개하고 있다.

석파정에는 고종이 행차하였을 때 묵으셨다는 전망이 좋은 별채, 서울특별시 지정보호수 제60호인 수령 650년의 노송인 천세송(千歲松), 사랑채 맞은편 언덕에 경주에서 옮겨 온 신라삼층석탑, 석파정 가장 높은 곳에 위치한 코끼리 형상의 너럭바위 등이 있으며, 산책길도 조성해 놓았다. 부지 경계에 둘러쳐진 담벼락에는 이중섭, 김기창 등의 작품이 그려져 있다. 서울미술관 옥상정원에서는 일본의 세계적 작가 쿠사마 야요이의 〈노란 호박〉, 김태수의 〈노래하는 자연〉, 신관 뜰에서는 미국 팝 아티스트 짐 다인(Jim Dine)의 〈Night Field Day Field〉 등의 현대작품도 감상할 수 있다.

서예가이자 문화재 애호 수집가인 소전 손재형(孫在馨, 1903~1981)은 1958년 홍지동 125번지 현재의 음식점 '석파랑' 자리에 자신의 집을 지으면서 석파정 사랑채 별당을 언덕으로 이건한다. 서울시 유형문화재 제23호로 지정된 맞배지붕의 건물로, 건물 양 측면에는 벽돌을 쌓고 벽면 중앙에 한쪽은 반원형, 다른 쪽은 원형의 창을 낸 것이 특징이다. 소전은 일본인에게 넘어갔던 추사 김정희의 〈세한도〉를 되돌려 받았으며, 한때 〈인왕제색도〉와 〈금강전도〉도 소장하고 있었으나, 정계에 몸담으며 소장품들을 다른 사람에게 넘겼다.

석파랑

그곳엔 ?!이 있었다

잔꾀를 내 강탈한 별장에서, 사적 원한으로 국사를 처리했던 구한말 조정과 세도가들을 떠올려 보았다. 밀실에 모여 국사를 모의할 것이 아니라 민의에 바탕을 두고 백년대계가 논의되었으면 좋겠다. 권력이나 집단의 힘으로 빼앗을 것이 아니라 자유의사에 따라 합당한 대가를 지불함이 당연하다는 사고가 확고해지길 기대한다.

계곡이 깊지 않아 물소리는 들리지 않았으나, 산책길의 아름드리 소나무와 녹음은 찾는 이들에게 그늘을 제공하기에는 부족함이 없었다. 있는 것, 남은 것이라도 지키고 기억할 수 있도록 애쓴 이가 있기에 사연이 깃든 멋진 곳에서 이런 생각을 할 수 있음에 감사한다.

● 보통의 거짓말? 전시회(블로그, 2019. 12. 14.) ●

종로구 부암동 석파정(石坡亭) 입구 서울미술관에는 〈보통의 거짓말(Ordinary Lie)〉이란 전시회가 열리고 있다. 전시장 입구에는 '거짓말'을 ① 까만 거짓말, ② 하얀 거짓말, ③ 새빨간 거짓말, ④ 보통의 거짓말 4가지로 설명하면서, 보통의 거짓말을 ㉠ 자기합리화 혹은 자기방어를 위한 변명, ㉡ 사회적 인간의 생활지침서, 처세술, ㉢ 군중을 선동시키기 위한 말, 프로파간다적 언어 등 '일상 속에서 흔하게 이루어지고 있는 사실이 아닌 것'이라고 설명한다. 그러면서 여러 가지 '보통의 거짓말 사례'를 들고 있는데, "길이 막혀 조금 늦을 것 같습니다.", "다른 데 가도 다 똑같아, 밑지고 파는 거야.", "별로 안 마셨어. 이제 곧 가.", "조만간 밥 한번 먹자." 등속을 들고 있다.

팸플릿을 보니 모두 23명의 작가의 작품을 나름대로 네 파트로 나누고 있는데, 회화, 영상, 프린트, 설치작품 등 다양하다. 전시 코너마다 붉은 전선으로 연결된 붉은 전등 불빛 아래나 옆에 거짓말과 관련되는 어구들을 적어 놓아 관람객들의 관심을 유도하고 있으며, 작가들의 작품 아래에도 작품 의도 파악에 도움이 되는 글들을 적어 놓아 찬찬히 읽어 보는 재미도 쏠쏠하다.

전시장 입구를 들어서면 "뱀이 나를 꾀므로 내가 먹었나이다."라는 '인류 최초의 거짓말'과 관련된 선악과에 손을 댄 하와와 상대 아담의 영상이 반복적으로 돌아가고 있는 릴리아나 바사라브의 작품이 관람객을 맞는다. 이어지는 유민정의 '스스로 수풀 속에 숨어 있는 그림' 〈하와가 선악과를 먹지 않았다면 부끄러움을 알았을까〉라는 작품 등 목록 아래쪽에 "그들이 배운 건 거짓말일까요, 아니면 거짓말을 했다는 부끄러움일까요."란 질문을 던지면서, "어쩌면 그들은 우리 자신들일 수도 있다."는 토를 달고 있다.

스테판 슈미츠의 디지털프린트 작품 목록 밑에는 "나를 보여 주다가 보여 주고 싶은 나를 만들고 있는 가짜 나"를 보여 주고 있다는 설명과 함께, 어느 것이 진짜 나인지 모를 여러 작품들이 전시되어 있다. 송유정은 〈감정의 반복〉이란 작품에서 "우리들 마음속엔 하나의 감정이 아닌 수없이 많은 자아가 있다."는 것을 비슷한 여러 개의 얼굴상으로 만들어 전시하고 있다. 그중 색깔이 다른 것이 진짜일까? 이주연 역시 입속에서 연신 '거짓말을 쏟아내고 있는' 누군가, 아니 자신의 모습, 또는 몰개성적인 사람의 모습을 형상화하고 있다.

로돌포 로아이자는 겉으로 '사랑하며' 행복하게 살아가는 여성들도 도끼와 곡괭이로 부숴 버리고 싶은 삶을 살고 있으며, 술을 마시거나 근육주사를 놓거나, 심지어 얼굴에 보톡스 주사까지 놓아 실제의 자신이 아닌 '가짜', '거짓'으로 살아가고 있음을 빗대고 있는 것 같았다.

개인의 삶뿐만 아니라 사회와 국가도 전체주의적이거나 획일적인 메시지, 미디어를 통해 전해지는 메시지가 '전부'인 것처럼 우리는 길들여져 가고 있는 시대에 "국민의 국민에 의한 국민을 위한"이란 명제는 거짓일지도 모른다. 아니 그것을 모를 뿐 거짓임에 틀림없다.

서울미술관은 유니온그룹 안병광 회장이 2012년에 설립하였으며, 2019년 하반기 기획전인 〈보통의 거짓말〉 외에도 설은아 작가의 〈세상의 끝과 부재중 통화〉란 전시회도 함께 열리고 있다. 전시된 전화기 속에선 전하지 못한 메시지가 나오고 있으며, 전시장에 설치된 공중전화 부스나 1522-2290에 전하고 싶은 메시지를 남기면, 작가가 2020년 2월에 '사하라사막의 고요' 속으로 날려 보낸다나! 난 그곳에서 몇 대의 전화기를 들고 흘러나오는 메시지를 들으면서 다른 관람객에게 사진을 부탁하였다. 그런데 전화기에서 들었던 메시지는 기억나지 않는다.

〈보통의 거짓말〉 체험 코너

소장 작품전이 〈단편전시회〉란 명칭으로 함께 열리고 있는데, '나무의 시간'에는 이왈종과 오치균의 나무 작품, '교양수업'에는 장승업, 이응노, 하인두, 천경자, 김기창, 도상봉 등 작고 작가들의 소품들이, 5평 미술관엔 로버트 인디애나의 작품이, '華, 花, 畵' 코너에는 이대원과 전병현의 작품이 각각 전시되고 있다.

작품을 보면서 느끼는 감정은 사람마다 다르다. 작가는 바다에 빠진 사람에게 선장의 '가만있으라.'는 메시지에 주목했지만, 정치인들은 왜 빨리 구하지 않았느냐에, 국민은 구하지 못한 정권에 책임을 묻는 데 초점을 맞추었다. 이것은 사실이지만 정답은 아니다. 예술은 많은 것을 생각하게 한다. 옳고 그름이 아니라 다양한 시각을 잉태하도록 하는 것이 예술이라는 것을 알도록 해야 하지 않을까?

10.
흥인지문과 광희문 주변의
역사의 흔적을 찾아서

(2022. 1. 29.)

한양도성의 북쪽은 백악산, 동쪽은 낙산, 남쪽은 남산(목멱산), 서쪽은 인왕산으로, 동서축의 서쪽은 돈의문으로 지금 정동길 입구였고, 동쪽은 흥인지문(동대문)이다. 도성 안에는 궁궐이 있고, 성안에는 왕족이나 고관대작들이 많이 살았을 것이다. 수백 년 세월이 흐르면서 인구가 증가하고 도시화가 되면서 도시가 고밀도화되고 외연이 확장되었다.

도시개발을 위해 성곽을 허물기도 하고, 자연재해나 난리 통에 허물어지기도 하였다. 성곽 주변도 주거나 교통 문제로 많이 바뀌었다. 먹고살만해지고, 또 지난 역사를 되돌아보고 이용하고 즐길 수 있도록 하자는 생각에서 많은 곳은 복원하였다. 전체 한양도성 18.6㎞ 중 약 5㎞는 복원되지 못하고 있는데, 바로 흥인지문과 광희문을 거쳐 장충체육관에 이르는 구간도 그런 구간 중 하나다.

흥인지문(동대문)

그 구간 중 의미 있는 시대변화 물결의 흔적들을 훑어보면, 삶의 지혜와 생활의 변화를 알 수 있다. 고종은 1897년 대한제국 선포 후 본격적으로 서양문물을 도입하기 시작하였는데, 전차도 그중 하나였다. 1899년 5월 4일 동대문에서 흥화문(광화문 인근 옛 서울고등학교)까지 전차가 개통되었다. 동대문 차고지에서 열린 개통식을 구경하러 온 시민들 모습을 담은 사진이 2019년 서울역사박물관에서 열린 〈서울의 전차〉 전시 소개란에 게재되어 있다. 당시 전차의 차고지 표석이 동대문 메리어트(JW MARRIOTT)호텔 앞 화단에 세워져 있다.

한편 한성전기에서 운영하던 전차가 한일합병으로 경성궤도로 이관되어 운행되며, 이후 노선도 연장, 확장된다. 1930년에는 경성교외궤도가 동대문에서 뚝섬을 거쳐 광나루까지 운행하는 궤도를 부설하여 1932년부터 운영하기 시작하는데, 경영문제로 경성궤도에 이관한다. 그 경성궤도 회사 사무실이 동대문역 7번 출구 인근에 있었으며, 롯데리아 앞에 표지석이 세워져 있다.

오간수문 모형

이간수문 홍예 내부에서 길이 440cm 목재가
발견되었다. 목재는 도성 안으로 침입하는 적을 막기
위한 목책시설의 일부로 청계천의 오간수문과 수원
화성의 예를 참고하여 복원하였다.

이간수문 방책

북악산, 인왕산, 남산, 낙산에서 도성 안쪽으로 모이는 빗물이 한강으로 잘 빠질 수 있도록 광화문에서 홍인지문을 거쳐 한강까지 인공 하천을 건설하였다. 개울을 만들었다(열었다)는 의미에서 개천(開川)이라 불렸다. 그것이 바로 청계천이다. 동대문 부근 청계천에는 수문이 다섯 개가 있는 오간수문(五間水門)이 있었고, 그 위에 놓인 다리가 바로 오간수교다. 오간수문은 당초 위치에 복원하지 않고 그 모습을 다리 밑 벽에 그려 놓았고, 청계천 하류 쪽 북벽에 수문 모형을 만들어 놓았다. 또 남산 장충동 쪽에서 모이는 물을 청계천으로 내려보내기 위해 현재 동대문역사문화공원 안에 수문이 2개인 이간수문(二間水門)을 설치하였는데, 그 자리에 복원해 놓았다. 수문 위에 있었던 한양도성도 표시해 놓았다. 수문을 통해 적이 침입할 수 있다는 판단에서 수문에 침입방지용 목재 격자 방책을 설치하였는데, 이간수문 한 칸에 재현해 놓았다.

일제강점기는 세계사적으로 근대문명과 문화가 발호하던 시기였으며, 그로 인해 조선에도 신문명과 문화가 도입되었는데, 현재 동대문디자인플라자(DDP)가 들어선 자리에 일제는 1925년 도성을 허물고 히로히토(裕仁, 이듬해 쇼와(昭和)란 연호로 일왕으로 즉위) 결혼 1주년을 기념하여 경성운동장을 건립하였다. 25,900석의 운동장은 서울운동장, 동대문운동장으로 이름이 바뀌어 82년간 운영되다가 2007년 철거되었다. 손기정, 서정권, 백옥자, 최동원, 차범근 등 스포츠스타들의 활약상뿐만 아니라 정치·문화·체육 행사가 열려 격변하는 시대의 역사와 함께했다. 이후 수년간 발굴조사를 거쳐 과거의 역사흔적 일부를 복원, 재현해 놓았다.

그 자리에는 이라크 태생 영국 여성건축가인 자하 하디드(Zaha Hadid, 1950~2016)가 설계한 동대문디자인플라자가 건립되었다. 세계 최대의 3차원 비정형 건축물로 5,800톤의 철근을 사용해 기둥 없는 전시컨벤션 공간을 구축하였으며, 건물 외부에는 45,133개의 패널을 부착해 놓았다. 장충단로 쪽에는 조각가 김영원의 〈그림자의 그림자의 길〉이란 대형 인물조각상이 서 있다. (지난해까지 설치되어 있던 서울시 상징조형물 **I·SEOUL·U** 는 언젠가 사라졌다.)

DDP 뒤편에는 동대문역사문화공원을 조성하였는데, 동대문운동장기념관, 동대문역사관이 들어서 있다. 또 공원에는 이간수문을 복원하고, 동대문운동장의 조명탑과 성화대도 남겨 전시하고 있다. 축구장에서는 수도방어용 관청과 군사시설지, 야구장에서는 임금 경호부대 훈련장이었던 하도감(下都監), 화약공장 염초청(焰硝廳), 공방 등의 유구가 발견되었다. 배움터 앞 어울림광장에도 유구가 전시되어 있고, 뒤편 공원에도 집수지, 건물터, 우물지 등의 유구를 전시하고 있다.

광희문(光熙門)으로 이어지는 성곽은 도로와 건물 때문에 단절되어 있고, 퇴계로에는 노상에 성곽이 있었던 자리를 표시해 놓았다. 동대문역사공원역 3번 출구에는 삼일대로의 '삼일빌딩'을 설계한 건축가 김중업이 설계했고 1965년 완공된 병원·주거 공용 곡선 건물이 눈에 뜨인다. '엄마의 자궁에 태아가 있는 모습을 형상화'하였다는데, DDP처럼 모서리가 없는 부드러운 곡선 이미지의 4층 건물이다. 현재는 'arium'이라는 사무실 건물로 쓰이고 있다.

아리움 건물 전경

광희문은 시구문(屍軀門) · 수구문(水口門)이라고도 하였으며, 서소문
(西小門)과 함께 시신(屍身)을 내보내던 문이다. 저승길도 정해진 문으
로 나가야 하는 모양이다. 남쪽으로 약 70여 미터 정도는 성곽을 복원하
고 주변도 정비해 놓았다. 성곽 밖에는 광희문교회, 천주교순교자찬양관
이 있으며, 성문 밖에 '시구문 시장'이 있었다고 하나, 지금은 민가가 들어
서 있고, 장례나 의식에 필요한 용품 등을 판매하는 점포 흔적은 볼 수 없
었다.

고려시대에 가난한 사람들에게 의료와 의식(衣食)을 제공하던 동서대
비원(東西大悲院)은 조선 건국 이후에도 계속 유지되다가 1414년(태종
14년) 동서활인원(東西活人院)으로 개칭한다. 세조 때인 1466년 활인서
(活人署)로 이름을 고쳤는데, 동쪽 사무실인 동활인서는 성북구 동소문동
4가에, 서활인서는 용산에 두었다. 조선왕조실록에는 '사람의 목숨을 구

원하는' 활인(活人)이나 활인원, 활인서가 수없이 등장한다.

현종실록에 따르면(1671년) 비변사(備邊司)가 임금께 "동서활인서의 1천여 인, 사막(私幕)에 있는 7,860인은 진휼청이 구호하였으나, 나간 자가 얼마나 되는지 모르니 죽은 자가 많다는 것을 알 수 있다."고 아뢰었다는 기록이 있다. 활인서에는 시체 매장을 담당하는 오작인(仵作人), 환자의 심리적인 안정을 돕는 무당도 배속시켰다고 한다. 1784년(정조 8년) 신당동에 병막(病幕)이 설치되었는데, 이 시기 성북구 동소문동에 있던 동활인서가 신당동 236-2번지로 이전한 것으로 추정된다. 현재 그 자리에는 '중구남녀오거리마트'가 위치하고 있다.

1882년(고종 19년)에는 혜민서(惠民署)와 활인서를 없애고 전의감(典醫監)에 소속시키도록 관청을 축소하였는데, 1885년에는 다시 광혜원(廣惠院)을 설치하고, 곧 제중원(濟衆院)으로 개칭하여 관련 업무를 수행토록 하였다.

서울은 조선시대 500여 년간 수도 기능을 하였으며, 35년간의 일제강점기에는 일제의 필요, 문명의 개화에 따라, 또 해방 후에는 한국전쟁과 개발 때문에 많은 변천을 겪었다. 동대문 일원 수백 미터 구간을 살펴봄으로써 급격한 변화의 일단을 목격할 수 있었다. 역사는 잊혀질 수는 있으나 지울 수는 없다. 사라지기 전에 그 일부나마 복원하여 기억하도록 해놓은 것을 보고, '편리한 삶과 전통과 문화의 보존은 함께 갈 수 없는가?'라는 생각을 해 보았다.

11.
영화미디어 아트센터 개관을 기대하며
(2022. 2. 5.)

종종 서울 각 구청 홈페이지를 방문하여 답사지를 물색하는데, 이번에 찾은 곳이 답십리 동대문구문화회관 영화전시관이다. 전철을 갈아타고 돌아 돌아 장한평에 내려 초록색 버스를 탔는데, 초행이어서 가까운 곳에 내린다는 게 목적지를 지나쳐 버렸다. 두 정거장을 지나친 후 내려 걸어서 현장까지 가니 꽤 거리가 된다. 그날 종일 1만 4천 보 걸었다.

사전에 답십리 영화촬영소를 검색하여 읽어 보니 '외관상' 흔적은 '촬영소 사거리'란 거리 표지와, 촬영소 터에 세워진 '동답초등학교' 건물에 영화 상징 모형을 붙여 놓은 것밖에 없단다. 먼저 마주한 촬영소 사거리 표지판을 동서 양쪽에서 찍었다. 그리고 초등학교 입구에서, 건물 5층에 설치한 카메라, 촬영 모습, 필름을 형상화한 조각과 '영화를 꿈꾸는 아이들의' 서울동답초등학교 글씨가 나오도록 사진에 담았다. 영화와 관련된 또 다른 무엇이 있나 해서 학교 주변을 돌았지만 특별한 것은 찾지 못했다.

서울 동답초등학교 건물

영화전시관이 있다는 동대문구문화회관으로 향했다. 옆 건물인 체육관 모퉁이 대로변에 '답십리 영화촬영소 기념비'가 세워져 있다. '홍상수 감독의 부친인 홍의선 선생이 영화산업을 육성하고자 초등학교 자리에 스튜디오 2개, 연기실, 부대시설이 들어선 건물을 지어 한국영화 산실이 되었다.'는 내용이 각자되어 있다. 내력 설명 옆쪽에는 최무룡 감독의 1966년 작 〈나운규 일생〉 포스터가 들어가 있고, 뒷면에는 촬영소 터와 주변 위치를 표시해 놓았다.

동대문구문화회관 안에 있다는 '영화전시관'으로 가니 그 건물은 '답십리영화미디어아트센터'로 리모델 공사가 진행 중이었다. 공사장 밖에서 대화를 나누고 있는 분께 혹 다른 곳에서 전시물을 볼 수 있느냐고 물으니, 전시관 활동을 중단하고 있단다. 그러면 그렇게 표시해 놓아야지 하는 생각을 하면서 발길을 돌렸다. 돌아와서 동대문구문화회관을 검색하니 '2020년 9월 1일부터 운영을 중단한다.'는 알림이 표기되어 있었다.

문화회관 홈페이지에는 홍의선 선생이 1964년 대한연합영화주식회사를 설립하고, 그곳에 촬영소를 설치하여 "김진규, 김보애 주연의 〈부부전쟁〉('64년)을 시작으로 〈이수일과 심순애〉('65년), 〈나운규 일생〉('66년), 〈민검사와 여선생〉('66년), 〈청사초롱〉('67년) 등 80여 편의 영화가 제작되었고, 1969년 이만희 감독의 〈생명〉을 마지막으로 답십리촬영소는 역사의 뒤안길로 사라졌습니다."라는 설명이 있었다.

답십리 영화촬영소 기념비

그곳에는 영화상영관과 자료전시관이 있었다고 한다. 자료전시관 출입구에는 '유명 영화인 사진'을 연출·전시해 놓았고, 영화소품관에는 영화

장비(촬영, 조명 등), 영화제 트로피 등을, 홍보관에는 답십리촬영소 전경 사진, 영화 포스터, 대본 등을, 영화인 애장품 코너에는 유명 영화인 애장품 등을 전시해 놓았단다.

주변을 살펴보고 난 후 촬영소를 설립한 홍의선 선생이, 배우와의 염문으로 세간의 화제가 된 홍상수 감독의 부친이라는 사실을 처음 알게 되었다. 더욱 내 관심을 끈 것은 홍 감독의 어머니가 1980년대 '시네텔 서울'이란 TV프로그램 외주제작사 대표였던 고 '전옥숙' 씨라는 점이다. 나는 1980년대 중반 방송영화를 관장하던 문화공보부의 장관비서관으로 근무해 그분의 장관 면담 일정을 주선한 적도 있고, 어느 동료는 퇴직 후 그 회사에서 잠시 일한 적도 있다.

전 대표는 '대중문화계의 여걸'로 통할 만큼 적극적인 성품의 소유자다. 남편은 군인 출신이어서 실제 영화나 사업 분야는 전 대표가 주도했을 것으로 짐작되는데, 자신이 아닌 남편의 공덕으로 기록되어 있다. 기념비가 설치된 것은 그녀 생존 당시였으므로, 여걸답게 공(功)을 남편 몫으로 넘긴 것이 아닐까?

나도 1980년대 중반 이슬람 국가에서 수년간 '문화홍보관'으로 근무하면서, '허니웰(Honeywell)'이라는 16㎜ 영사기를 이용, 한국영화 여러 편을 주재국 인사들에게 보여 주었다. 외부에서 상영하기도 했으나 이슬람 국가여서, 혹여 외설기준에 저촉될지도 모른다는 생각에 '에로물'은 주로 집에서 손님을 초대하여 틀어 주었다.

필름이 손상되었으면 일부를 잘라내고 붙이는 작업도 능숙하게 했다. 1

초에 24장면이 들어가므로, 잘라내도 관람객들은 모르고 그냥 지나친다. 이후 VHS, 베타 비디오테이프 혼용의 혼란기인 90년대 초까지 해외에서 열심히 영화를 틀어 줬다. 2000년대에 들어와서는 개별 상영회보다는 영화제 개최를 연결해 주거나, 소개하는 쪽으로 방향을 바꿔 직접 필름을 상영하는 일에서 멀어졌다.

1974년에 발족한 재단법인 한국필름보관소가 2002년 영화진흥법에 의한 특수법인 '한국영상자료원'으로 발전적으로 전환하였다. 그런 국가기관이 있음에도 지방자치단체에서 별도의 영화미디어아트센터를 운영한다는 것은 어지간한 열정 없이는 쉽지 않을 것이다. 리모델링으로 운영을 중단하기 전에는 왕년의 영화감독 한 분이 영화전시관에 상주하면서 관람객들을 응대하였다고 하니, 그런 분들의 열정을 잘 조직화한다면 난제를 헤쳐 나갈 수 있을 것이다. 영화관람 문화도 점차 인터넷을 통한 시청으로 바뀌고 있어 '일반주민'을 상대로 한 시설운영은 더 어려워졌다. 따라서 주민친화적인 프로그램을 도입하고, 콘텐츠를 확충하는 노력도 병행하여야 한다. 3월에 공사가 끝나고 언제쯤 다시 시민들이 다가갈 수 있을지 자못 기대된다.

이번 출타에도 일제 잔재를 목도했다. '왜 지하철역은 장한평인데, 동리 이름은 장안동인가?' 늘 궁금했다. 검색해 보니 원래 '중랑천', 즉 '한천(漢川)'을 끼고 발달한 평야'라는 뜻인 장한벌, 장한평이었는데, 일제가 한자로 장안평(長安坪)으로 사용하여 그렇게 되었단다. 이런 것은 '죽창'으로 거덜 내고 통일해도 별 문제가 없는데 왜 그대로 두었을까 의문이다. '목마장(牧馬場) 안에 있던 벌'이어서 장안벌, 장안평이라는 지명 유래가 맞다는 것인가? 좌우간 통일할 필요가 있을 것 같다.

리모델링 중인 영화미디어아트센터

12.
한 여인의 사랑이 빚은 불심당
성북동 길상사
(2021. 7. 31.)

「나타샤를 사랑은 하고/눈은 푹푹 날리고/

나는 혼자 쓸쓸히 앉아 소주를 마신다/

소주를 마시며 생각한다/나타샤와 나는/

눈이 푹푹 쌓이는 밤 흰 당나귀 타고/

산골로 가자 출출이(뱁새) 우는 깊은 산골로 가

마가리(오두막)에 살자」

시인 백석(1912~1996)의 〈나와 나타샤와 흰 당나귀〉의 한 소절이다. 이 시에 등장하는 '나타샤'인 그의 영원한 여인 '자야(子夜)' 김영한(1916~1999)은 1997년 길상사 낙성식에서 "내가 평생 모은 돈(대지 7000여 평, 1000억 원 상당)은 백석의 시 한 줄만 못하다. 나에게 그의 시는 쓸쓸한 적막을 시들지 않게 하는 맑고 신선한 생명의 원천수였다."고 말한다. 그녀의 백석에 대한 가없는 사랑으로 음식점 '대원각'이 불심당(佛心堂)인 '길상사'로 낙성되는 날 행한 '회향(回向)'의 변이다.

길상사 입구

김영한은 일제강점기 가정형편 때문에 16세에 기생(妓生)양성소 대표의 양녀가 된다. 글공부를 하던 중 조선어학회 신윤국의 눈에 띄어 도쿄 문화학원으로 유학을 떠난다. 졸업 후 하와이 유학이 예정되어 있었음에도, 신윤국이 함흥교도소에 투옥되자 면회를 위해 방문했으나 허락받지 못한다. 그녀는 기생이 되면 유력 인사를 만날 수 있고, 그들에게 부탁하면 후원자인 신윤국을 면회할 수 있다는 생각에 함흥에 주저앉는다. 그때 요릿집에서 만난 사람이 바로 시인이자 선생이었던 백석이다. 함흥의 백화점에서 산, 이백의 시 〈자야오가(子夜吳歌)〉가 수록된 당시선집(唐詩選

集)을 백석에게 선물하자, 백석은 그녀에게 '자야'란 호를 지어 준다.

1955년부터 현재의 길상사 자리에서 한정식집 '대원각'을 운영해 오던 김영한은 1987년 법정스님에게 대원각을 시주하였으며, 1997년에는 길상사 창건법회가 열려, 법정스님이 주도하였던 '맑고 향기롭게'라는 사회운동단체의 근본도량으로 다시 태어나게 된다. 길상사 경내에는 회주(會主)로 시무하셨던 법정스님의 유골이 안치되고 진영을 모시며 그의 저서 및 유품이 전시된 '진영각'이 있고, '길상화(吉祥華)'란 불명을 받아 길상화보살이 된 그녀의 공덕비와 사당도 세워져 있다.

법정스님 진영과 유품전시관 진영각

백석과 자야의 만남에 대해 혹자는 증거가 없다고 말한다. 그들이 처음 만난 것은 1936년 백석이 함흥 영생여자고등보통학교 교사였던 25살 때

이고, 자야는 21살의 기생신분이었을 때다. 결혼은 했어도 단신 부임한 남자와 기생은 쉽게 어울릴 수 있는 신분이었다. 또 두 사람 모두 일본 유학을 한 인텔리였다.

자야가 자전에세이 《내 사랑 백석》에서 밝힌 대로 '함께' 만주국으로 도망치자는 얘기를 나누었을 수도 있었다고 본다. 남북분단 이후 백석이 한국으로 온 적도 없고 접촉한 인사도 없다. 자야의 일방적인 주장으로 과장이 있을지는 몰라도, 책에 쓰인 두 사람의 사랑 얘기가 허위란 증거나 증인이 없기는 역시 매한가지다.

김자야 에세이집 《내 사랑 백석》

혈육이 있었음에도 어마어마한 재산을 '시민들이 고뇌의 마음을 쉴 수 있는 곳으로 이용할 수 있도록 조건 없이 기부'한 그녀의 마음은 한량없음이 분명하다. 길상화보살은 그 도량을 찾고 불심에 의지하는 많은 시민들에게 오래 기억될 것이다. 길상사 경내에는 300년이 넘는 느티나무가 보호수로 관리되고 있으며, 따가운 여름날 십장생(十長生) 중의 하나인 느티나무 옆 돌 거북 입에서는 맑은 물이 뿜어 나오고 있었다. 화장실의 사투리인 '정랑(淨廊)'이란 표지판을 경내에서 보니, 왠지 똥물이 튀어 오르던 어린 시절의 변소가 떠오른다.

──● 백석이 세 번 결혼까지 하면서도 잊지 못했던 여인 김자야(金子夜) ●── (블로그, 2019. 9. 19.)

1912년 평안북도 정주에서 태어난 시인 백석(白石, 본명 기행-夔行)은 1929년 오산고보를 졸업하고 조선일보 장학생으로 선발되어 도쿄의 아오야마대학(青山學院)에서 영문학을 전공하고 1934년 조선일보에 입사, 〈여성(女性)〉지의 편집업무를 담당하였다. 1935년 〈정주성(定州城)〉을 조선일보에 발표하였고, 1936년 1월 시집 《사슴》을 출판하였다. 그해 봄 캐나다연합교회가 설립한 함흥 영생고보의 영어선생으로 부임한다.

한편 1916년 서울 태생인 김영한은 가세가 기울자 16세에 기생양성소이자 조합격인 조선 권번(券番) 운영자였던 금하(琴下) 하규일(河圭一)의 네 번째 양녀로 들어가 생활하던 중 그녀의 한글 글씨연습 소문을 들은 조선어학회 후원자 해관(海觀) 신윤국(申允局)의 도움으로 도쿄로 유학을 가게 되어 문화학원(文化學院)에 편입하게 된다.

1936년 졸업 후 하와이 유학이 예정되어 있었으나 후원자 신윤국 선생이 함흥의 홍원형무소에 수감되었다는 소식을 듣고 면회차 갔다가 성사되지 않자, 기생이 되면 요인에게 부탁하여 면회를 할 수도 있겠다는 생각에서 기생이 되어 머물던 중 연회석상에서 백석을 만나게 된다. 이후 두 사람이 정분을 나누던 중 그녀가 함흥 시내 히라다 백화점에서 이태백의 〈자야오가(子夜吳歌)〉가 수록된 당시선집을 사서 백석에게 선물하자, 백석은 그녀에게 '자야(子夜)'란 호를 지어주게 된다.

김영한은 함흥에서 서울로 혼자 도망 와 생활하던 중 영생고보 축구팀을 인솔하여 서울에 온 백석과 만나게 된다. 백석은 경기 후 자야의 청진동 거처에서 밤을 보냈는데 학생들이 숙소를 이탈해 문제가 발생하자 함흥으로 돌아간 후 같은 재단의 여학교로 전근되었다. 이후 백석은 사직서를 제출하고 서울로 돌아와 조선일보에 다시 취직하고 두 사람은 동거생활에 들어간다. 두 사람이 함흥과 서울에서 연애 또는 동거생활을 하는 도중 백석은 가족의 성화로 세 번씩이나 혼례를 치르지만 부부생활은 하지 않고 자야와 정분을 나누면서 자야에게 만주 신경(현재의 장춘)으로 함께 가길 요청하였으나 자야 역시 부담을 느껴 일시 결별(시간이 지나 백석의 가족이 자신을 받아들이면 합칠 생각)을 각오하고 따라가지 않아 이후 영영 이별하게 되었다는 것이 《내 사랑 백석》 김자야 에세이에 쓰여 있는 두 사람 사이의 만남과 이별의 대강이다.

김자야는 1955년부터 성북동의 길상사 터에 대원각이란 한정식집을 운영하여 오다가 1987년 법정스님께 불교도량으로 만들 것을 요청, 1997년 길상사가 창건되었다. 그녀는 1999년 11월 타계하였으며, 2001년 그녀의 공덕비가 경내에 세워졌다.

길상화보살 사당과 공덕비

에세이집 《내 사랑 백석》에서 그녀는 "그분의 시 작품 가운데는 꽃답고 영롱한 두 청춘의 그림자가 고스란히 살아 있고, 청순한 순정과 격렬한 열정의 너그러운 미소가 변함없이 남아 있습니다."(p. 5)라고 서문격인 〈추억을 위한 변명〉에서 밝히면서, 〈바다〉, 〈나와 나타샤와 흰 당나귀〉, 〈내가 이렇게 외면하고〉, 〈흰 바람벽이 있어〉, 〈南新義州 柳洞 朴時逢方〉 등을 소개하고 있다.

김자야 에세이에 보면, 함흥에서 두 사람이 함께 만주의 신경으로 가기로 한 날 자야는 혼자서 서울로 와 버렸는데, 두서너 달 뒤 백석이 서울로 찾아와 하룻밤을 묵은 후 출근 때문에 함흥으로 돌아가면서 누런 미농지 봉투를 '떨어뜨리고' 떠났는데, 뜯어보니 친필로 쓴 〈나와 나타샤와 흰 당나귀〉란 시가 들어 있었다고 기록하고 있다.(p. 101) 또 "틈만 나면 이 시를 읽고 또 읽는다. 내게 있어서 그것은 마치 그 시절로 돌아가는 무슨 주문 같은 것이었다."(p. 102)고 적고 있는데, 이 시가 발표된 것은 1938년 3월〈〈여성〉 3권 3호, 공덕비에는 1937년 겨울에 쓰인 최초의 원문 시가 소개되어 있음)인데, 에세이에서 5~6월 초에 백석이 서울을 다녀갔다고 적고 있어(p. 105), 발표된 시를 친필로 써 주었다는 얘기로 읽힌다.

　그 외에도 함께 단성사에서 〈전쟁과 평화〉란 영화를 보면서 '요염하고 늘씬한 영화 속의 나타샤를 보고는 나타샤와 비교가 안 되는 자신을 정열적으로 사랑하고 시로 표현한 데 황송스러워 등 뒤에 숨었다(pp. 123~124)는 표현 등이 있는 것으로 보아 시 속의 '나타샤는 자신임을 확신하고 있으며, 그런 연유로 공덕비 옆 안내판에 공덕주 소개와 함께 이 시가 적혀 있다.

　백석은 1936년 봄 영생고보에 부임, 2학년 담임을 맡았는데, 함흥 시내에 있던 백인계 러시아인이 운영하던 문방구 겸 서점 주인에게 러시아어를 배워 영생고보 수학여행단을 인솔하고 만주와 시베리아를 다녀올 정도로 러시아어도 잘 하였던 것으로 보이며(p. 74), 〈北方에서 정현웅에게〉란 시에서도 시베리아가 언급되고 있다. 1986년 필자도 대원각, 현재의 설법전 자리에서 식사를 한 기억이 있다.

13.
성북동 가구박물관을 다녀오다
(블로그, 2014. 7. 18.)

성북동 가구박물관은 시진핑 중국 국가주석을 위한 특별 오찬장, G20 정상 부인들을 위한 오찬장 등 한국을 방문하는 외국 VIP들을 위한 행사장으로 사용되고 있을 뿐만 아니라, 돌잔치, 결혼식 등 개인적 행사를 위해서도 대관이 되는 한국 전통미를 갖춘 국내 유일의 최고급, 최고가 연회장임에 틀림없다. 직접 보도를 보진 못했지만 CNN이 한국 최고의 박물관이라고 소개했다는데, 성북동 산기슭에 위치한 박물관 안방에 앉아 담장 너머로 보이는 서울 성곽이며 남산 등은 뭔가 차분함을 가져다주었다. 안내인은 집 마당을 아기자기하게 꾸미는 일본식 정원과 달리 우린 방 안에서 집 밖의 풍경을 조망하는 '차경(借景)'을 즐겼다면서, 눈 내린 겨울 풍경을 감상하는 것을 가장 추천하고 싶단다.

대구에서 한의원을 하면서 고가(古家)인 서당(書堂) 건물을 구입, 옛 목재와 가구들을 구해 개축한 후 살림집으로 건축허가를 받은 이종매제가

가구박물관의 불이문

모처럼 서울 나들이 길에 함께 관람하자고 하여 오후 근무(?)를 땡땡이치고 성북동으로 갔다. 간송박물관, 길상사, 최순우 가(家) 등은 둘러보았으나 가구박물관은 일반 공개 후 보지 못해 꼭 보고 싶었다. 마침 잘되었다는 생각에서 아내에게 얘기했더니 역시 대환영이다. 대학생인 이종사촌의 아들을 기다리느라 조금 늦게 박물관에 도착하니 투어가 시작되고 있어 부랴부랴 입장하여 사진 촬영이 가능한 마당에서 본대와 합류하였다. 사전 예약제로만 관람이 가능하며 입장료가 2만 원으로 상당히 비싼 편이다.

급하게 증명사진을 찍은 후 한옥 안 전시실로 들어서니 개관한 지 얼마 안 되어서인지 아직도 목재에서 소나무 향기가 나는 듯한 느낌을 받았다. 언덕에 지은 집이라 계단을 내려가도 지하가 아니라 바깥이 보이며 자연 채광이 가능하도록 되어 있어 '참 위치도 좋고 설계도 잘 하였구나.'란 생각이 들었다.

모두 2500여 점의 소장품 중 500여 점이 전시되어 있다는데, 먹감나무, 오동나무, 대나무, 자개 등 재질별, 궁궐·사대부·사랑방·안방 등 용도별, 지역별로 구분되어 전시되고 있었으며, 다양한 크기의 오동나무 책 보관함은 처음 보는 것들이어서 인상 깊었다. 관복함이며 그림과 글씨, 각자로 장식된 옷장, 좌식 생활에 맞는 다양한 책상, 그리고 지역별로 각기 다른 특색을 지닌 해주, 나주, 통영, 강원도 반(盤)과 머리에 이고 다녔다는 예쁜 소반, 겸상 풍습이 생기기 전 각자 독상을 받은 관계로 크기와 모양이 다른 여러 개의 반을 보관하던 사대부 양반집의 반 보관대, 다양한 촛대와 등잔, 거북등이나 칠기, 자개로 장식된 장롱 등이 전시되어 있었다.

사랑방, 안채, 부엌, 곳간 등에는 그곳에서 사용되었던 문갑, 가구들이 자연스럽게 비치되어 있었으며, 안방에서는 차경 시간도 가졌다. 신분과 계급에 따라 방의 숫자와 크기가 달랐던 시대상황을 설명하기 위해 사대부집 방에서는 앉아서 설명을 듣기도 하였는데, 가구들도 그 사이즈에 맞게 제작되었다고 한다. 당연히 궁궐, 사대부집, 민가에서 쓰던 가구들이 각기 다를 수밖에 없단다. 오동나무는 가볍고 방습과 방충에 강하므로 장·상자·악기류 제작에 많이 쓰였으며, 예로부터 딸을 낳으면 뜰 안에 오동나무를 심어 결혼할 때 장을 만들어 주었다고 한다.

애프터눈 티까지 예약을 하여 15명 내외의 관람객들 중 우리 일행 5명만 창고로 안내되었는데, 테이블에는 티와 쿠키가 준비되어 있었다. 병풍은 쳐져 있었지만 창고 안에서, 한과가 아닌 서양식의 아주 달콤한 쿠키들을, 찬 티와 함께 2만 원을 지불하고 마셨다. 박물관은 다시 찾고 싶지만 애프터눈 티 체험은 한 번으로 족하다는 생각이 들었다. 박물관 문을 나서며 혹시 안내팸플릿이 있냐고 물었더니 그런 것은 없단다. 이종이 아주 오만한 박물관이란다.

애프터눈 티

글을 쓰려고 홈페이지를 방문했더니 입장을 안내하는 팝업창만 뜨고 사진과 주소만 있을 뿐, 연혁이나 박물관 개황에 대해서는 일언반구도 없다. 신비 마케팅(?)인지 뭐 좀 알아보려면 다른 사람들이 작성한 블로그를 읽어야만 한다. 어쨌든 수도 서울에 그런 박물관이 있다는 사실에 대해서는 설립자에게 감사를 표하지 않을 수 없다. 잘 보았다.

금속가구가 아닌 민화나 다른 가구 순회전시 때, 그것도 눈 쌓인 겨울에 다시 한번 관람해야겠다. 함께 관람했던 나이 지긋한 분들의 말투도 비슷해 정감이 갔지만, 가구와 한국문화에 대해 식견이 좀 있는 분들 같아 '박물관을 찾는 관객들도 차원이 다르구나!'라는 생각을 갖게 되었다.

박물관 뜰의 담장과 장독대

14.
서울 도심에 자리 잡고도
갈 수 없었던 용산공원

(2021. 10. 26.)

용산공원 주변 전경

1904년 2월 23일 외부대신 이지용(李址鎔)과 일본 공사 하야시(林權助) 사이에 체결된 '한일의정서(韓日議定書)' 제4조에는 "제3국의 침해나 내란으로 인하여 대한제국의 황실 안녕과 영토 보전에 위험이 있을 경우에는

대일본제국 정부는 속히 임기응변의 필요한 조치(臨機必要の措置)를 행할 것이며, 대한제국 정부는 대일본제국 정부의 행동이 용이하도록 충분히 편의를 제공할 것. 대일본제국 정부는 전항의 목적을 성취하기 위하여 군략상 필요한 지점을 임검수용(軍略上必要の地点を臨検収用)할 수 있다."는 내용이 포함되어 있다.

이 조항에 따라 일본은 1904년 4월 한국에 '황실안녕과 영토보전을 위한' 주차군(駐箚軍, 외교사절인 군대) 사령부를 설치하고 8월에 용산 일대 300만 평을 강제 수용한다. 1906년 수용지 내 가옥, 분묘 등을 철거한 후 공사를 시작하여, 1908년 병영과 병원을 완공하고(118만 평으로 최종 확정), 사령부를 중구 남산에서 이곳으로 이전하여, 이후 용산이 한 세기 이상 외국군대 주둔지가 되는 운명에 처한다. 용산기지 영내 용산구청 맞은편에는 해발 65.5m의 나지막한 둔지산(屯芝山)이 있는데, 조선시대에 그곳에 군량을 조달하기 위한 둔전(屯田)을 둔 데서 유래한다고 한다.

한국전쟁의 와중인 1952년 한국정부가 용산기지를 미군에 양여한 후, 1990년 한미 양국 간에 용산기지를 돌려주기로 하였으며, 2003년 평택으로 이전하기로 합의한다. 2007년에는 '용산공원조성특별법'을 제정하여 본격적인 공원조성사업에 나선다. 물론 법 제정 전에 전쟁기념관은 1994년 6월, 국립중앙박물관은 2005년 10월 개관한다. 공원조성 계획안 국제공모를 실시하여 당선작을 결정하였는데, 건축가 승효상 씨가 이끄는 '이로재(履露齋)' 컨소시엄의 〈HEALING : THE FUTURE PARK〉가 1등으로 당선되었다.

법 제정 후 용산공원조성추진기획단이 설치되어 국민들의 의견을 수렴해 가면서 장기적인 안목에서 공원을 조성해 나가고 있다. 이미 전쟁기념관, 박물관이 들어선 지역을 포함하여 면적이 300만㎡인데(여의도 면적과 비슷), 지금도 국민들의 제안을 받고 있으며, 전시실 의견 제안 코너에는 어린이 놀이터, 조깅코스나 자전거도로를 만들어 달라는 의견 등을 볼 수 있었다. 2021년 10월 20일 다녀온 '용산공원'은 옛날 미 영관급 장교 숙소(5단지)로 16개 동으로 구성되어 있으며, 1985년 주택공사(LH 전신)가 시공하였다. 크기는 45평, 57평형으로 계급이 아닌 가족 수에 따라 숙소가 배정되었다고 한다.

용산공원 안 장교 숙소

　2020년부터 개방된 그곳에는 일제강점기부터의 기지나 주변 사진을 전시하는 야외갤러리, 잔디밭, 카페, 자료실(미공개), 한국 근무 미군 장교들의 회고담이나 자료, 생활상 등을 전시하는 오픈하우스, 음악회 등이 열리는 다중참여 공간인 파빌리온, 용산공원 전시 공간 등이 기존의 숙소나 커뮤니티센터를 활용하여 조성되어 있다. 야외 바비큐장도 두 곳이 있으며, 한 곳은 '블랙호크 피크닉 에어리어(Blackhawk Picnic Area)'로 이름 붙였는데, 70년대에는 그곳이 '블랙호크(Blackhawk)'라는 헬기 기지로 이용되었다고 하며, 가까운 출입문인 게이트 8(Gate 8)에도 '블랙호크 빌리지 게이트(Blackhawk Village Gate)'란 표시가 남아 있다. 오픈하우스에 전시된 가족들이 모두 그곳 숙소에 살았던 것은 아니며, 전시를 위해 특별히 준비된 것이다. 다양한 가족들 이야기가 소개되고 있으며, 미8군 사령관을 역임한 토머스 밴달(Thomas Vandal) 장군 가족의 사진과 이야기가 관심을 끈다. (세 아들 모두 해군사관학교 출신 장교)

용산기지 외부에도 삼각지 쪽의 캠프킴, 이태원 쪽의 UN사부지(16,000평), 수송부기지(24,000평) 등 군사목적 부지가 있으며, 미군전용 택시였던 '아리랑택시' 부지에는 용산구청이 들어서 있다. 수송부기지는 일제강점기 일본 공병부대 주둔지였으며, 그 부대가 1928년 6월 중국 만주국 군벌로 청나라와 일본에 위협이 되었던 장작림(張作霖, 장쭤린) 열차 폭사 사건에 개입한 것으로 알려졌다. 지금도 당시 병영건물이 남아 있다. 예정된 용산공원 밖의 부지는 처분하여 기지이전 비용에 충당한다고 한다.

젊은 연인들 방문객이 많았으며, 그들은 주택이나 남산을 배경으로 스마트폰으로 쉴 새 없이 사진을 찍었다. 평일 낮 시간임에도 외국인 노동자도 목격되었는데, 일자리를 잃어 찾은 것은 아닌지 괜히 걱정되었다.

일본 공병부대 주둔지였던 미군 수송부기지

코로나19 때문에 방문객 수를 200명으로 제한하고 있는데, 내방객 수를 파악하기 위함인지 별 필요도 없는 출입증을 나눠 주고 있었다.

전시관 영상 자막에서 볼 수 있듯, 용산기지는 1904년부터 116년간 "우리 곁에 있었지만 가까이 갈 수 없던 땅"이었다. 과거에는 사대문 밖이어서 궁궐로부터는 외곽 지대였지만 개발과 도시화로 시가가 확장되면서 그 땅은 서울의 도심이 되어 버렸다. 도시 한가운데 외국군이 주둔하고, 이 땅의 주인은 접근할 수 없다는 항변, 또 적이 불장난이라도 벌이면 수많은 무고한 국민이 피해를 입는다는 외침에 마침내 우리 땅으로 돌아왔다.

남산의 남쪽 자락에 위치한 용산기지는 더 이상 '금단의 땅'이 아니라, '휴식의 공간, 문화의 공간'이 되어야 한다. 주변에 전쟁기념관, 국립중앙박물관, 국립한글박물관이 들어섰고, 또 다른 문화시설이 들어설 수도 있

다. 역사의 흔적은 남겨 교훈으로 삼되, 미래와 후손을 위한 공간으로 재
탄생되기를 고대한다.

Blackhawk Village Gate(블랙호크 빌리지 게이트) 모습

그곳엔 ?!이 있었다

15.
텃밭을 복합문화공간으로…
노들섬의 상전벽해?
(2022. 1. 15.)

달빛노들 구조물(유람선 선착장으로도 이용된다)

한강 서울 구역에는 강 중앙에 형성되었거나 준설하여 섬이 된 곳 중 주
민들이 거주하고 있는 여의도(4.5㎢)와, 공원으로 운영되고 있는 선유도

(110,400㎡), 노들섬(120,462㎡), 서래섬(25,000㎡), 그리고 일반인이 출입할 수 없는 밤섬(279,281㎡)이 있다. 뚝섬이나 난지도는 육지와 연결되어 더 이상 섬이라고 할 수 없다. 물론 잠수교 하류에 인공섬인 '세빛둥둥섬'도 있다.

노들섬은 원래 이촌동에서 이어진 모래벌판이었으나 일제강점기 철제 인도교를 만들면서 섬이 되었으며, 중지도(中之島)라 불리다 1995년 노들섬으로 바꿔 부르게 되었다. 노들섬은 민간인 소유(㈜건영)였으나, 2005년 오페라하우스 등 예술기관을 설치하는 예술섬 프로젝트를 추진하기 위해 서울시에서 274억 원에 매입하였다.

두 차례(2006, 2009) 오페라하우스를 건립하기 위한 국제공모가 실시되어 당선작도 발표되었으나(프랑스 장 누벨, 한국 박승홍), 시장이 바뀌고(이명박-오세훈-박원순) 과다한 공사비, 교통문제 등을 이유로 백지화되었다. 2011년 이후 주민들의 텃밭으로 운영되기도 했으나, 2019년 현재와 같은 '음악중심의 복합문화공간'으로 개장하게 되었다.

노들섬에는 1966년 고공낙하 훈련 중 순직한 공수특전단 이원등 상사의 동상이 세워져 있으며, 한강의 수량을 측정하는 '자동유량측정시설'(환경부)이 설치되어 있다. 기상청에서는 한강대교 남측 교각 2~4번 사이 상류 100m 지점에서 결빙을 측정하고 있다. 노들섬 전역은 수영과 낚시가 금지되어 있으며, 여의도에서 노들섬까지 유람선이 운항되고 있다. '달빛노들'이란 구조물이 설치되어 있는 곳이 바로 선착장이다. 한강대교는 노들섬 중앙을 가로질러 놓여 있어 상류 쪽과 하류 쪽은 지상 연결다리로 왕래할 수 있다. 시민이용 시설물은 주로 하류 쪽에 있다.

노들섬 시설물은 1~3층으로 되어 있으나 3층은 조망데크나 연결다리이다. 하류 쪽 1층에는 화분이나 식물 씨앗 감상·판매점, 의류 재활용 디자인 숍, 음악스튜디오, 아트숍과 전시장(스페이스445), 음악 관련 회사 사무실이 있고, 1~2층이 연결되어 있거나 터진 곳에는 노들서가와 라이브하우스가 있다. 2층에는 야외 공간인 노들스퀘어(방문 시에는 크리스마스 장식물 설치), 음식점이나 카페가 있고, 상류 쪽 건물에는 다목적 홀과 '맹꽁이 숲'이 있다. 노들섬 전체를 둘러볼 수 있는 둘레길이 조성되어 있고, 하류에는 잔디광장이 있다.

노들서가 휴게 공간

내가 찾아갔던 12월 22일에는 '지누박(ZINOO PARK)' 개인전 〈Home〉이 개막하여 제대로 감상할 수 있었다. 작품이 취향에 맞느냐는 별개로 하더라도, 문화시설을 '구경답게 관람'한 것은 그것이 유일하다. 자전거카페 '바캉스온아일랜드'가 눈에 띄어 지친 다리를 잠시 쉬도록 했다.

민간 사업자가 서울시에서 위탁받아 시설물을 운영하고 있는데, 코로나19 때문에 방역이 철저하여 각 시설마다 나이 드신(?) 분들이 출입구에서 체온 체크나 손목 표시줄 결박, 안내나 자료배포 등을 하고 있었다. 일부 영업장 시설은 워낙 손님이 없어 운영하지 않고 있으며, 공연장은 주로 주말에만 공연 스케줄이 있어 즐길 수 없었다. 아이들과 함께 체험학습을 할 수 있는 코너들도 곳곳에 마련되어 있었다. 그러나 시민참여 프로그램도 초 만들기, 문구가 쓰인 종잇조각 가져가기, 장애인이 만든 비누 전시, 값싼 그림 디지털 프린트 판매 등 초등학생 대상 프로그램 정도라는 생각이 들었다.

시드니의 오페라하우스 같은 멋진 건조물을 상상했던 시민들은 노들섬 프로젝트로 탄생한 복합문화공간 건물을 보고 '교도소' 건물 같다는 평을 하기도 했으며(△△일보 2021. 8. 23., 땅집고 블로그 2019. 4. 30. 등), '낭만과 환상이 기대되는 개발'을 기대했던 시민들은 '초라한 노들섬'으로 평가절하하기도 했다. 6000억 원짜리 기념비적 프로젝트가 500억 원짜리 프로그램으로 바뀌었으니, 내용물에 차이가 나는 것이 당연하다. '노들섬 포럼'이란 의견수렴기구까지 만들어 그에 따라 건설한 것이므로 만든 사람들은 얼마든지 비난에서 벗어날 수 있겠지만, '이건 아니다.'라는 생각을 지울 수 없었다.

용산역이나 노들역에서 걸어도 얼마 걸리지 않으며, 한강대교를 건너는 버스들이 여러 편 정차하고 있어 접근성은 좋다. 이용객이 적자, 접근용 인도교를 건설하기로 하였다는데, 이 문제로 서울시와 시 의회가 대립하고 있다고 한다. 프로그램 문제지 접근성 문제는 아닌 것 같은데…. 안내책자는 '한강 위 문화섬, 노들섬'이란 슬로건으로 섬을 소개하고 있는데, 어울리지 않는다. 자료에는 '달빛노들'이란 유람선 선착장이 그럴듯해 보이던데, 좀 젊다면 저녁에라도 둘러보고 싶지만 그럴 때는 넘었으니 상상으로만 즐겨야 하겠다. 돈이 제일 큰 문제긴 했지만 특색도 없어 시민들의 문화향유에 얼마나 기여할 수 있을지 아쉬울 뿐이다.

노들섬 둘레길에서 본 여의도

16.
임진왜란 때 명나라와 왜군의
휴전회담 터 '심원정'에 서서
(2022. 1. 22.)

용산구 원효로4가 87-2 용산 문화원 뒤편 언덕에는 심원정(心遠亭)이란 정자가 있다. 이 곳은 임진왜란 당시 지원군이 었던 명나라의 교섭책인 심유경(沈惟敬)과 왜군 고니시 유키나가(小西行長)가 강화교섭을 하였던 장소로, 인근 언덕에는

심원정 왜명강화지처비

'심원정 왜명강화지처비(心遠亭 倭明講和之處碑)'란 글자가 음각된 기념 비가 세워져 있다. 그리고 주변에는 수령이 680년, 355년, 220년 된 느티 나무 다섯 그루가 옆을 지키고 있다. 수령이 680년 된 나무는 교섭 당시에 도 있었을 것으로 추정할 수 있겠다.

명과 왜의 강화교섭 자초지종을 알기 위해서는 임진왜란 당시 명나라의 지원교섭과 파병, 왜군과의 전투 등의 과정을 알 필요가 있는데,《선조실록(宣祖實錄)》의 해당 부분을 살펴보면 아래와 같다.

「임진왜란이 일어났던 해인 1592년 3월 3일 자에는, 그날 김성일(金誠一)이 경상우병사(慶尙右兵使)로 임명되었으며, 그는 평소 "왜는 틀림없이 침략해 오지 않을 것이며, 온다 해도 걱정할 것이 못된다(倭必不來, 寇亦不足憂)."고 말했음을 기록하고 있다. 그런데 4월 14일 자를 보면, 4월 13일 왜군 20만 명이 부산진으로 침략하여 14일

《선조실록》

부산진, 동래부를 함락시키고 부산진 첨사 정발과 동래부사 송상현이 전사하였다고 기록되어 있다.

5월 1일 자에는 비변사 이항복(李恒福, 훗날 병조판서)이 중국 촉한(蜀漢) 황제 유비(劉備)가 손권(孫權)에게 구원을 청하여 적벽대전(赤壁大戰)에서 승리한 사례를 들어 명나라에 구원병을 청하자고 건의한다.

6월 1일 자에는 5월 10일 요동도사 임세록(林世祿)이 왜적의 실정을 탐지하러 온 것으로 기록하고 있다. 또 같은 6월 1일 자 기록을 보면 평양에 입성한 왜장이 대사헌 이덕형(李德馨)을 면담하면서 '명나라 조공(朝貢) 길을 내주면 무사할 것'이라 했다고 한다. 이후 이덕형은 청원사(請援使)

로 명나라로 가 교섭하여, 군사 천 명이 조선으로 파병된다. 지원병이 중과부적이어서 다시 주청사(奏請使) 정곤수(鄭崑壽)를 보내 많은 병사(大兵)를 보내 줄 것을 요청한다.

9월 1일 자에는 중국이 상황파악을 위해 일본에 사신으로 보냈던 심유경이 귀국하였음을 기술하고 있으며, 그가 조선(순안)으로 와 고니시 유키나가에게 "조선이 일본에 무엇을 잘못했기에 일본이 어찌 마음대로 군사를 일으켰는가?(朝鮮有何虧負於日本, 日本如何擅興師旅)"라고 전갈을 보낸다. 이를 접한 고니시는 직접 만나자고 하여, 둘이 만나 평양 지역을 벗어나지 않는다는 휴전에 합의하고 50일간의 말미를 준다.

역시 9월 1일 자에는 중국 황제가 특사 설번(薛藩)을 보내 파병사실을 통지하면서 조선 왕실과 백성을 위로한다. 설번은 조선은 중국의 울타리(藩籬)와 같다면서 하루빨리 대군을 파병할 것을 재차 건의한다. 11월 1일 자에는 심유경이 다시 조선으로 와 왜장에게 110만 병을 동원하여 도울 것이니, 돌아가라고 회유한다.

12월 1일 자에는 명나라 군사 5만 2천을 파견한다.(평양주둔 왜군은 1만 명) 1593년 1월 1일 자에는 제독(提督) 이여송(李如松)이 순안에 주둔하고 있음을 기록하고 있으며, 평양전에서는 승리하나, 안주·파주에서 패하여 개성에 주둔한다. 왜군이 조선 남자들을 내통자로 여겨 몰살시키고, 산과 들을 불태워 명군이 말을 먹일 수 없게 된다. 그러자 이여송은 병을 핑계로 사직한다.

다음 해 2월 1일 자에는 영의정 유성룡(柳成龍)이 이여송에게 퇴군(退

軍)해서는 안 되는 다섯 가지 이유를 들어 만류하나, 그는 평양으로 돌아간다. 또 유성룡이 명군 왕필적(王必迪)에게 조선 관군과 의병의 활약으로 명군이 지원하면 왜군을 소탕할 수 있다고 하자, 왕필적은 따르려 했으나 이여송이 따르지 않았음을 기록하고 있다.

4월 1일 자에는 왜군에게 심유경을 보내 돌아가라고 타이르자(說諭捲退), 용산에 주둔하던 고니시가 강화를 요구한다(求約和). 고니시와 가토 기요마사(加籐淸正)를 만난(會行長, 淸正等於龍山) 심유경이 "상국(上國)이 장차 40만 대군을 몰아 앞뒤에서 차단하여 너희들을 치려 한다. 너희가 지금 조선의 왕자와 수행원(陪臣)을 돌려보내고 군사를 거두어 남쪽으로 떠나간다면 봉사(封事)를 성립시킬 수 있고 두 나라가 무사할 것이니, 어찌 순편(順便)한 일이 아니겠는가."라고 하자, 왜장들은 조공문제를 마무리한 뒤 물러가겠다(要封貢停當乃退)고 한다. 이 소식을 들은 이여송이 개성까지 왔으나, 진군하지는 않고 강화에 치중한다.

중국 사신으로 가장한 명나라 관원인 책사가 협상장으로 가 고니시와 심유경에게 "이여송 제독이 파주에 진주하여 유격장 척금(戚金)·전세정(錢世禎)으로 하여금 유성룡 등을 타이르게 하기를 '적을 속여 도성을 나가게 한 연후에 진격하여 섬멸하겠다.'고 하였다 한다."고 전한다. 이에 왜군들은 군량미를 남겨 두고 두 왕자와 관원, 심유경을 데리고 철군을 시작한다. 유성룡 등과 경성으로 들어온 이여송 군은 적을 추격하는 척하다가 되돌아오고 만다. 경성 유민들은 백에 한둘이었고, 산 사람도 귀신같았으며, 썩는 냄새가 진동하였고, 백골이 성 안팎에 쌓여 있었다고 기록되어 있다.」

심원정

실록의 기록에서도 협상이 용산(龍山)에서 행해졌음을 기록하고 있는데, 바로 그곳이 심원정이다. 요즈음은 그곳이 한강에서 떨어져 있으나 500여 년 전에는 강변이었으리라. 그래서 조선 말 40년간 벼슬을 하고 영의정까지 지낸 조두순(趙斗淳, 1796~1870)의 별장이 되었다고 한다. 지리적 위치보다도 조선을 침탈했던 왜군이 조선의 대표가 아닌 지원군인 명나라의 대표와 협상하고, 지원군은 왜군을 조선에서 물리칠 생각보다는 '강화'에 치중하였던 안타까움을 《선조실록》을 통해 알 수 있다.

조선시대에도 그러했지만, 지금도 한반도, 특히 한국은 비록 육지에 붙어 있으나 북한 때문에 섬나라와 같고, 한반도는 중, 러, 일과 접해 있을 뿐만 아니라, 6·25전쟁으로 인해 미군이 현재에도 주둔하고 있어 세계 4

강의 이해가 첨예하게 대치하고 있는 지역이다. 그런 만큼 대한민국은 힘을 기르고 국익을 최대한 지킬 수 있는 외교 전략을 펼치는 것이 생존과 번영에 필수적이다. 과연 지금 우리가 추진하고 있는 정책과 국민들의 생각이 그러한가는 정부뿐만 아니라 모든 국민이 심사숙고해야 할 것이다.

● 역사와 문화의 흔적을 찾아 용산을 걷다(〈여행문화〉, 2022년 봄) ●

코로나 시국이어서 사람 만나기도 꺼림칙하고 갈 곳도 마땅치 않아 혼자서 서울 시내 곳곳을 찾아 나선다. 용산 쪽을 가 볼까 하고 구청 홈페이지를 검색하니 '역사문화전문가 코스'가 있다. 1980년대 초 신혼생활을 서부이촌동에서 해 어떻게 변했는지 궁금하기도 했다.

종로에서 점심 약속을 마친 후 버스로 용산역에 내려 붉은 벽돌로 된 '구 용산 철도병원'을 찾았다. 일제강점기인 1929년 '붉은 벽돌(아카렌가, 赤煉瓦)'로 지은 건물임에도 외관은 멀쩡했다. 서울역사는 물론, 을지로의 신한은행 건물, 인사동의 농협 건물 등 일제강점기에 붉은 벽돌로 지은 건물들 상당수가 '문화유산(사적, 등록문화재, 근대문화유산, 미래유산)'으로 지정되어 있다. 한 세기가 다 되도록 별 탈 없이 사용할 수 있음은 40년 지나면 재건축이 허용되는 개발연대 건물들과는 확연히 다르다. 이 건물은 보수하여 올해 2022년 3월 '용산역사박물관'으로 재단장해 문을 열 예정이란다. 공사 중이어서 내부는 볼 수 없었다. 사진이 잘 나오지 않아 길을 건너 건물로 들어가 높은 곳에서 전경을 찍을 곳이 있나 살폈는데, 찾지 못해 다시 나와 맞은편 도로에서 사진을 찍었다.

다음에는 개성에 있던 고려시대 사찰 연복사(演福寺)의 '연복사탑 중창비'를 찾아 나섰다. 연복사에는 5층 목탑이 있었는데 소실되었다. 고려 말 석탑으로 중창하는 불사를 계획하던 도중 시대가 바뀌는 과정에서 비용조달, 배불론자의 반대에 부딪혀 건립이 중단되는데, 태조 이성계의 공덕으로 건립된다. 중창비에는 사찰의 연원, 불사의 내력이 새겨져 있는데, 그 비(碑)가 개성이 아닌 서울 용산구

철도회관 앞에 있다. 일제강점기 일제에 의한 경의철도 부설 과정에서 옮겨진 것으로 추정된다. 비신(碑身)은 사라졌으나, 비문은 권근(權近)이 짓고 글씨는 성석린(成石璘)이 새겼다는 기록이 있으며, 서울시 문화재로 지정되어 있다.

연복사탑 중창비

　다음은 철길을 건너 새남터성당으로 가야 한다. 한강 쪽으로 오니 옛날에 잠시 살았던 아파트가 철거되고 고층 아파트 단지가 들어섰다. 그 당시에는 한강로 위로 동부이촌동과 연결된 고가차도가 있었는데, 언제 사라졌을까? 모처럼 철도건널목이 등장한다. 마침 경의중앙선 열차가 지나가 급히 스마트폰으로 찍었는데, '땡땡땡' 하는 소리는 담지 못했다. 한강철교를 건너는 열차 길을 넘어야 성당이 있는데, 차량은 고가차도를 이용하나, 사람은 고가차도 옆 엘리베이터를 이용하여 올라가 건너도록 되어 있다.

　새남터성당이 있는 곳은 원래 중죄인 처형장으로 이용되었으며, 1801년 신유박해 때 주문모 신부가 처형되기도 하였고, 이후 김대건 신부도 그곳에서 순교하였다고 한다. 성당은 내가 그곳을 떠난 뒤인 1984년 건립되어 처음 가 보았다. 오후 성당 공개 시간을 기다리면서 바깥에서 처형장, 주문모, 김대건 신부 동상, 예수님의 '십자가의 길 14처' 조각 등을 둘러보았다. 시간이 되자 수녀께서 불을 켜고 성당 내부를 안내한다. 내가 바깥에서 찍은 10처 조각을 보여 주며 성당 안 어디에 10처 조각이 있는지 물어 그것을 찍었다. 형상을 비교해 보니 조금 다르다. 나오면서 보니 입구 벽면에 여자 신도가 처형을 기다리면서 어머니와 가족, 친지에게 보낸 옥중 편지 사본도 전시되어 있다.

새남터성당 순교 처형장

다음은 임진왜란 당시 조선에 지원군으로 온 명나라 이여송(李如松) 군대의 교섭책 심유경(沈惟敬)과, 왜장 고니시 유키나가(小西行長) 사이 강화교섭이 행해졌던 장소 심원정(心遠亭)을 찾아 나섰다. '명나라 조공(朝貢)길을 내달라.'는 얼토당토않은 이유를 내세워 조선을 침략한 왜군이 파죽지세로 한양으로 향하자 선조는 평양으로, 의주로 피난길에 나서고, 왕자로 하여금 분조(分朝)를 세우도록 명하는 등 풍전등화와 같은 처지에 놓인다. 상국 황제에게 지원군을 요청하자 명나라는 천여 명, 5만여 명, 20만 명으로 파병을 늘렸고, 나중에는 110만 명 동원까지 언급할 정도였으니, 조선 왕실과 백성은 얼마나 비애를 느꼈을까!

그 와중에 명나라 제독 이여송은 한양에서 개성으로, 평양으로 후퇴하면서 왜군을 물리칠 생각보다는 '강화'에 노심초사했다. 그래서 지일파로 염탐하러 일본까지 다녀온 교섭책 심유경이 한강 변 용산에서 왜장과 교섭에 나섰다. 바로 그 장소가 심원정이며, 언덕에는 '심원정 왜명강화지처비(心遠亭 倭明講和之處碑)'라는 비석이 세워져 있다. 뼈아픈 역사를 목도한 680년 된 느티나무가 비석 옆에서 조선의 공기와 물로 지금도 살아 강토와 백성을 지켜보고 있다. 정자는 언제 다시 세웠는지 알 수 없으나 주변에 서 있는 355년 된 느티나무와 220년 된 느티나무는 자초지종을 기억하고 있으리라.

용산 성심여중고등학교에는 1902년에 세워진 성심(誠心)성당이 있다. 용산신학교의 부속성당으로 건립된 성당은 프랑스식 고딕 양식의 건축물로, '사적'으로 지정되어 있다. 1942년까지 김대건 신부의 유해를 안치하고 있었으며, 6·25전쟁 때에는 성모병원 분원으로 이용되기도 하였다. 코로나19 때문에 출입이 허락되지 않아 가까이서 살펴보지는 못하고 교문에서 사진만 찍고 왔다. 혹여나 언덕으로 가면 건물을 가까이서 볼 수 있을지도 모른다는 생각에서 뒤편 언덕을 올랐으나 허사였다.

새남터성당에서 심원정에 이르는 중간 자투리땅에는 '목월공원'이 조성되어 있다. '강나루 건너서 밀밭 길을/구름에 달 가듯이 가는 나그네'로 시작되는 〈나그네〉란 시로 잘 알려진 박목월 선생이 고향 경주에서 서울로 올라와 1947년부터 1978년 작고할 때까지 그곳에서 시작(詩作) 활동을 하였다고 한다. 그곳은 전차의 원효로 종점이어서 시내 나들이도 편리했던 모양이다. 공원 표지석, 시비, 시를 적은 몇 개의 나무 패널이 세워져 있고, 운동기구도 놓여 있다.

성심여중고 뒤편 언덕에는 〈씨알의 소리〉로 유명했던 함석헌 선생의 집터에 '함석헌공원'을 만들어 놓았다. 개인 집터로 넓지 않은 공원에는 공원 표지석, 연보를 부착해 놓았고 어린이 놀이시설을 설치해 놓았다. 지방자치단체에서는 지역과 인연이 있는 명사들을 기리는 사업들을 추진하고 있는데, 시설물에 자치단체장의 이름이 들어가 있어 좋게 보이지는 않았다.

17.
노래 〈마포종점〉을
추억하는 사람들을 위해

(2021. 12. 11.)

환갑을 넘은 사람들은 대개 은방울자매가 부른 '밤 깊은 마포종점 갈 곳 없는 밤 전차'로 시작되는 〈마포종점〉을 2절까지 부를 수 있을 것이다. 물론 서울 사람이 아니어도 지난 시절 라디오에서 흘러나오는 노래를 수없이 듣고, 술집에서도 듣거나 불렀을 것이기 때문이다.

도대체 그 '마포종점'은 어디였을까 궁금하여 인터넷을 뒤졌다. 지하철 마포역 근처였다. 마포역 4번 출구를 나오면 왼쪽에 도원빌딩이 있는데, 그 뒤편이 '복사꽃공원'이다. 그 공원에는 전차 모양의 공중화장실이 있다. 좀 떨어져 보면 꼭 전차 같다. 물론 광화문 서울역사박물관 도로변에 전시되고 있는 실제 전차보다는 훨씬 크다. 마포종점이란 지역의 상징성을 살려 화장실 외형을 전차 모양으로 만들어 놓은 것이다. 또 공원에는 그곳이 '도화동(桃花洞)'이어서 노인과 외동딸 도화낭자의 전설을 전하고, 부녀 조각을 떨어진 곳에 마주 보게 설치해 놓았다. 옥황상제의 며느리가 된 딸을 그리워하자 복숭아씨를 보내 주었다고. 복숭아는 임부에게 좋은 과일이고 다산의 상징이란다.

실제 전차의 서쪽 종점인 마포종점은 현재 불교방송 건물이 들어선 곳으로 건물 앞에는 표지석이 세워져 있다. 그곳에서 1919년 3월 1일 탑골공원에서 독립선언식을 마친 군중이 저녁 8시경 시위를 하여, 그 사실이 함께 표기되어 있다. 전차를 타고 와 그곳에 모였기 때문일까? 종점 차고지는 도로 건너편 도화동 39번지(현재는 트라팰리스 앞 공원)에 있었다고 하는데, 안내판, 표지석 등 흔적은 찾을 수 없었다.

마포어린이공원 〈마포종점〉 노래비(가운데)

노래 〈마포종점〉의 기념비는 한강 변 강변한신코아아파트 옆 마포어린이공원에 자리하고 있다. 그곳에는 노래비와 유래 설명 안내 표석뿐만 아니라 마포구 상징 조각도 함께 설치되어 있다. 또 거기에는 한강 변으로 나갈 수 있는 강변북로 나들목도 설치되어 있다. 나들목 한강 변에는 마포나루에서 거래하던 새우젓과 소금에 대한 설명문도 세워져 있다. 공원 인근에는 비구니 사찰인 석불사가 있다.

──────── **전차와 마포종점**

불교방송 앞 〈마포종점〉 표지석   서울역사박물관의 전차

서울에서 전차가 운행되기 시작한 것은 1899년이며, '전차(電車)'여서 한성전기가 운영하였다. 이용자가 늘어 '만원전차'가 되자 노선을 신설, 연장하면서, 한편으론 한성부가 부영버스를 도입하여 경쟁체제를 갖춘다. 해방 후 버스와 자동차가 늘어나 전차의 수송 분담율도 낮아지고, 계속 적자를 내게 되자 폐선 직전에는 서울시가 인수하여 버스와 함께 운행한다. 뿐만 아니라 전차와 궤도는 버스와 자동차 운행에 방해가 되기도 해 결국 1968년 운행을 중단하였다.

나는 1971년 처음 서울에 발을 디뎠으므로 서울전차는 타 보지 못했으나 부산에서 타 보았다. 부산전차는 1925년에 도입되어 역시 1968년에 운행이 중단되었다고 하는데, 나는 초등학교 입학 전 증조할아버지를 따라 동래의 대고모 댁을 가서 타 보았다. 딸네 집 방문할 때 증손자를 데려가신 것이다.

서울에서 처음 전차가 운행된 구간은 동대문에서 돈의문(신문로)까지였으나 이후 노선이 신설되고 연장되기도 하였다. 그러나 한강은 건너지 못하고 마포까지만 운행되었다. 마포까지 전차노선이 연장된 것은 1907년이며, 바로 마포동 140번지 불교방송국 건물이 있는 곳이 전차 종점이었던 것이다.

〈마포종점〉
밤 깊은 마포종점 갈 곳 없는 밤 전차
비에 젖어 너도 섰고 갈 곳 없는 나도 섰다
강 건너 영등포에 불빛만 아련한데
돌아오지 않는 사람 기다린들 무엇 하나
첫사랑 떠나간 종점 마포는 서글퍼라

'강 건너 영등포'에는 나룻배를 타거나, 1917년 개통하고 1954년 복구한 한강인도교(한강대교)나, 1965년에 건설된 제2한강교(뒷날 양화대교로 개칭)를 이용하여 돌아서 갈 수는 있었다. 그런데 '돌아오지 않는 사람을 기다린들 무엇 하나.'라는 말처럼 가본들 무엇 하겠는가! 더구나 첫사랑도 떠나고 궂은비까지 내리니 서글프지 않겠는가!

2절에서는 전기를 생산하는 당인리 발전소도 잠들고, 종점 주변도 하나둘 불을 꺼 밤이 깊어 가는데, 돌아오지 않는 사람을 기다리다 지쳐 '생각도 하지 말자.'고 다짐하는 사무친 순간을 노래한다. 또 강 건너의 '여의도 비행장'엔 불은 꺼지지 않았지만 불빛이 쓸쓸하게 느껴진단다. 짝을 잃고 혼자가 된 젊은이의 심사가 애달프다.

여의도비행장은 일제강점기에 건설되어 비행장으로 활용하였으며, 1958년 김포국제공항이 건설될 때까지 국제공항 역할을 하였다. 그곳은 1971년 성남 서울공항이 건설되기 전까지 공군기지로 이용되기도 했으며, 1970년 대까지만 하더라도 국군의 날이면 수만 명의 군인들이 열병식을 하거나 공중에서 연막비행 시범을 보이기도 하였다. 1974년 영부인 피살 후 대통령이 사열하던 위치에는 지하벙커를 만들어 긴급 시 대피할 수 있도록 하였던 모양이다. 여의도를 공원화한 후 버스환승센터를 조성하면서 발견하여, 현재는 서울시립미술관에서 전시 공간으로 활용하고 있다(SeMA 벙커).

요즈음은 나이 든 사람까지도 헤어진 혹은 헤어지자는 연인을 무참히 살해하는 패악질을 일삼는 사건들이 가끔씩 뉴스에 등장한다. 버스나 지하철 종점 인근에 그런 사람들이 하소연하거나 회포를 달랠 수 있는, 24시간 운영하는 포차라도 운영하면 어떨까? 심리상담센터 역할을 할 수 있지 않을까? '마포종점'이라도 만들어 그런 분들의 서글픔과 쓸쓸함을 달래주자는 것이다.

고향 동리는 낙동강에서 2㎞쯤 떨어져 있는 심심산골이다. 초등학교는 강 반대 방향으로 고개를 넘어 4㎞를 걸어야 했다. 중고등학교는 시내에서 다녔는데, 버스를 타려면 나룻배로 강을 건너 10㎞를 걸어야 했다. 토요일 오후 버스를 타고 걸어서 고향집으로 와, 일요일 쌀을 짊어지고 걸어가 버스를 탔다.

매주 두 번씩 배를 탔으므로 강의 나루터가 낯설지는 않다. 배를 탈 수 있고 내릴 수 있는 언덕 또는 모래톱이 가까워지면 사공이 노로 배를 잠시 고정시켜 주었는데, 그곳이 바로 나루터였다. 물론 강물 수위에 따라 나루터의 위치도 조금씩 바뀌며, 홍수 때에는 아예 운행을 하지 못한다. 대학 시절 고개 쪽으로 자동차도로가 개설되어 더 이상 나루터를 이용하여 강을 건널 필요가 없어졌고 나룻배는 그때 사라졌다.

마포나루터

한강에는 많은 나루터가 있었다. 도성이 한강 이북에 있었으므로 남쪽으로 가려면 한강을 건너야 했는데, 조선시대에는 광나루(廣津), 삼밭나루(三田渡), 서빙고나루(西氷庫津), 동작나루(銅雀津), 노들나루(露梁津), 삼개나루(麻浦津), 서강나루(西江津), 양화나루(楊花津) 등이 있었다. 특히 광나루 · 삼밭나루 · 동작나루 · 노들나루·양화나루는 한강의 5대 나루로 각종 물품과 사람들의 집합장소로서 유명하였다.

마포나루는 와우산, 노고산, 용산 구릉 세 곳에서 흘러내리는 개천이 한강과 만나는 지점인 마포에 각각 포구가 형성되어 '삼개나루'라 불리기도 했다. '삼'은 숫자 셋을 의미하지만, 한자는 마섬유(삼베의 원료)를 의미하는 삼인 마(麻) 자를 차용해 쓴 것으로 설명되어 있다. 실제 마포나루 위치는 마포유수지주차장이 들어선 곳으로, 현재의 강변에서 훨씬 안쪽으로 들어와 있다.

건너편 여의도는 예전에 백사장이었는데, 백사장을 지나면 시흥을 거쳐 수원으로 가는 길이다. 마포도선장에는 세곡이나 군수물자 등 관물을 운송하던 관공선이 아닌 주로 개인 상선들이 운집하였다. 예부터 마포나루에는 새우젓을 파는 사람들이 많아 '마포새우젓장사'라는 애칭이 오늘날까지 전해지고 있다. 마포나루를 드나드는 뱃사람들의 무사를 기원하는 나루굿이 유명하며, 배에서 하는 용신굿과 육지에서 하는 도당굿으로 나누어 단오 즈음에 행하였다.

마포나루터가 있던 곳을 가기 위해 마포대교를 올라 하류 쪽 보도를 따라 진입로 신호등을 건너 강변으로 내려갔다. 계단이 아닌 경사면이어서 장애인, 자전거동호회원들도 그 길을 이용하고 있었다. 도로 밑에는 어느 사물놀이 팀이 연습 중이었다. 사진에서 본 '마포나루터'라는 표지가 강변북로 경사면에 새겨져 있다. 하류 쪽 강변북로 나들목 앞에는 '삼개포구' 표지석, 마포나루와 토정 이지함 선생의 안내판을 세워 놓았다. 겨울이어서 나루터 앞 공터에는 먹이를 찾는 비둘기만 옹기종기 모여 있다. 인간들이 흘린 새우젓을 주워 먹으러 온 것은 아닐 테고 누군가가 먹이를 주기도 해 혹시나 해 습관적으로 찾았을 것이다.

여러 척의 배들이 정박하기 위해서는 세 포구 모두 모래톱이 아닌 바위나 돌로 둘러싸여 있고 주변엔 나무도 있었을 것이지만, 강안 정비로 그런 흔적들은 찾아 볼 수 없었다. 강바닥을 내려다보니 모래가 아닌 돌이 바닥에 깔려 있고, 다릿발 밑 역시 돌이었다. 예상했던 대로 포구는 바위나 돌이 있고, 늘 물이 차 있어 배가 드나들거나 정박하기가 용이했던 것으로 추정할 수 있었다. 물론 포구 옆에는 공간이 있어 뱃사람들이 거래하고 식사를 할 수 있는 객주 같은 처소도 있었을 것이다.

여의도 쪽 강 중앙에는 밤섬이 있는데 언제부터 생겼는지는 알 수 없다. 다만 섬이 생긴 뒤에는 강의 주된 물굽이가 백사장이었던 여의도보다는 나루터 쪽으로 나 있었던 것이 아닐까 하는 생각이 든다. 포구를 본 후 돌아 나오면서 마포대교 차량 진입로 옆 인도에서 열심히 나루터 쪽과 밤섬을 살펴보았지만 포구의 모습은 어디에서도 찾아 볼 수 없었다. 그저 강변북로와 마포대교 진입로의 차들은 지난 세월은 안중에 두지 않고 제 갈 길을 물 흐르듯이 달리고 있었다.

토정 이지함 동상

주변 지역에는 일제강점기인 1907년부터 60여 년간 운행하였던 전차의 마포종점이 있었고, 은방울자매의 노래 〈마포종점〉이 많은 사람들의 사랑을 받아 노래비도 세워져 있다. 또 요즈음 젊은이들이 운수를 점쳐 보는 '타로점'처럼, 연초에 대다수 백성들이 길흉화복을 점쳐 보던 《토정비결》의 저자 토정 이지함이 살았던 집이 그곳에 있었고, 집터에서 가까운 네거리에 그의 동상과 구휼행동을 보여 주는 조각 작품이 세워져 있다. 서울시 민속문화재로 지정된 일제강점기에 지어진 정구중가옥도 래미안아파트 단지 중앙에 위치하고 있다.

18.
쌓이는 문화, 쌓는 문화,
문화비축기지에서

(블로그, 2019. 11. 11.)

문화비축기지 입구

문화(文化)의 사전적 정의는 "자연 상태에서 벗어나 일정한 목적 또는 생활 이상을 실현하고자 사회 구성원에 의하여 습득, 공유, 전달되는 행동 양식이나 생활양식의 과정 및 그 과정에서 이룩하여 낸 물질적·정신적 소득을 통틀어 이르는 말. 의식주를 비롯하여 언어, 풍습, 종교, 학문, 예술, 제도 따위를 모두 포함한다."이다.

그런데 정의에서 말하는 과정으로서의 문화나 정신적 소득으로서의 문화는 형체가 없는 것이므로 '비축'이란 단어의 의미와는 맞지 않다는 생각도 든다. 그러나 문화도 쌓이고 쌓을 수 있다는 면에서 '축적'될 수 있고 또 되고 있다. 그런 의미에서 '석유비축시설'이었던 것을 문화시설로 탈바꿈시키면서 '문화비축기지'란 명칭을 붙인 것은 잘된 작명이란 생각마저 든다. 명칭에 딴지 걸자고 한 것이 아니라 문화에는 무형적인 것들이 많다는 것을 강조하고자 한 얘기다.

마포구 성산동의 나지막한 야산인 매봉산(93.9m)에는 아파트 5층 높이(15m)인 석유비축탱크 5개소(지름 15~38m)에 당시 서울 시민들이 한 달간 사용할 수 있는 양이었던 6,907만 리터의 석유를 비축하고 있었다. 1975년 서울시 인구가 141만 가구, 689만 명이었는데, 이들이 한 달간 사용할 수 있는 양이라니 엄청난 양임에 틀림없다. 냉난방 방식, 차량 보유 대수 등에 있어 오늘날과는 많은 차이가 있음을 감안하면 대단한 양이다.

1973년 10월 아랍-이스라엘 사이에 중동전쟁이 발발하자 아랍 산유국들이 생산량을 줄이고 값을 올리는 방식으로 석유를 무기화하는, 이른바 제1차 석유파동이 일어나 많은 나라가 원유 수급에 차질을 빚게 된다. 우리나라 정부도 유사한 비상사태 대비책으로 비축기지 건설에 착수하여 1978년부터 석유를 비축해 왔던 것이다. 그러다 2002 월드컵에 대비해 인근에 월드컵경기장이 건설되고 500m 이내에 위험시설물이 있어서는 안

5번 유류 저장 탱크

된다는 사유로 2000년 바로 옆의 석유비축시설을 폐쇄하기에 이르렀다. 2013년 유휴 저유시설 활용과 관련한 현상공모를 거쳐 2015년에 공사를 개시, 2017년 복합문화공간으로 개원하게 된다. 석유탱크가 '문화탱크' 역할을 하는 '문화비축기지'가 된 것이다.

영국이 뉴밀레니엄을 맞이하여 템스강 변의 화력발전소를 리모델링하여 2000년 '테이트 모던(Tate Modern)'이라는 국립미술관을 만들었듯이 우리도 새로운 문화향유공간을 만든 것이다. 테이트 모던은 2018년 한 해에만 590만 명의 관람객이 방문하여 영국 내에서 가장 많은 관광객이 방문한 시설이 되었는데, 문화비축기지에는 그 100분의 1인 5만 9천 명이 방문했을까?

11월 7일 산과 들을 찾아 여행기를 써 보겠다는 15명의 일행들은 오전에 인근의 또 다른 생태문화공간 '하늘공원'을 방문하였다. 월드컵경기장

안의 푸드 코트에서 점심을 때운 후 길 건너편의 '문화비축기지'를 찾아 비축기지의 연원을 알 수 있는 T5 이야기관을 먼저 들른 후 역순으로 둘러보았다.

5개소의 저유탱크는 바위산인 매봉산의 지세를 활용하여 완전 평지가 아닌 암벽을 깨어 설치되었다. 탱크 바깥쪽에 별도의 옹벽을 설치하였지만 바위산 자체가 외부 옹벽 역할을 하고 있다. 1차 옹벽 사이의 환풍 공간이나 순찰 공간에서 바깥의 바위산을 볼 수 있었다. 천연요새에 자리잡아 앞면을 제외하곤 포탄도 뚫지 못하는 곳이었다고나 할까!

비상시 석유 불출에 얼마나 자동화 설비가 연동되었는지는 알 수 없지만 내외부의 파이프라인은 그대로 노출되어 있고, 탱크 바깥 순찰로에서 내부를 살필 수 있는 계기판도 그대로 존치되어 있다. 당시 직원들이 사용하였던 헬멧이며, 용구가 탱크 안에 전시되어 있었고, 심지어 순찰 돌았을 때의 으스스함을 표시한 계고문도 곳곳에 그대로 부착되어 있었다.

탱크마다 서로 다른 종류의 기름이 보관되었을 텐데 T5에 보관된 것은 휘발유일까, 경유일까, 디젤일까 괜히 궁금해진다. 41년간 접근조차 할 수 없었던 '1급 비밀 보안시설'이던 '석유비축기지'의 내막을 알고 싶다는 것은 권위주의 시절 수틀리면 '국가보안법' 위반으로 잡혀 들어갈 충분한 사유가 되었을 것이란 생각에 이르자 소름이 끼친다.

T2탱크의 공연장을 들르니 마침 〈공간의 재발견-재생, 혁신, 창조〉를 주제로, '2019 아시아도시문화포럼'이 개최되고 있었는데, 그냥 포럼 자료나 얻고 사진이나 한 컷 찍고 나오려니 소속과 연락처를 기재해야 된단

다. 포럼 참석이 아닌 산책 복장이었지만 소속을 '전 문화부'로 쓰고 자료를 받아 행사장 안으로 들어갔더니 스태프가 쫓아와 앞자리로 안내하겠단다! 아뿔싸! 괜히 문화부 관료였음을 밝혔구나. 그냥 주소만 쓸 것을. '아니 전 잠시 머무르다 갈 예정이니 신경 쓰지 마세요.' 하곤 앞이 가리지 않는 곳에서 무음 카메라로 셔터를 누르곤 곧 되돌아 나왔다.

T3탱크는 내부를 개조하지 않고 그대로 원형을 보존하고 있는 곳이다. 외부에서 옹벽이며 관리사무실, 순찰기억판 등을 둘러보곤 잔디밭으로 나오니 증명사진을 찍잔다. 반장께서 잔디밭에 턱 누워 포즈를 취하니 반원들이 얼른 옆으로 다가가자 앉은 자세로 고친다. 찍는 사람을 빼곤 사진에 다 들어왔다! 누가 빠졌을까?

탱크 바깥쪽으로는 순찰로가 조성되어 있고 바위 암벽인 2차 옹벽 안에, 60㎝~3m 두께의 시멘트 1차 옹벽이 설치된 구조였는데, 탱크의 철판 두께가 9~23㎜여서 소총으로 뚫기에는 어림도 없을 것이다. 요즈음에는 여러 차례 폭발하는 벙커버스터 폭탄이 개발되었으니 뚫는 것은 일도 아니겠지만. 석유를 비축, 보관하는 데 그만한 정성을 기울였듯이 문화를 보존하고 창조하는 데에 더 큰 에너지가 투여될 수 있기를 기대해 본다. 기지 입구에 설치된 조각가 김승영의 스피커 모양의 작품 〈시민의 목소리〉처럼 곳곳에 문화 창조와 비축의 외침이 울려 퍼지기를 소망한다.

문화는 우리들 모두의 삶의 흔적의 집합체다. 우리가 얼마나 알뜰살뜰하게 가꾸고 키워 나가느냐가 바로 문화 창조의 바로미터다. 남이 아닌 내가, 우리들이 해야 할 일인 것이다. 그 두껍고 단단한 콘크리트 옹벽 틈새에 날아든 풀과 나무의 꽃씨들이 뜨겁고 차갑고, 그리고 자양분 섭취가 극도로 제한된 시멘트와 모래가 타설된 '인공바위' 속에서 발아하고 적응하면서 생명력을 이어가는 것을 보면서, '문화의 생명력'도 그에 못지않을 것이란 생각을 해 본다.

T1, T2를 해체할 때 나온 철판을 활용하여 세웠다는 T6 카페 건물에 들어가 글을 쓰고 동인지를 발행하는 문제 등등을 논의하고는 '문화재생, 문화비축의 현장투어'는 막을 내렸다. 글이 수록된 에세이집을 받고 다시 습작을 하는 연습생, 교육생을 몇 번이나 더 반복해야 할까?

─● 노을공원에서 노을을 못 보다니!(블로그, 2020. 5. 29.) ●─

난지도 쓰레기 매립장은 2002년 월드컵 개최를 계기로 1999년부터 2002년까지 모두 5개의 테마공원으로 다시 태어났는데, 노을공원 중 일부는 국민체육진흥공단이 260억 원을 투자, 퍼블릭 골프장으로 20년간 사용한 후 돌려주기로 하였다. 그러나 서울시가 골프장을 개장하기 전에 공원화하기로 방침을 변경하자 법정 다툼까지 가기도 하였으나 결국 2008년 11월 서울시로 이관되어 공원으로 개장되었다. 그 후 2009년 5월 30일까지 골프장 내에 국내 원로 조각가 10인의 작품이 설치되어 일반에게 선보이게 되었다.

월드컵공원의 전체 면적은 347만㎡로, 평화공원이 44.6만㎡, 난지천공원 29.4만㎡, 난지한강공원 77.6만㎡, 노을공원 34만㎡(제1매립지 상단, 대중골프장 부지 19만㎡, 시민 이용 공간 부지 14.7만㎡), 하늘공원 19만㎡(제2매립지 상단), 매립지 사면 기타가 142만㎡이다. 종래에 골프장으로 이용하려고 개발하였던 부지가 일반 시민들의 휴식공간으로 바뀐 셈이다.

내가 노을공원을 마지막으로 찾은 것은 2009년 8월 8일로, 골프장이 서울시로 이관된 후 얼마 지나지 않을 때였다. 당시에는 원로 조각가들 작품 10점 전부를 보지 못했는데, 주변정리도 되지 않았고 샤워시설, 캠프파이어, 원두막, 편의점 등 캠핑장의 공용시설도 제대로 갖추어지지 않았었다.

2019년에 하늘공원, 문화비축기지 등 월드컵공원 주변을 둘러보았기에 노을공원도 다시 살펴보고 싶었다. 마침 집에서 공원 가까이 가는 버스가 있어 '노을'도 볼 심산으로 점심을 먹고 출발하니 1시간 20분 정도가 소요된다. 종점에서 내려 상암변전소 옆을 지나니 '5월의 장미'가 담장을 화려하게 장식하고 있다.

십수 년 전에 봤던 난지천 변 텃밭들이 어떤가 싶어 부러 하천 변으로 들어서니 예전처럼 감자, 야채, 양대(서리태) 등 작물들을 재배하고 있었다. 5월 하순으로 녹음이 짙어진 인도를 따라 노을공원으로 향하는데, 평일이어서인지 오가는 사람들을 보기 힘들 정도다. 돌아갈 때를 생각하여 버스정류장을 확인한 후 노을공원 순환로를 들어서니 그곳 역시 인적이 드물다. 지나가는 어르신께 노을공원으로 올라가는 지름길이 있느냐고 물으니 잘 모르신다면서 조금 더 가면 하늘공원과의 사이에 길이 있는데 오른쪽으로 가면 노을공원 입구가 나온단다.

길섶의 아카시아는 한물이 갔고 찔레꽃마저 절정기를 지났다. 그래도 노랑붓꽃, 인동덩굴과 이름 모를 꽃들이 스마트폰을 기다린다. 뽕나무의 오디는 좀 더 있어야 익을 것 같았으며, 쥐똥나무 열매도 튼실하게 열렸다.

터덜터덜 혼자서 오르막을 조금 오르니 지역난방공사가 나타나고 하늘공원 길을 지나니 노을공원 입구다. 조금 들어가니 생태관 입구에 맹꽁이전동차 탑승장이 나타나 두리번거리니 직원이 올라갈 거냐고 묻는다. 그렇다고 하니 가던 차를 멈추고는 무인 매표소로 안내하더니 카드를 넣고 왕복표를 대신 끊어 준다.

조금 올라가니 노을공원이 나타나는데, 골프장에선 게이트볼 비슷하게 여러 사람들이 페어웨이에서 볼을 치고 있는 모습이 보인다. 내려갈 땐 어디서 타느냐고 물으니 정상인 노을카페에 내려 주면서 그곳에서 타면 된단다. 날씨도 꽤 더운 편이고 물이라도 살까 하여 카페에 들르니 숯, 라면, 가스버너용 가스 등 캠핑에 필요한 용품과 음료수가 주인데, 무알코올 맥주 캔을 들고 계산대로 가니 알코올 맥주를 원하면 바꿔 주겠단다.

맥주 캔을 들고 인근 전망대로 가니 몇 개의 벤치가 있고 한 벤치에는 아주머니 두 분이 담소하고 있다. 흐르는 한강을 보니 아래쪽에는 난지캠프장이 자리하

143

고 있다 젊은 청년 둘이 와 옆자리에 앉길래 사진을 부탁하고는 쉬면서 '시원한 맥주'를 다 비웠다. 그러고는 또 다른 전망대로 가면서 뻐꾸기 소리도 듣고 주변의 꽃들도 찍었다.

심문섭의 조각 작품 〈제시〉

2009년 방문 때에도 일부 조각 작품은 보았는데, 오늘은 꼭 10작품을 모두 보고 가야겠다는 생각에서 되돌아와 테마산책로를 돌기 시작하였다. 골프장 페어웨이 잔디는 잘 깎여져 있었고 중간중간에는 그늘집이 있었다. 조각과 잔디밭, 공원의 전경을 배경으로 신혼 커플들이 웨딩 촬영을 하고 있었으며, 젊은 여성들도 잔디에 앉거나 서서 스마트폰으로 서로 찍어 주거나 함께 찍는다. 평일이고 낮 시간이어서 찾는 사람은 많지 않았다.

천천히 돌다 보니 여섯 시가 되어 파크골프장까지 오니 마지막 플레이어가 클럽하우스를 나온다. 맹꽁이전동차를 타고 올라가면서 찍었어야 하는데 플레이하는 장면을 찍지 못해 아쉬웠다. 다리도 아프고 피곤하여 전동차를 기다리면서 '파크골프'가 뭐냐고 물으니 자상하게 공과 골프채를 보여 주면서 인터넷으로 예약을 하면 된단다. 골프를 쳐 봤으면 어렵지 않단다.

인터넷에 기록을 찾으니 2010년 5월 5일에 노을공원 파크골프장이 개장하였다고 한다. 면적은 14,000㎡(약 4,200평)로, 일반 골프장과 비교하면 1/50 정도이다. 파크골프란 공원과 골프를 합친 말로 1983년 일본 홋카이도에서 처음 시작하였으며, 우리나라에는 1998년 보광휘닉스파크에서 처음 시작하였다고 한다. 현재 대한파크골프협회에 등록된 골프장은 모두 227개소이고, 협회는 300개 골프장, 10만 명의 동호인 확보를 비전으로 제시하고 있다.

30분마다 운행한다는 맹꽁이전동차를 기다리니 얼마 안 있어 나타나는데, 폐장 시간이 가까워지니 나타나 기다리는 사람을 태우고는 다른 차 운전사에게 6시 15분경에 노을공원 정상(처음에 내렸던 노을카페)에서 마지막 손님을 태워오라고 무전으로 연락한다. 생태관 입구에서 그곳에 주차한 일행을 내려 주고는 난지천공원 주차장까지 달린다. 하늘공원 가는 맹꽁이전동차도 그곳에서 타는데, 내려서 월드컵경기장역으로 와 지하철에 몸을 실으니 16,500보. '5월의 장미'가 경기장 울타리를 탐스럽게 장식하고 있다.

노을공원을 찾으면서 '노을'을 보지 못하고 내려와 아쉽다. 해가 긴 늦봄이어서 노을을 보려면 저녁 7시는 되어야 할 텐데 그러면 너무 늦고. 겨울이 좋으려나? "10년이면 강산도 변한다."는 옛말처럼 공원도 많이 정비된 느낌이었지만, 일부 목책(木柵)은 썩어 곧 교체하여야 할 것 같았다. 그리 위험한 지역이 아니니 썩어 무너지는 것도 운치는 있을 것 같은데 공공시설이어서 그러다간 책임문제가 있을 터이니….

기본적으로 '잔디공원'이고 큰 나무들이 자랄 수 없는 '쓰레기 매립장'이어서 그늘은 기대할 수 없겠지만 그래도 손자들이 크면 '캠핑장'에라도 데리고 와야지! 98미터밖에 되지 않는 낮은 동산에 불과하지만 그곳에 나무와 풀, 꽃이 자라고 새가 지저귄다. 사람들이 쉬고 즐기며, 평생을 함께하기로 언약하는 신랑 신부들이 웨딩 촬영을 하는 '자연의 명소'가 되어 가고 있음은 '인간은 마음만 먹으면 무엇이든 해낼 수 있다.'라는 위대함을 보여 주는 '현장'이어서 기쁘다.

코로나19 때문에 캠핑장 이용 예약을 받지 않아서인지는 모르나 야외 서가에는 책이 한 권도 없었으며, 시간이 없어 보지 못한 도시농부정원이나 생태체험장 등 공원 반쪽은 다음번에 보아야겠다. 육군이 서울을 방어하기 위해 한쪽에 주둔하고 있는지 말뚝이 세워져 있다. 숲속에 있는 철책 내부는 보이지 않는다.

● 문화는 삶의 흔적! 하늘공원에서(블로그, 2019. 11. 10.) ●

사람들은 살기 위해 의식주를 해결해야 하며, 이를 위해서는 식물을 채취하거나 동물을 살육하고 때로는 자연을 훼손하기도 한다. 뿐만 아니라 더 편리하고 편안한 생활을 영위하기 위해 자연을 파괴하고 사람들에게 해로운 오염물질을 배출하거나 공기나 물 등 동식물의 생육에 지장을 주는 일까지 서슴지 않는다. 그중에서 직접 눈으로 볼 수 있지만 처리가 쉽지 않은 것이 바로 생활쓰레기다.

도시화 진전에 따라 생활쓰레기 양은 기하급수적으로 늘어 각 가정에서 단독으로 해결해야 하는 수준을 넘어 공동체 차원의 처리대책이 필요하게 되었다. 수도 서울 역시 크게 다르지 않았다. 해방 당시 인구 90만 정도였던 서울은 30년도 안 되어 1000만 도시로 급성장하였다.

1978년부터 한강 변에 난초와 지초가 무성했던 섬 난지도에 쓰레기를 매립하기 시작, 15년 만에 높이 98m의 쓰레기 산을 조성하였다. 그곳은 파리, 먼지, 악취의 삼다도가 되어 환경오염의 주범인 메탄가스가 분출되고 침출수가 주변으로 흘러내리는 불모의 땅, 위험 지대가 되어 버렸다.

확장되는 수도 서울의 중심부에 가까운 곳에 그런 쓰레기 산을 그대로 둘 수 없다는 뒤늦은 깨달음으로 침출수 처리, 상부 복토, 매립가스 처리, 경사면 녹화를 시작한 것이 1996년. 인근에 2002년 월드컵경기장이 들어서면서 이런 '안정화 사업'에 탄력이 붙어 '월드컵공원'이 탄생하게 되었으며, 구역별로 평화공원, 하늘공원, 노을공원, 난지천공원으로 나뉘어 있다.

공직에서 명예퇴직한 2008년부터 다소 심리적, 시간적 여유가 있어 서울 시내의 각종 공원 순례를 시작하였으며, 특히 월드컵공원은 거의 매년 찾았다. 10월 중순 억새축제를 전후로 하늘공원을 찾으면 공원을 오르는 291계단에는 청사

그곳엔 ?!이 있었다

초롱을 매달아 놓기도 하였고, 어느 해에는 풀로 사람이나 동물 모형을 만들어 세워 놓기도 했다. 공원의 그늘막 지붕 위에는 조롱박이, 앞에는 코스모스가 피기도 하였고, 중앙 통로에는 수세미나 조롱박 터널을 만들어 놓기도 하였다. 월드컵 경기가 있었던 해부터 시작한 억새축제 기간에는 인산인해를 이루어 사람에 치여 억새를 제대로 즐길 수 없었던 때도 있었다.

사람이 버린 쓰레기 더미 위에, 사람이 가꾼 억새나 화초를 보러 많은 사람들이 그곳을 찾고 있다. 버려졌던 불모의 땅을 새로운 동식물이 서식하는 생명의 땅으로 가꾸어 그곳을 새로운 문화로 가꾸어 나가고 있는 것이다. 보기 흉하고 해로운 삶의 흔적들을 덮거나 없애 버리고 아름답고 가까이 하고 싶은 공원으로 가꾸고 있는 것이다.

공원 경사면에는 아카시아 등 속성수들이 일부 자라고 있으나 공원 한복판에는 복토한 흙의 깊이가 얕아 큰 나무들이 자랄 수 없어 풀의 천국이 되었다. 그중에서도 생명력이 강한 억새는 뿌리끼리 엉켜 가면서 생명력과 번식력을 자랑하고 있다. 아마 세월이 더 지나 땅이 자연성을 회복하게 되면 나무도 뿌리를 내릴 수 있을 것이다.

하늘공원 억새밭의 새집

문화는 삶의 흔적이다! 자연스럽게 문화는 생성, 소멸하며, 떠오르고 사라지는 것 자체가 문화다. 즐겁고 의미가 있으면 더 번성하고 더 오래 지속될 수는 있다. 한국의 가수 싸이가 2012년 7월 내놓은 앨범의 타이틀곡인 〈강남스타일〉이 전 세계적으로 히트를 쳐 한국의 노래뿐 아니라 '한국이란 나라 자체'를 알리는 데도 지대한 공헌을 하였다. 7년이 지난 지금 전 세계인들은 싸이의 춤과 노래가 아니라 방탄소년단의 노래와 춤에 열광하고 있다. 그처럼 문화도 생명이 있는 것이며 영원할 수는 없는 것이다. 문화는 역사 속에 흔적을 남기지만 시종여일 하도록 강요할 성질의 것은 아니다.

　　이번 11월 7일 하늘공원 방문은 예년에 비해 늦어 억새가 끝물일 것으로 생각하여 오히려 잘됐다는 생각을 하였는데, 찾고 보니 한창은 지났으나 꽃대만 앙상한 억새는 아니었다. 억새꽃 가루가 풀풀 날아가 버리고, 말라비틀어진 억새잎이 바람에 일렁이면서 소리를 내는 풍광도 또 다른 볼거리가 될 텐데….

　　여럿이 '함께' 탐방을 하면 관찰이나 사색에 지장을 받기도 한다. 그럼에도 '옆으로부터' 자극을 받기 위해 '함께' 여행을 한다. 열 번 넘게 하늘공원을 찾았는데, 이번에는 방향을 바꾸어 억새가 아닌 '땅과 생명체'를 생각해 보기로 하였다. 글 쓰는 모임 회원들이 함께하였으니 '써야 한다.'는 의무도 있었지만, 하늘공원의 억새는 매년 꼭 보고 싶었다. 명성산, 민둥산 등의 억새도 보았지만 억새 자체로는 하늘공원의 것이 최고다. 눈으로 보이는 억새의 모습뿐만 아니라 자란 토양의 의미를 생각하면 더욱 그렇다. 땅이 다시 살아나니 그 터전에서 동식물도 다시 살아나고 사람도 찾는다. 자연은 사람의 노력을 거역하지 않는다. 우리가 할 일은 너무나 무궁무진하다. 삶에 해로운 일을 했더라도 더 나은 삶을 위해 노력해야 할 것은 지천(至賤)이다.

　　땅에 뭔가를 끄적이며 흙냄새를 맡는 유치원 어린이도 있었고, 빨간 립스틱을 칠하고 친구들과 재잘대는 여고생도 억새 앞에서 연신 스마트폰을 눌러댄다. 배움의 과정에 있는 젊은이들이 쓰레기 매립지가 공원으로 탈바꿈하는 '난지도 재생'의 의미를 배워 갔으면 좋겠다.

19.
일제 잔재의 멋있는 변신
경의선 숲길을 찾아

(2021. 10. 22.)

    서세동점(西勢東漸)의 세계사적 기운이 발호하던 19세기, 일본은 그런 시대적 흐름에 동승한다. 왕이 있었지만 이름뿐, 실권은 막부정권(幕府政權)이 행사하였으며, 미국, 영국, 네덜란드, 프랑스 등과의 통상조약 역시 왕의 칙허 없이 막부가 독단적으로 처리하였다. 이후 반 막부세력이 연합하여 들고일어나 통치권을 일본 천황에게 돌려주었으며(大政奉還), 부국강병의 기치를 내건 메이지유신(明治維新)을 통해 관 주도의 근대국가 건설에 박차를 가한다. 유신을 이룩한 일본은 구미에 대한 굴종적 태도와는 달리, 아시아에서는 강압적 태도로 나왔다. 1894년의 청일전쟁, 1904년의 러일전쟁의 도발은 대표적인 예이며, 그 다음 단계가 한국을 침탈한 것이다.

    외교권을 박탈당하고 일본의 보호국이 된 을사보호조약은 1905년, 주권을 빼앗은 한일신협약(정미7조약)은 1907년, 한국을 일본에 합병하는 한일병탄조약은 1910년에 각각 체결되었으나, 그 전부터 일본은 조선에서의 영향력을 확대해 나갔다. 1882년 임오군란이 일어나자 제물포조약을 체결하여 일본공사관에 경비병을 주둔시키고, 1884년에는 김옥균 등 개화파를 앞세워 정변을 일으켜 개혁정책을 추진한다. 그러나 새 정부는 3일 천하로 끝나고 주모자들은 일본으로 망명한다.

조선에 주둔하던 청국과 일본의 군대가 동시에 철군토록 한다는 청-일본 간의 텐진조약으로 조선에서의 청나라의 우월적 지위는 사라지게 된다. 동학농민혁명이 발발하자 진압을 위한 파병이 빌미가 되어 청일 양국 간에 전쟁이 벌어진다. 일본이 승리하여 조선에서의 일본의 영향력은 확고해진다.

1896년 미국이 경인선 부설권을 얻자 프랑스도 경의선 부설권을 얻게 되는데 재력 부족으로 3년간 허송세월한다. 조선 조정은 민간인에게 부설권을 주나 그 역시 추진하지 못하자 조정이 직접 하기로 하고 측량에 착

철길 위의 소녀 소년 조각

수한다. 1904년 러일전쟁이 발발하자 일본은 군용철도 부설을 시작하며, 강요에 못 이긴 조정은 50년간 임대조약을 맺고 부설권을 부여한다. 일본은 철도 부지를 강점하고 공병대를 투입하여 난공사를 피한 우회노선을 택해 2년이 조금 넘는 733일 만인 1906년 4월 3일에 경성과 신의주를 연결하는 경의선을 일단 완공한다. 이후 곡선 개량, 터널 신설, 교량 증개축 등 개량공사를 거쳐 1911년 완공한다.

경의선 숲길은 용산에서 가좌까지 연결되는 지상철도 6.3㎞ 구간을 지하화함에 따라 지상에 만든 공원이다. 두 역 사이에는 효창공원앞역, 공덕역, 서강대역, 홍대입구역이 있고, 역 주변에는 출입구, 주차장, 백화점 등이 들어섰으며, 주요 도로를 가로지르는 철도 건널목이 있던 곳은 도로 유지가 필요해 실제 공원 거리는 5㎞도 안 될 것이다.

숲길도 구간별로 추진 시기가 다른데, 공덕역-효창공원앞역 구간 숲길은 2015년 6월 27일 완공되었으나, 숲길 전체가 완공된 것은 2016년 5월 21일이다. 폭도 지상철도 부지의 넓이에 따라 구역마다 다르며 10여m로 좁은 곳이 있는가 하면, 60여m에 이른 곳도 있다. 폐철로를 이용한 공원인 점을 살리기 위해 지상공원에 객차와 철로를 남겨 두거나 건널목 표지를 살려 두고, 철로 레일에 귀를 대고 기차 오는 소리를 듣는 어린아이 조각을 설치한 곳, 철로를 걸을 수 있도록 레일과 침목, 쇄석을 그대로 둔 곳도 있다.

'숲길'인 만큼 나무를 심고 5~6년이 흘러 한여름 땡볕에도 그늘을 제공하는 곳이 있는가 하면, 잔디밭이나 별도로 조성한 꽃밭, 생물이 서식할 수 있도록 돌이나 나무로 '육생 비오톱(terrestrial biotop)'을 설치하기도 하고, 바위고개의 경우에는 바윗돌이 드러나도록 그대로 두었다.

　새로운 창고인 만리창(萬里倉)이 있었다는 의미인 새창고개/신창마을 과 홍제천 옆 사라진 실개천인 세교천(細橋川), 일제강점기 아현동과 공 덕동 사이에 만든 인공 하천 선통물천(先通物川), 건널목 차단기가 내려 가면 '땡땡' 소리가 났다고 하여 불린 '땡땡거리' 등 옛날을 추억할 수 있는 설명판을 곳곳에 만들어 놓았다. 다만 새창고개 이야기 설명판은 백범교 아래 숲길 공원에 세워져 있고, 창고인 만리창은 당초 효창파크푸르지오 아파트 단지에 있었지만 표지석은 백범로 도로변에 세워 놓았다. 백범 생 애나 주요 활동일지를 표시한 설명은 백범교 아래 벽에 적혀 있다.

책거리 조각 작품

홍대역 6번 출구 전방 숲길에는 '경의선 책거리'를 조성하여 조형물도 세워 놓고, 여행, 아동, 문학, 예술, 인문 등 분야별 서적이나 소품을 전시, 판매, 안내하는 활동을 하고 있다. 와우교 아래에는 간이역을 연상할 수 있게 꾸며 놓았다. 경의선 숲길 곳곳에는 현대 조각 작품들도 세워져 있고, 젊음의 거리와 가까운 곳에는 기타 치는 남학생과 책 읽는 여학생 조각상을 두 곳에 설치해 놓았다.

코로나19로 경의선 숲길 커뮤니티센터, 열차 객차를 활용한 숲길사랑방 등 공공시설은 운영하지 않고 있었고, 공원에 비치된 의자나 벤치 등 쉼터도 거리두기를 지켜달라는 호소로 점철되어 있었다. '공원'인 만큼 주변에는 먹고 마실 곳이 즐비했는데, 카페와 식당이 공원과 연결되어 있어 편리하다. 홍대입구역 인근의 왁자지껄한 분위기는 젊은 연인끼리 즐기기 좋은 곳이라면, 공덕역과 서강대역 사이 양옆 카페는 가족이나 나이 든 사람들이 오붓이 즐길 수 있을 것 같았다. 경의선 숲길은 2016년 '국토경관디자인대전'에서 국토교통부장관상을, 2017년에는 문화체육관광부로부터 '대한민국 공간문화대상'을 수상한 바 있다.

경의선을 부설한 것은 일본인데, 철도 부지를 정당한 대가를 지불하고 이용한 것인지 알지 못한다. 해방 후 패전국 일본의 재산을 미군정청이 인수하고 다시 한국 정부에 인계한 것이어서 취득 절차에 정당성은 부여되고 있다. 그러나 일본이 철도를 부설할 당시는 러일전쟁 시기로 군을 투입하여 부지를 강점하고 대한제국에 강요하여 임차하였던 것이므로 많은 백성들의 원망과 회한이 서려 있을 것이다.

한 세기가 넘은 것을 들춰 '죽창을 들고' 항의하기보다 수많은 지역 주민들의 휴식과 삶을 위한 공원으로 만들어 제공함으로써, 멋있고 쓸모 있는 생활공간으로 바꾼 '극일'의 현장이다. 이런 식의 일제 잔재 청산이야말로 가장 바람직한 일제 청산이 아닐까! '기억은 하면서 넘어서는 것', 이것이 진정한 애국일 것이다.

객차를 이용한 '숲길사랑방'

20.
선유봉의 변신 선유도에서

(2021. 10. 2.)

「봄 한철 한가롭게 옥진(신선)과 놀았는데

어느새 세월이 흘러 벌써 가을이라네.

무제는 오지 않고 꽃도 다 져 버려

하늘에는 노을이 깔리고 달이 다락에 다가오네.

(一春閑伴玉眞遊 倏忽星霜已報秋

武帝不來花落盡 滿天人烟月當樓)」

허난설헌의 〈유선사(遊仙詞)〉란 연작시 87수 중 76번째 시인데, 신선의 세계도 세월은 흐르며, 자연도 변화함을 노래하고 있다. 신선이 놀던 곳이라고는 하지만 인간세계인 이상 변화는 당연한 것이다. '십 년이면 강산도 변한다.'고 했는데, 산봉우리였던 선유봉(仙遊峰)이 세월이 흘러, 선유도(仙遊島)란 섬으로 바뀐 것이다. 바로 지금의 영등포구 당산동 선유도

얘기다.

경기도 양천현령(陽川縣令)을 지낸(1740~1745) 진경산수화(眞景山水畵)의 대가 겸재 정선(謙齋 鄭敾, 1676~1759)의 그림 〈선유봉〉에서 선유봉은 섬이 아닌 육지에 연결된 바위산이고 주변에는 민가가 여러 채 그려져 있다. 실제로 1960년대 초까지만 하더라도 선유봉 주민들은 그곳에서 밭농사와 고기잡이로 생활하였다고 한다.

겸재 정선의 〈선유봉〉(간송미술관, 〈뉴스버스〉에서 재인용)

그곳엔 ?!이 있었다

한강 북쪽의 잠두봉(蠶頭峰)에서 건너편 남쪽의 선유봉으로 모래톱이 생성되어 강을 건너기가 편리해 오랫동안 나루로 이용되었으며, 《고려사》에도 등장한다. 겸재의 〈양화환도〉(楊花喚渡 : 양화나루에서 사공을 불러 강을 건넘)란 그림에도 나룻배로 강을 건너는 모습이 잘 나타나 있다. 이곳은 한강을 거슬러 올라가는 길목으로 방위상 중요한 곳이어서 조선시대에는 군대가 주둔하였던 군진(軍鎭)으로, 2호선 지하철로(地下鐵路) 한강 하류 쪽 언덕에 장대석(長臺石)으로 군진 터를 표시해 놓았다.

조선시대에 중국의 사신들이 오면 유람차 선유봉 정상에 올라 많은 시를 남겼고, 겸재의 그림에서처럼 그곳에 정자와 누각을 지어 정취를 더하였다. 1866년 흥선대원군의 천주교 탄압에 대한 보복으로 조선을 침략한 사건인 병인양요 당시, 프랑스 함대가 양화진을 거쳐 서강까지 측량하고 퇴각하고 두 번째는 더 많은 군대를 보내 강화도를 점령하기도 한다. 이 과정에서 천주교 신자들이 협조하였다 하여 잠두봉에서 200여 명(기록상으론 29명)의 신자들을 처형하였다. 그래서 그곳이 '머리를 자르는' 절두산(切頭山)이 되어 버렸다. 이런 연유로 1997년 정부는 이 지역을 '양화나루와 잠두봉 유적'이란 이름으로 사적 제399호로 지정하였다. 군진 북쪽 야산에는 양화진외국인선교사묘원이 위치하고 있다.

일제강점기인 1925년 대홍수가 발생하자 일제는 선유봉 바위를 깨뜨려 제방을 쌓았고, 6·25한국전쟁 후에도 도로복구를 위해 그곳을 채석장으로 이용하여, 선유봉은 과거의 자태를 완전히 잃어버렸다고 한다. 1965년에는 제2한강교(1981년 바로 옆에 똑같은 다리를 하나 더 세운 후 이름을 양화대교로 바꿈)가 선유도를 가로질러 놓이게 되었으며, 1978년에는 서울 서남부 지역의 수돗물을 공급하기 위한 정수장을 선유도에 설치하였다.

한편 1981년 88서울올림픽 개최가 확정되자 '한강종합개발계획'(1982~1986)이 수립되어, 올림픽대로가 개설되고, 한강공원들이 만들어지게 되는데, 그 과정에서 양화대교 남단 모래톱이 준설되어 선유봉이 있던 곳은 완전한 '섬(島)'인 선유도가 되어 버린다. '상전벽해(桑田碧海)'란 옛말처럼, 60여 년 만에 육지가 섬으로 바뀐 것이다. 양화대교 여의도 쪽 상류에서는 수량이 적을 때 물 위로 선유봉의 흔적인 암초가 드러나는 모습을 볼 수 있다.

선유도선착장과 선유정

'한강의 기적'이란 경제개발과 도시화의 진전으로 한강물이 오염되어 정수(淨水) 문제가 심각해지자, 2000년 선유도정수장을 폐쇄하고 수변공원화사업을 추진하여, 2002년 친환경생태공원인 '선유도공원'으로 재탄생

녹색기둥의 정원

하여 오늘에 이르고 있다. 약품침전지를 활용한 시간의 정원과 수질정화원, 여과지를 활용한 수생식물원, 정수장의 농축조를 활용한 네 개의 원형 공간, 정수지의 콘크리트 상판 지붕을 뜯어내고 기둥만을 남겨 담쟁이를 이식한 녹색기둥의 정원 등으로 꾸몄다.

정수장에서 생산된 물을 공급하던 송수 펌프실을 개조한 전시공간인 이야기관, 옛날 정자를 복원한 선유정(현판은 능암 유성준의 글씨), 서울 시와 프랑스 2000년위원회가 공동사업으로 2002년에 완공한 선유교, 크지 않은 온실 등도 공원 이용객을 위해 정비, 보완했다. 두 곳의 수산화나트륨(NaOH) 보관창고는 그대로 보존되고 있으며, 구경 1.35m의 철제 빗물방류밸브는 메타세쿼이아길 옆에 전시되고 있다.

시인 묵객들의 찬탄을 자아냈던 선유봉의 자연 풍광은 세월 따라 사라졌지만, 인간에게 또 다른 즐거움을 주는 인공 조형물들이 세월의 흔적을 더해 가고 있었다. '녹색기둥의 정원' 담쟁이는 시멘트와 철근의 생명력을 단축하기 위해 열심히 자양분을 뽑아내고 있었다. 또 그곳에 심은 메타세쿼이아와 대나무는 연륜을 더해 어엿한 숲이 되었다. 먼 훗날 또 다른 생태계로 탈바꿈할 것이다.

원형극장에선 공연이 펼쳐지고, 나무 그늘 밑 잔디밭에선 정담을 나누며, 한강에선 수상스키를 타는 것, 이 모두가 '사람을 위하여'라는 시대의 변화에 맞춘 신선이 놀던 선유봉의 변신이다. 안타깝게도 코로나19 때문에 몇 곳은 둘러볼 수 없었으며, 공원 안에서 음식물 섭취를 금지한 탓에 '피크닉 도시락 업체'의 상술도 눈에 뜨이지 않았다. 빨리 역병이 물러가 선유봉이 선유도로 변신한 모습을 즐기고 싶다.

● 양화나루와 잠두봉 유적지를 돌아보다(블로그, 2021. 8. 18.) ●

잠두봉(蠶頭峰)은 '누에머리'를 닮았다 하여 붙여진 이름이다. 이곳에서 남쪽의 선유봉(仙遊峰) 사이에 비스듬하게 모래톱이 형성되어 있어 뱃길이 열렸으며, 《고려사》에도 등장한다. 잠두봉, 선유봉, 양화나루는 15세기 태종 때부터 17세기 인조 때까지 주로 명나라 사신들을 접대하던 곳이었고, 사대부들도 풍류를 즐기던 명승지였다고 한다. 겸재 정선의 〈양화환도(楊花喚渡)〉나 〈선유봉〉 그림에서 정자나, 갓 쓴 선비가 나룻배를 기다리는 모습이 등장하는 것이 그런 사실을 대변한다.

지리적으로 이 지역은 한양에서 양천, 김포를 거쳐 강화에 이르는 교통의 요충지이자 충청, 전라, 경상도에서 올라오는 상선과 한강 유역의 어선들이 모여드는 교역의 장소였다. 때문에 조선 조정에서는 군진(軍鎭)을 설치하여 한양도성으로 들어오는 사람과 물품들을 조사하고 단속하였다. 구한말에는 미국, 프랑스,

영국 등 서구 열강과 청나라, 일본 등이 이 지역을 나들목으로 하여 많이 드나들어 개항(開港)의 교두보가 되기도 하였다.

1866년 병인년 흥선대원군은 천주교 금압령(禁壓令)을 내리고 프랑스 신부와 조선인 천주교 신자 수천 명을 학살하였다. 이에 프랑스는 보복, 응징하기 위해 함대를 파견, 양화나루를 거쳐 서강까지 올라가 측량한 후 물러간다. 이후 2차로 더 많은 군대를 동원하여 강화도를 점령하고 퇴각할 때 고문서 등을 약탈해 갔다. 그중 하나가 바로 외규장각(外奎章閣) 의궤도서로, 2010년 G20 정상회의에서 한불 양국 대통령은 5년 단위로 갱신이 가능한 임대 형식으로 합의하여 297책이 모두 반환되었다. 병인양요 후 조선 조정에서는 많은 천주교 신자들을 잠두봉 인근에서 처형하였는데, 그리하여 잠두봉은 '머리를 자르는 절두산(切頭山)'이 되어 버린다.

병인양요로 인한 순교자의 숫자와 관련하여서는 합정역 7번 출구 인근 안내판에는 '절두산 순교자 수는 200명 내외이고, 기록으로 확인되는 순교자 수는 29명'으로, 꾸르실료회관 설명문에는 8,000여 명의 신자들이 참수당한 것으로 표기되고 있다. 절두산순교기념비에는 적어도 33명의 신자들이 순교했다고 적으면서, 명단에는 성명이 표기된 사람이 28명, 5명은 무명인으로, 34번째 칸에는 '그

잠두봉과 양화진나루터 표지석(아래쪽 안내문 옆)

밖에 이름 모를 순교자들'로 표기하고 있다. 문화재청 유적 안내판에는 순교자 수를 29명으로 표기하고 있다.

1997년 정부는 양화진과 잠두봉의 역사성을 고려하여 이 지역을 '서울 양화나

루와 잠두봉 유적'이란 이름으로 사적 제399호로 지정하여 관리하고 있다. 잠두봉 아래 강변 쪽에는 오랫동안 교통, 상업, 무역의 요충지였던 양화진나루터 표지석과, 많은 신자들이 참수되어 피를 흘렸음을 읊은 이인평의 〈영혼의 강〉이란 시비가 세워져 있다. 잠두봉 유적지 안에는 순교자박물관도 건립되어 있으며, 교황 요한 바오로 2세, 테레사 수녀, 김대건 신부, 이승훈 신부의 흉상이나 동상이 세워져 있고, 경내에는 '척화비'도 세워져 있다.

현재 잠두봉 주변 지역은 지하철 2호선 철로인 당산철교가 가운데를 통과하고 있어, 한강 상류 쪽인 잠두봉 쪽은 천주교 성지로, 하류 쪽은 양화진 군진 터와 양화진외국인선교사묘원(대한매일신문을 발행했던 배설, 고종의 밀사로 을사조약의 무효를 세계에 알렸던 헐버트 박사 등 417위 안장)이 위치하고 있다. 다만 천주교 꾸르실료('세상의 복음화를 목적으로 하는 교회 운동'이란 뜻의 스페인어)회관은 하류 쪽에 소재하고 있다. 군진 터는 장대석(長臺石)으로 표시해 놓았다.

양화진 군진 터

양화진이나 잠두봉은 사전 공부 없이 들러 정작 봐야 할 양화진나루터를 보지 못했고, 전철에서 선유도를 내려다본다고 생각하고는 지나쳐 그 지역을 세 번이나 방문하였다. 2호선 전철 지상 구간 방음벽에는 벽화를 그려 놓았다.

21.
겸재 정선의 흔적을 찾아서

(2021. 10. 16.)

겸재 정선(謙齋 鄭敾, 1676~1759)은 지금의 종로구 청운동에서 태어나 권문세가였던 김창집 형제들의 도움으로 그림 공부를 하고 벼슬길에 오르게 되는데, 41세에 관상감(觀象監)의 겸교수(兼敎授)가 되었으며, 43세에 조지서(造紙署) 별제(別提, 종6품)가 된다. 이후 사헌부, 하양현감, 한성부, 의금부도사(義禁府都事, 종5품), 청하현감을 거쳐 65세에 양천현령(陽川縣令, 종5품, 현재의 강서구 일대 관할)으로 부임하여, 70세인 1745년 정월까지 재직한다. 당시 현의 관아가 있던 곳이 바로 강서구 가양동 239번지 일대로, 가양동 239-5(양천로 49길65) '꾸미지오 헤어샵' 앞 로터리에 표지석이 세워져 있다.

겸재는 72세에 숙종의 계비 인원대비의 회갑을 계기로 종4품으로 승급하였으며, 78세에는 헌릉령(獻陵令, 종4품)에 제수되고, 79세에 사옹원(司饔院) 가도사(假都事) 첨정(僉正, 종4품)에 올랐다. 그러자 정술조 등

163

이 '천기(賤技)로 이름을 얻고 잡로(雜路)로 발신(拔身)한 것이 종전의 복역으로도 과분하니 높은 벼슬을 제수함은 부당하다고 진언했으나 왕이 듣지 아니하다.'라고 《실록》과 《승정원일기》에 기록되어 있다.

그는 이후 80세에 영조의 회갑을 기념하여 정3품인 첨지중추부사가 되고, 81세에는 인원대비의 칠순 기념으로 종2품 가선대부 동지중추부사가 되어, 2품 이상 3대 추증(追贈) 규정에 따라, 부친, 조부, 증조부까지 호조참판, 좌승지, 사복시정을 추증 받게 된다. 요즈음 말로 하면 '그림 잘 그리고 친구 잘 둔 덕분에(친구 찬스로) 고시를 거치지 않고 장차관급이 되고, 조상까지 영광스런 품계에 오르게 된 것'이다. 겸재는 양천현령에서 퇴임한 후 다시 인왕산 자락으로 돌아와 84세까지 여유 있는 만년을 보냈다.

겸재는 권문세가 집안이었던 김창집 형제들, 문필가였던 이병연과 교유하면서 많은 그림을 남겼다. 우리에게 잘 알려진 것은 국보 제216호인 〈인왕제색도〉, 제217호인 〈금강전도〉, 인왕산 계곡을 그린 〈수성동〉 등이지만, 서울을 그린 그림도 많다. 한강 변을 그린 〈선유봉〉, 〈양화환도〉 외에도 본인이 근무하였던 지역을 그린 〈양천현아〉, 〈종해청조〉, 현 내의 정자 〈소악루〉와 〈소악후월(小岳候月)〉, 양천의 주산인 궁산에서 건너편 안산의 저녁 봉화를 보고 그린 〈안현석봉(鞍峴夕烽)〉도 있다. 강서구는 겸재가 양천현령으로 재직하였던 곳이 현재의 강서구 일원이었던 점에 착안, 2009년 겸재정선미술관을 건립하였다.

'겸재의 흔적을 살펴볼까?'라는 생각에서 강서구를 찾았다. 양천향교역 1번 출구를 나와 조금 걸으니 과거 양천현 관아가 있던 수백 미터 전방으

겸재정선미술관

로, '지위고하를 막론하고 말에서 내려야 함(大小人員皆下馬)'을 알려 주는 '하마비' 표지판이 수풀 속에 세워져 있다. 양천향교 외삼문 언덕에는 주변에 있던 양천현령이나 현감, 관찰사들의 불망비나 선정비 9기를 옮겨다 놓았다.

겸재정선미술관을 들어서니 1층의 기획전시실에서는 〈한국원로중진작가초대전〉이 열리고 있다. 2층에는 겸재 정선의 생애와 작품을 설명하는 겸재정선기념실, 원화(原畵)전시실이 있는데, 소장 원화(수탁 작품 포함)는 〈총석정〉, 〈청하읍성〉 등 모두 14점을 보유하고 교체 전시하고 있었다.

고 이건희 회장이 소장했던 겸재의 〈인왕제색도〉가 국가에 기증된 직후, 강서구가 이 작품의 겸재정선미술관 유치 청원 운동을 펼치고 있다는 기사를 읽은 적이 있는데, 기념실이나 원화전시실의 전시를 살펴보니, 아직 가야 할 길이 아득하다는 생각이다. 비 온 후 갠 인왕산 풍광을 그린 국보 216호 〈인왕제색도〉가 '비 온 뒤 갠 것처럼 산뜻하게 활용되기 위해서는 박물관에서 소장·활용하는 것이 백번 타당하다.'는 생각이 들었다.

미술관은 궁산근린공원 자락에 위치하고 있는데, 산 쪽은 3층 출구이고, 계단을 내려가 1층에서 입장해야 한다. 차가 드나드는 입구에는 겸재의 동상과 공덕비, 그리고 미술관 이름이 들어간 표지판이 세워져 있는데, 미술관 표시는 그곳 외에도 건물에 세 곳, 주차장 언덕에 한 곳, 궁산 쪽출입구 등 모두 여섯 곳에 있다. 지형상 건물 뒤편 궁산 쪽은 별개로 치더라도, 한 건물에 표지판을 3개나 부착한 것은 나름의 이유가 있겠지만 지나치다 할 수 있고, 주차장 언덕의 표지판 역시 마찬가지다.

소악루

'소악에서 달을 기다린다.'는 〈소악후월〉을 떠올리며 벌건 대낮에 소악루를 찾으니 달은 볼 수 없고, 평일이어서 두 분만 누각에 있는데 그중 한 분이 흘러가는 한강을 보고 있다. 나도 누에 올라 강 건너편 왼쪽을 보니 멀리 북한산이 보이고, 앞쪽 고양시에는 아파트가 올라가고 있었다. 오른쪽으로는 난지도가 보인다. 겸재의 그림에는 누각이 강변에 있는 것으로 그려져 있는데, 1994년 신축하면서 산 위로 올려 지었다고 한다. 〈소악후월〉에 등장하는 선유봉은 채석으로 사라져 버렸고 잠두봉(절두산)은 볼 수 없었다.

──── 그곳엔 일본 관련 흔적도 있었다

양천현 관아가 있던 곳의 주산은 높이 74m의 야트막한 궁산(宮山)으로 그곳 정상에는 통일신라시대의 성곽이 발굴되었는데(陽川 古城址), 임진왜란 때 권율장군이 강 건너 행주산성 전투에서 대승을 거두기 전에 이 성에 머물렀다고 전해진다. 또 궁산에는 태평양전쟁 말기 일본이 인근 지역 주민을 동원, 무기나 탄약 등 군수물자를 보관하거나 김포비행장을 감시하고, 공습 때에는 부대 본부로 사용하기 위해 땅굴을 파기 시작했는데, 일본의 패전으로 굴착공사가 중지되었다. 2008년 이 굴을 발견하고 전시관 공사를 진행하던 중 낙석이 발생하여 내부 탐방시설은 설치하지 않고 입구에 조감시설만을 설치하여 2018년부터 일반에게 공개하고 있다. 땅굴은 높이 2.7m, 폭 2.2m, 길이 68m로 크지 않다. 입구는 겸재정선미술관 후문 쪽 길 건너편이다.

양천땅굴

한반도에는 이처럼 일본과 관련된 흔적들이 곳곳에 있다. 광산, 철도, 산업시설, 건축물 등 오래된 것은 대부분 일제의 용도를 위한 것이고, 심지어 우리가 사용하는 철학, 사회, 대통령이란 단어까지 그들이 사용하던 한자어를 한글로 표기하고 발음하고 있다. 그런 것들과 맞닥뜨릴 때마다 흥분하거나 버릴 수도 없는 노릇이고, 또 욕을 한다 해도 해결될 문제가 아니어서 답답할 뿐이다. 개개인이 일본의 상처를 이겨 내고 잊는 노력이 필요할 것이다.

유적과 시설물들, 전시품들은 겸재 정선의 업적을 기리고 발전시키기엔 부족하고, 채워 넣기도 쉽지 않을 것 같다. 오래전 역사의 영역이기도 하지만, 먹고살 만한 지난 시간이 길지 않았음을 웅변하고 있는 것 같았다. 이제부터라도 이웃과 조상에 대한 관심을 가지고 우리 세대가 할 수 있는 일, 해야 할 일을 고민하고 노력했으면 좋겠다. 과거의 것만이 역사가 아니라, 만들어 가는 것도 역사라는 소명의식이 있다면 우린 멋진 역사를 남길 수 있을 것이다.

22.
MZ세대 호기심 부르고,
중장년 추억 소환하는 서울풍물시장
(2021. 7. 18.)

신설동에는 '서울풍물시장'이 있다. 그런데 나발, 태평소, 꽹과리, 북, 장구, 징 따위를 불거나 치면서 노래하고 춤추며 때로는 곡예를 곁들이는 '풍물놀이'는 없었다. 또 엿장수 가위 소리, 뻥튀기 소리, 동동크림 아저씨가 발목에 걸린 줄을 당겨 두드리는 북소리도 들리지 않는다. 그러나 팔고 있는 물건들은 신발, 의류, 공구, 장식품 등 다양하며, 말만 잘하면 값을 깎아 주기도 한다. 거리에는 테니스공으로 재주를 부리는 아저씨도 있고, 멸치와 마늘종 안주를 곁들여 막걸리 한 잔에 천 원 하는 '선(立)술집'도 있다. 옛날 면 소재지 5일장 시장판을 보는 것 같다.

인근 황학동의 만물시장, 벼룩시장이 풍물시장의 원조였는데, 세월 따라 청계천, 동대문을 전전했다. 그때는 불법인 '난전(亂廛)'이었으나 2008년 현재의 장소로 이전하여 '합법적'으로 '사단법인 형태'로 운영되고 있다. 주말에는 건물 주변 골목에 상인들이 '노점'을 차리기도 하여 떠들썩

하며, 먹거리나 마실 거리 텐트도 운영된다. 화요일은 장이 서지 않는다. 나다니는 사람들의 연령대를 보니 내 나이 또래다. '그때 그 시절'이 그리워 찾는 사람들 같았다.

골동품 파는 구역으로 들어가 통로를 따라 죽 살폈더니 불상과, 금도금에 색 구슬을 박은 인도풍의 장식품이 눈에 많이 띄었다. 켜켜이 쌓인 물품들을 일일이 들춰 보진 않았지만, 예스럽거나 고상한 물품보다는 촌스럽거나(?) 이국적인 물품들이 많았다. 한옥, 아파트 어디에도 어울리지 않을 것 같은 것들이 대부분이다.

서울풍물시장 어느 가게의 고서화

내가 관심을 둔 것은 고서화였는데, 한지로 된 고서를 쌓아 둔 곳에는 좀먹은 두루마리 형태의 서화, 천이 바랜 병풍도 있었다. 살 것도 아니어서 펴 보여 달란 부탁은 할 수 없었다. 여러 가게에서 본 그림의 대부분은 잉어나 산수를 그린 '옛날 이발소' 그림이었다. 어느 가게에는 '남농(허건)' 작이라는 대나무 그림, 걸레스님 중광의 도인 그림도 보였다.

이조백자나 고려청자 가게에는 '진품이 아니면 끝까지 책임진다.'는 문구를 붙여 놓았는데, 지나면서 들으니 1억 원짜리도 있단다. 서양의 유명한 도자회사들의 전시용 접시나 인형도 가끔 보였고, 장식장이나 고가구를 파는 곳도 있었다. 또 정원용으로 제작한 악기를 타는 조각상이나 인물상도 보였으며, 수석이나 광물 샘플을 파는 곳도 있었다. 인두, 다리미, 목수의 먹줄 용구, 화로, 향로 등도 판매되고 있다. 무엇에 쓰는 용구인지 아는 사람이 얼마나 될까?

2층으로 오르는 통로에는 쟁기, 탈곡기, 써레, 됫박, 풍로 등 농가에서 쓰던 용구들이 전시되어 있었다. 2층의 청춘일번가에는 교복을 입어 보는 곳, 진짜 머리를 잘라 주는 미용실, 음료수를 사 마실 수 있는 다방도 있고, 극장, 식당, 교실, 레코드 가게, 만화방 등 옛 추억을 소환할

서울풍물시장 선(立)술집의 막걸리

수 있도록 모양을 갖추어 놓았다. 물론 사진을 찍을 수도 있다.

신품이지만 싸구려 티가 나는 의류나 잡화 파는 구역과 식당가는 패스했다. 건물을 나와 거리의 '잔술' 파는 선술집 앞에서 천 원짜리 한 장을 내밀었다. 막걸리 한 잔을 받아, 테이블에 놓아둔 멸치 두 마리, 마늘종 한 마디를 고추장에 찍어 안주 삼아 목을 축였다. 혼자서 마셔서인지 그 옛날 친구들과 함께 즐겼던 막걸리 맛은 나지 않았다. 독에 술이 떨어질 때쯤 주인이 말술을 들이붓는다. 쿨룩쿨룩 소리를 내며 독이 차는 모습은 옛날 그대로다.

기껏 50여 년이 지났음에도 지금은 거의 사라져 버린 많은 물품들을 보니 시대의 변화를 절감한다. 농기구를 보니 여름철 보리타작하면서 셔츠 안으로 들어간 가시랭이(까끄레기) 때문에 등물을 하던 생각이 주마등처럼 스친다. 도자기 인형이나 접시 등 수입 장식품을 보니, 어느 장관 후보자 부인이 남편 해외근무 중 사 들여와 판매하여 남편의 '판서 벼슬'을 날려 버린 일이 떠오른다.

나는 가난한 농촌 출신이어서 도회 젊은이가 경험했을 영화관람, 다방 출입 같은 일탈의 기억은 없어 청춘일번가의 스토리는 남의 얘기였다. 그때 그 시절이 그리운 중장년이라면 신설동의 '서울풍물시장'을 찾아가 보라. 몇 가지 추억은 소환할 수 있을 것이다.

혼자 놀 수 있는 곳을 찾아 산책하는 것이 나의 주요 일과다. 신설동 서울풍물 시장과는 어떤 차이가 있을까? 너무 이른 시간이면 문 열린 가게들이 적을 것 같 아 인근 답십리의 영화촬영소가 있던 곳을 미리 들렀다. 장안평 고미술거리는 동서로 수백 미터 떨어져 있는데, 11시경 동쪽에 위치한 대로변의 '송화'란 건물 을 먼저 들렀다. '石人房'이란 상호처럼 가게 앞 노상에는 돌하르방, 문인석, 장명 등, 수조가 널브러져 있고 테라코타로 만든 비너스상도 있다. 옆 가게 역시 돌탑 과 문인석, 장명등이 여러 점 있다.

문이 열려 있으면 들여다보기라도 할 텐데 닫혀 있어 사지도 않을 것을 들어 가기가 뻘쯤해 바깥쪽의 물건들만 살폈다. 비바람을 견뎌야 하니까 당연히 돌로 된 것들이 많다. 대로변 뒤쪽에도 역시 석인이나 달마상, 수조와 같은 돌조각이 많다. 건물 가운데 통로를 들어서니 가게 앞에 불상, 가구, 도자기, 그림 등이 천 덕꾸러기 신세가 되어 있다.

고미술로를 사이에 두고 마주 보고 있는 또 다른 고미술 전문상가인 우성빌 딩으로 가니 '민속당' 앞에는 달마상, 돌탑, 장명등이 주인을 기다리고 있다. 건 물 가운데 통로로 들어가니 중앙 통로를 따라 늘어선 각 가게 앞에 문짝이며, 가 구, 가재도구, 농기구 등이 쌓여 있다. 문이 열린 가게에 들어갔더니 '소반(小盤)' 을 잔뜩 진열해 놓고 있다. '서울풍물시장이 노점상이라면, 우리는 정식 가게를 운영하는 사람들'이라며, 물품도 더 좋은 것을 구해 팔고 있단다. 확실히 그런 것 같았다. 마침 일제강점기에 활동했던 아사카와 다쿠미(浅川巧)의 《조선의 소반》 이란 책이 떠올라 '이 가게엔 소반이 많네요!' 했더니, 여주인께서 다른 분도 그런 말씀을 하더라다. "요즈음은 테이블 문화여서 찾는 사람이 많지 않겠네요?" 했더 니, 별 대답이 없다. 거실에도 탁자가 있으니 방바닥에 앉던 시절과는 문화 자체 가 바뀌어, 집에서 퇴출된 소반을 많이 수집한 모양이다.

몇몇 가게에는 문화재청의 매매업자 교육을 이수했다는 표시를 해 놓았다. 5 층 건물의 2층에도 20여 개의 점포가 있는데, 가게마다 특색 있게 전문화되어 있다고는 할 수 없었다. 목재 칸막이, 화집(畫集)과 벼루, 반닫이 가구, 나무 판때기 등이 통로나 가게 안에 뒹굴고 있다. 그림을 파는 가게 바깥에 겹쳐 있는 표구 중 익숙한 그림이 있어 들춰 보니 운보 김기창 그림이다. 안쪽으로 들어가 걸리거나 보이는 그림들을 살피니 낙관이 잘 보이지도 않을 뿐 아니라 눈에 익은 그림도 없고 읽을 수도 없었다. 들춰 보기도 조심스러워 보이는 것만 훌쩍 보고 나왔다.

소반 전문 가게

12시가 지났지만 서부 상가 쪽을 마저 보고 점심을 먹기로 하고 큰 도로를 따라 움직이다 보니 양재동 행정법원 앞에 세워진 작품과 비슷한 박창식 작가의 〈내일로〉란 작품 2점이 청계푸르지오시티 앞에서 걸음을 재촉하고 있다.

서쪽 고미술상가는 주상복합건물 지상층에 위치하고 있고, 12시가 넘어 문이 열린 가게가 많았다. 가게 바깥쪽에는 수조만 가지런히 진열한 집, 불두나 석탑, 장명등 등 불교 석물을 전시한 가게, 옹기만 잔뜩 가져다 놓은 곳, 채·바구니·양동이 등 옛날 가재도구를 쌓아 놓은 집, 폐목재를 세워 놓은 가게 등등이 자리하고 있었다. 가운데 통로 양쪽으로 점포들이 있는데, 통로에 물건들이 널브러져 있는 것은 동쪽 골동 상점과 다를 바 없다.

송죽당이란 가게를 들르니 토기들을 모아 놓았는데, 특이한 모양이 많고, 여러 종류의 인장도 수집해 놓았다. 또 석황이란 점포를 들어가니 놋그릇, 베갯머리, 안경집, 탕건 등이 눈에 확 들어왔다. 고미술상가 건물 중앙 복도에는 '골동품'이라기보다는 '민속품'이랄 수 있는 문짝, 반닫이 같은 것들이 많고, 아수라나 불상 같은 것들도 보였다.

송죽당의 토기

서울풍물시장에는 '물건들을 처박아 두었다.'고 한다면, 장안평 고미술상가에는 '물건들을 쌓아 두었다.'고 할 수 있겠다. 사지 않고 구경하는 과객(過客)에게는 접근하기 어려운 것은 마찬가지다. 다만 어느 가게 주인이 말했듯이 '덜 싸구려'처럼 보일 뿐이다. 민속품이라도 꼭 필요한 임자가 나타나면 좋은 값에 팔릴 수 있겠으나, 그렇지 않으면 주인이 번갈아 빛을 쏘이지 않으면 '볕 들 날이 없을 것 같다'.

동생이 고향에다 가족기록관 같은 것을 구상하고 있는데, 혹 필요한 물건이 있으면, 서울풍물시장이나 이곳 장안평 고미술거리를 찾으면 웬만한 것은 구할 수 있을 것 같다는 생각이 든다. 그곳에는 풍로, 탈곡기나 써레 등 농기구, 걸러내는

그곳엔 ?!이 있었다

채, 곡식을 까부는 키, 부수는 맷돌 등 농촌생활 용구를 포함해서 다양한 물건들이 손님을 기다리고 있으니까.

농촌에서 증조부 슬하에서 자란 내게는 탕건, 놋그릇 같은 낯익은 물건들도 있었지만, 한지로 된 한문 서적이나 쓰고 다니는 갓은 볼 수 없었다. 주거문화가 아파트 중심으로 바뀌고 좌식에서 입식 또는 침대생활을 하게 되니 많은 물건들이 기념관이 아니고선 들어갈 자리가 마땅하지 않게 되었다. 골동품은 잘 알지도 못할 뿐 아니라 크기, 취향 등에 비추어 갖고 싶은 것들을 찾지 못했다. 서울풍물시장처럼 중국제 도자기나 인도산 장식품은 눈에 많이 띄지 않았다. 그저 옛 추억을 소환하는 시간이었다.

지하철역은 장한평(長漢坪)역인데, 동리 이름과 고미술상가는 장안평(長安坪)으로 쓴다. 검색해 보니 앞은 중랑천인 '한천(漢川) 주위의 넓은 들'이란 뜻으로, 뒤는 '말을 키우던 목마장 안에 있던 들'이란 뜻에서 썼단다.

23.
삶의 흔적이 문화이고 문화재다…
서울생활사박물관과 서울책보고

(블로그, 2019. 11. 3.)

사람의 생로병사, 인간의 의식주, 인생의 길흉화복 모두가 문화의 일부분이고 시간이 지나면 문화재로서의 가치를 지닌다. 우리들이 박물관에서 마주치는 많은 것들은 바로 과거 선조들의 삶의 흔적들인 것이다. 영국박물관에 있는 이집트의 미라도, 국립중앙박물관에 있는 국보 168호 중국의 백자유리홍매화국화무늬병도, 일본 천리대학교가 소장하고 있는 안견의 〈몽유도원도〉도 비록 만든 곳을 떠나 다른 나라에 있지만 소중한 인류의 문화유산인 것이다.

2019년 9월 26일 노원구 공릉동 옛날 북부법조단지를 리모델링해 개관한 '서울생활사박물관'에는 "해방 이후 서울 시민들의 결혼, 출산, 교육, 주택, 생업 등 일상 생활사를 주제로 한 자료, 사진, 동영상 등을 서울풍경, 서울살이, 서울의 꿈으로 나누어 전시"하고 있다. 고작 70여 년밖에 지나지 않았지만 우리 주변에서 볼 수 없는 '추억의 물품이나 장면'들이 향수를 자극한다. 목재를 운반하는 남대문의 소달구지 사진에서 연탄아궁이, 포니자동차에 이르기까지 세월의 흐름을 체감할 수 있는 것들이나 장면들을 반추해 볼 수 있다.

해방 당시 인구 90만의 서울시가 1000만 도시로 성장하기까지 30여 년밖에 걸리지 않았음은 우리나라의 경제발전과도 궤를 같이한다. 지게 배달에서 '쿠팡'이란 만물 로켓택배회사가 24시간 서비스하는 시대로 바뀐 데에는 시대변화란 물결도 있지만 우리 할아버지, 아버지 세대의 피나는 노력과 열정 덕분이리라. 40대의 아빠, 엄마들이 자녀들에게 자신들의 어린 시절 애기를 들려주는 모습을 보면서, '저 어린이들이 자신들의 후대에게 어떤 것들을 보여 주고 애기해 줄 수 있을까.'라는 생각을 했다.

깡촌 출신으로 70줄에 들어서는 나는 정말 '상전벽해'란 단어가 무색할 정도로 우리나라의 성장과 발전 현장을 목격했으며, 15년 동안의 후진국, 선진국에서의 해외생활에서 경험한 바로도 현재 우리나라는 세계 어느 나라에 비교하여도 '꿀릴 것 없는' 대단한 나라가 되었다. 그러나 우리 다다음 세대인 현재의 어린이 세대는 그런 급격한 '외적' 변화는 목도하지 못할 것이며, 그들의 '만족과 행복지수'가 더욱 높아지도록 지금 세대가 심혈을 기울여야 되지 않을까 하는 생각을 해 본다.

박물관 4층 '수집가의 방'에는 '서울을 모아줘'란 캠페인에 참가한 서울시민들 중 추억과 역사가 담긴 물건들을 출품한 분들 6분의 코너가 설치되어 있는데, 그중 '올림픽 홍보전문가 김주호' 사장은 2000년대 초반부터 알고 있던 분이며, 작은딸이 다니는 회사와도 관련 있던 분이다. 더구나 평창이 동계올림픽 개최도시 첫 번째 도전에 나섰던 2003년, 체코 프라하에서 개최된 IOC총회에 참석하기 위해 '유치대표단'의 일원으로 함께 전용기에 올랐던 기억도 있고, 2019년에는 잠시지만 같은 건물에서 근무하기도 했다.

이번 박물관 탐방도 바로 페이스북에서 그의 올림픽 관련 물품이 그곳에서 전시되고 있다는 소식을 접하고 찾게 되었다. 그 외에도 마이클 잭슨 관련 물품, 스포츠신문, 그릇, 희곡, 카드 등을 수집하는 분들의 코너도 있으며, 앞으로도 계속 수집하여 전시할 계획이란다. 방 입구에는 질문에 답하면 관람자의 성격에 비추어 볼 때 출품자 중 어느 유형과 비슷한지 알려 주는 스탬프 발행기가 놓여 있는데, 나는 '스파크형'으로 출품자 중 김혜자 님 이야기를 좋아할 것이란다!

나도 한때는 방문지에서 티스푼을 모으기도 하였는데 그것들은 동생이 가져가 집안을 장식하기도 하였다. 지금은 여러 가지 연필이나 볼펜을 수집하고 있고, 해외근무 중 아내는 시계와 종을 수집하기도 하였다. 동생이 고향에 세울 생각을 갖고 있는 가족기록관이 생기면 그곳이 안성맞춤인데…. 기업을 하는 지인이 박물관 건립을 계획하고 있어 분량은 적지만 기증할 수도 있고.

생활사박물관 부지에 있던 서울북부지방검찰청에는 재판을 기다리던 미결수들이 머무르던 '구치감'이 있었던 점을 고려, '구치감전시실'도 운영하고 있는데, 입구에는 피의자를 연행하는 모양의 조각상이 있고, 구치감을 재현한 시설도 있다. 그 옆에는 다방, 만화방, 자취방 등도 재현해 놓고 있다.

구치감 수감 장면 조각

'가는 날이 장날'이라고 '2019여성공예창업대전'이 야외에서 펼쳐지고 있었다. 바로 옆 건물에 서울여성공예센터가 자리하고 있고, 같은 부지 내에 노원사회적경제지원센터, 서울창업디딤터 등도 자리하고 있다(서울시 노원구 동일로 174길 27).

돌아오는 길에는 '초등학생들에게 핫한 플레이스'인 잠실나루역 인근의 '서울책보고'란 헌책종합매장을 들렀다. 말만 듣던 곳인데 가 보니 여러 중고서적상들이 한 장소에서 매장을 운영하고 있는데, 각 서적상별로 서적 종류가 전문화된 것이 아니어서 사전에 검색을 해 보고 가거나, 시간을 내어 '서적을 헌팅'하는 분들에겐 괜찮은 장소이나 내겐 맞지 않는 것 같았다. 의외로 어린 초등생들이 엄마들과 함께 와 방석에 앉아 아예 동화

책을 그곳에서 읽는 모습이 인상적이었다. 굳이 살 필요 없이 한번 읽으면 되니까. 한쪽에서는 책 경매도 이루어지고 있었으며, 독립출판사들 코너도 있는데, 노트 같은 책, 수십 쪽에 불과한 책, 수첩 같은 책 등 별의별 책이 다 있었다.

서울책보고 모습

24.
평화문화진지에서
베를린 장벽을 보며
(2021. 8. 28.)

도봉산과 수락산 사이 도봉산역 옆에는 '평화문화진지'라는 복합문화공간이 있다. 인접한 테마공원 '서울창포원'과는 툭 터져 있다. 이곳은 의정부에서 서울로 들어오는 길목으로, 6·25전쟁 당시 북한군이 탱크로 남침했던 통로다. 북한의 재침을 저지하기 위해 1970년 시민아파트 180세대를 지으면서 건물 1층은 대전차방호시설로 구축하고, 2~4층은 군인 가족들의 거주시설로 건립하였다. 2004년 안전문제로 아파트가 철거된 후 1층만 방치되어 있었다. 서울시와 도봉구 등 자치단체가 공간재생사업을 벌여 2017년 문화창작 공간으로 탈바꿈시켜 놓은 시설이다.

북한 무장공비 청와대 습격사건인 1968년 1·21사태로 인해, 1969년 고등학교 입학생부터 군사훈련인 교련 수업을 받게 되었고, 남자 대학생에겐 교련이 3년간 필수 이수과목이 되었다. 교련을 이수한 경우 군 복무기간 3년 중 1년 이수에 1개월씩 단축해 주었다(이후에는 1년 이수에 2개월로 더 단축). 또 현역복무가 끝난 후에도 일정 기간 '향토예비군'으로 편성되어 군사훈련을 받아야만 했다.

1·21사태는 이처럼 젊은 사람들의 일상에 많은 영향을 미쳤다. 아울러 북한의 남침저지를 위한 여러 가지 대비태세도 갖추어지기 시작했는데, 그중 하나가 탱크나 장갑차의 접근을 저지하거나 지연시킬 수 있는 벙커인 대전차방호시설을 설치하는 것이었다. 1980년대까지만 하더라도 서울 북쪽 도로변에는 커다란 시멘트 덩어리가 곳곳에 놓여 있었다. 전차의 접근이 어렵도록 장애물을 설치해 두거나, 비상시 폭파하거나 넘어뜨려 장애물 기능을 하도록 방어선을 구축해 놓은 것이다.

의정부 방향에서 서울로 진입하는 길목에 설치한 침투방호시설이 바로 아파트 겸용 벙커였다. 1층 벙커는 웬만한 포격에도 견딜 수 있도록 두꺼운 철근콘크리트로 구축하였으며, 북쪽 벽에는 적을 저격할 수 있는 자동소총 거치대와 총구도 내 놓았다. 2~4층은 평시에 군인 아파트로 이용하다가 유사시에 폭파시켜 장애물로 활용하도록 건설해 놓은 것이다.

서울 접근 도로가 여러 곳에 개설되고, 신무기 개발, 수송기나 이동차량을 이용한 전차나 탱크의 이동 등으로 대전차방어진지는 결정적 침투저지선으로서의 기능을 하지 못하게 되었다. 반세기 전 콘크리트 방어진지가 쓸모없게 된 것이다. 그래서 흉물스럽게 방치하였던 시설물을 예술인들을 위한 공방, 전시실, 세미나실 등 복합문화시설로 리모델링한 것이 바로 평화문화진지다. 수락산 쪽에는 탱크와 장갑차도 전시해 놓았으며, 전망대도 있으나 코로나19로 운영하지 않고 있다.

1층 대전차방어진지용 시설물

1층 저격 공간

　평화문화진지와 서울창포원 사이 잔디밭에는 독일 분단과 통일의 상징인 베를린장벽 3면을 세워 함께 전시하고 있다. 1989년 '사회주의 붕괴' 과정에서, 베를린장벽은 동·서독 주민이나 인근 국가에 큰 상처나 손해를 주지 않고 스스로 허물어졌다. 남북한도 독일처럼 휴전선이 스르르 허물어지면 얼마나 좋을까 하고 기대해 본다.

기증받은 베를린 장벽

통일 후 우리가 감당하여야 할 부담이 크겠지만, 그래도 그 과정에서 손실이 발생하지 않는다면 얼마나 다행인가! 기증자 엘마어 프로스트 (Elmar Prost)는 "이 장벽이 계속해서 통일을 상기시켜 주는 역할을 하길 바란다."는 메시지를 전한다.

나는 휴전둥이로, 현역복무는 물론 교련과 예비군 훈련 등 군사훈련을 10년 이상 받은 세대다. 수시로 발생했던 무장공비 출현이나 휴전선에서의 남북 간 충돌, 수많은 북한의 정전협정 위반 사건들로 인해 경각심을 늦추지 못하던 시절, 젊은 사람들은 군사훈련을 당연한 것으로 받아들였다. 오랫동안 남북의 지도자들은 원수처럼 총칼을 맞대고 있으면서도, 여러 차례 만나 평화와 통일을 논의했지만, 아직도 앞길은 안개 속이다. 남북문제이지만 해결을 위해서는 주변 정세가 뒷받침되어야 하기 때문이다. 무력으로 해결할 수도 있으나 인적, 물적 손실은 천문학적일 것이며 그것은 또 다른 상처가 될 것이다.

뜨거운 여름날 평화문화진지에서 지나가는 수많은 전철과 자동차를 보면서, '평화로운 강토에 통일이라는 축복이 더해지면 얼마나 좋을까.'라는 생각을 해 본다. 대전차방어진지 위 아파트에서 살았던 군인 가족들은 어떤 기분이었을까? 방어진지였던 곳에서 예술 활동을 하고 있는 예술인들은 냉전시대나, 선배 세대들의 고충을 상상이나 해 볼까?

평화문화진지로 옮겨진 베를린장벽을 보면서 휴전선이 허물어질 날이 소리 소문 없이 슬그머니 우리 곁으로 다가오기를 소망해 본다. 과거 없는 오늘과 내일은 없다. 과거를 망각하거나 곡해하는 세대들의 '출현'을 보면서, 우리 모두의 염원인 '통일'을 떠올린다.

한 민족, 한 국가였으므로 다시 되돌아가는 것은 당연하다. 고대 로마의 군사 전략가 베게티우스는 "평화를 원하거든 전쟁을 준비하라."고 했는데, 평화문화진지가 다시 하나 되기 위한 '평화로운 문화전쟁의 전진기지'가 되기를 기대해 본다.

25.
조선의 흙이 된 두 일본인…
한·일, 긴 안목으로
현안 풀어가는 지혜 필요
(2021. 8. 7.)

망우리공동묘지 전경

친구는 싫으면 절교하고 만나지 않으면 된다. 그러나 이웃 국가는 그럴 수 없다. 떠날 수가 없기 때문이다. 수백억 달러의 상거래가 이루어지고, 연간 수백만 명이 왕래하는 국가 사이의 단교는 생각할 수도 없다. 식민 지배, 종군위안부, 독도문제 등 한일 양국 간에 풀어야 할 문제가 산적해 있음에도 서로가 '적국 대하듯' 하는 오늘을 보면 '무엇을 어떻게, 어디서부터 시작해야 할까.'라는 걱정이 앞선다. 마음의 벽을 허물어뜨리는 노력을 서로가 해야겠지만, 함께 걸어서는 부지하세월 같아, '같이 달려야' 하지 않을까 하는 심정이다.

식민시대 조선 땅에 잠든 두 일본인의 흔적을 둘러보러 망우리공원을 찾았다. 한때 망우리공동묘지로 불리던 곳이다. 한 사람은 조선반도에 식목일을 제정하고 미루나무와 아카시아나무 식재를 시작하였으며, 총독부 영림창장(산림청장)까지 역임한 사이토 오토사쿠(齊藤音作, 1866~1936)다. 또 한 사람은 총독부 산림과 임업시험장에 근무하면서 잣나무 종자의 발아촉진 등 산림녹화에 힘쓰고, 한국의 소반과 도자기에 관한 책(《朝鮮の膳》,《朝鮮陶磁名考》)을 출판하였을 정도로 한국 민예에 조예가 깊었던 아사카와 다쿠미(浅川巧, 1891~1931)이다.

아사카와 다쿠미 묘소 전경

두 사람 모두 망우리공원의 '주요 명사 묘지 현황판'에 새겨지고 위치가 표시되어, 찾기는 그리 어렵지 않다. 사이토의 묘소는 화장하여 비석 아래 묻는 일본식이어서 봉분은 없고, 비석의 성(姓) 부분과 옆, 뒷면이 총탄(?)을 맞은 것처럼 훼손되어 있다. 뒷면에는 1936년(소화 11년)에 작고하였다는 것이 음각되어 있다. 그는 퇴임 후에도 한국에 남아 '치산과 녹화'라는 산림경영업무를 '업'으로 삼았다.

아사카와 묘소의 도자기 모양의 묘표는 그의 형 아사카와 노리타카(浅川伯教, 1884~1964)가 한국의 청화백자추초문각호(青華白磁秋草文角壺, 일본 도쿄 일본민예관 소장)를 본떠 만든 조각품이며, 묘지명, 상석, 검은 돌 단비 모두 훗날 한국인들이 세운 것이다. 아사카와는 식목일(당시는 4월 3일) 행사 준비 중 급성 폐렴으로 순직하여 그의 기일인 매년 4월 2일에는 묘소에서 추모식이 열린다.

아사카와의 저서를 번역한 민속학자 고 심우성(1934~2018)은 '옮긴이의 말'에서 "조선총독부가 삼천리금수강산을 본격적으로 유린하기 시작한 1910년대, 별나게 한국문화를 사랑한 세 사람이 있었다. 조선의 예술을 미학적으로 접근했던 야나기 무네요시(柳宗悦, 1889~1961), 남산소학교의 교사로서 조선 도자기에 심취하고 만들기도 하였던 아사카와 노리타카, 그리고 그의 동생인 다쿠미이다."라고 언급하였다.

야나기는 일제가 광화문을 허물고 경복궁에 조선총독부를 지으려 하자, "광화문이여! 너의 목숨이 이제 경각에 달려 있다. 네가 지난날 이 세상에 있었다는 기억이 차가운 망각 속에 파묻혀 버리려 하고 있다. 어쩌면 좋으냐?"로 시작되는 글을 발표해 광화문철거반대운동에 불을 지핀 장본인이다. 아사카와 노리타카는 조선도자 연구의 개척자로 전국의 가마터를 발로 뛰어 조사하고 연구하여 '조선도자의 귀신'으로 불리기도 하였다.

동생 다쿠미는 산림녹화라는 공직수행과 병행하여, 소반, 식기, 생활용구 등 민예품을 수집하고 기증해 조선민족미술관을 설립, 국립민속박물관의 모태가 되도록 하였다. 아사카와 형제는 야나기와 교류하면서 야나기의 조선미술 연구에 상당한 영향을 끼쳤다. 한국에는 아사카와형제현창회가 결성되어 한일 양국 간의 친선을 도모하고 추모의 의미를 확산시키는 일을 하고 있다.

아사카와 다쿠미는 한국말을 하고 한국의 옷을 입고, 오상순, 염상섭, 변영로 등 한국의 예술인들과 우정을 나누었다. 그의 가족은 조선옷을 입혀 입관하였으며, 장례식에서 상여를 메겠다는 이웃이 넘쳐 마을 이장이 골라서 운구토록 하였다는 일화가 있을 정도로 진정한 한국의 친구이자 이웃이었다.

인문탐험가 이동식(언론인, 1953~)은 다쿠미를 추모하면서, "1920년대 이 땅에 와서 살면서 땅과 사람들을 사랑했고, 헐벗은 산야에 심을 나무를 가꾸었고, 미처 우리가 알아보지 못한 우리들 삶 속에서의 아름다운 감각과 생각과 삶의 방식을 이해하고 사랑해서 그것의 값어치를 정리해 드러내 보였다. 이 사람에게 조선은 식민지 지배를 받고 있는, 열등한 인종이 사는 땅이 아니라 친구들이 살아가는 땅이기에, 그들의 삶 자체 하나하나의 값어치와 의미를 발견하고 사랑하고 키워 주다가 먼저 세상을 떠난 참

인간이었다."라는 글을 남겼다.

2021년 아사카와 다쿠미 추모식에서 시인 김미희는 다음과 같은 헌시를 바쳤다.

(…)

소반을 사랑했고

도자기에 매료됐으며

흠뻑 한국미에 젖어

온몸으로 한국을 사랑한 당신

(…)

다쿠미여! 무덤에 핀 꽃 우리에게 주고 편히 잠들라.

(…)

과거사 문제가 정치, 사법, 군사 및 경제 등에 영향을 미치면서 반일(反日), 혐한(嫌韓) 정서가 일반 민중들에게까지 확산되었다. 17세기 말부터 대조선 외교를 담당하였던 아메노모리 호슈(雨森芳洲, 1668~1755)는 '성실한 자세로 믿음을 가지고 교류하자.'는 성신교린(誠信交隣)의 외교를 주창하였는데, 일본과 한국 모두 눈앞의 정치·외교적 유불리를 떠나 장래의 양국 관계를 생각하는 긴 안목으로 쌓인 현안들을 풀어 나가야 한다. 외교나 나라의 장래를 차분한 이성이 아닌 뜨거운 감성으로 다루어서는 안 되는데 하는 아쉬움이 너무나 크다. 코로나19가 빨리 종식되어, 양국 사이의 여행과 관광이 전처럼 자유로워졌으면 좋겠다. 상대를 알고 이해하고 친해질 수 있는 가장 좋은 방안이기 때문이다.

● 망우리공원 탐방(블로그, 2021. 7. 14.) ●

망우리공원 홈페이지에서 안내하는 대로 상봉역에서 내려 버스를 타고 동부제일병원에서 하차하여 적힌 대로 따라가니 망우리공원을 만날 수 있었다. 입구에 뾰족한 탑이 있어 옆으로 가니 '13도창의군탑'이었다. 망우리공원에는 1973년 매장을 종료할 때까지 모두 47,754기의 묘가 있었으며, 이후 이장 등을 거쳐 7,500여 기가 남아 있고, 이장문제를 협의하는 안내소가 아직도 운영되고 있었다.

나무 계단을 따라 한참 오르니 주차장과 관리소가 있어야 할 곳이 공사 중으로 안내팸플릿이라도 구하려던 생각은 접어야 했다. 다니는 분에게 물으니 좀 위쪽으로 가면 큰 지도가 있다 하여 그곳으로 가니 망우리공동묘지에 안장된 명사들의 현황과 위치가 표시되어 있었다. 그 옆에는 태조 이성계가 왕릉 후보지 물색차 동구릉이 있는 지역을 방문했다가 망우리고개에서 '이제 근심을 잊었다.'라고 말한 데서 '망우(忘憂)'가 연유한다고 적힌 공중전화기 박스, 근심 먹는 우체통과 엽서 등이 비치되어 있어 엽서를 한 장 써 우체통에 넣었다. 그러고는 좀 동떨어진 박인환의 묘소를 미리 들러서 포장된 둘레길까지 올라오니 박인환의 글이 새겨진 커다란 돌이 나타난다.

지도를 보니 내가 보고자 하는 일본인 묘소를 가는 지름길이 사잇길이어서, 그 길로 들어서니 나밖에 없다. 멧돼지가 출몰한다는데, 어쩌지 하는 생각이 잠시 들었다. 생명의 숲, 사색의 숲이란 표지판이나 글귀가 곳곳에 세워져 있고, 들마루 같은 쉼터도 설치되어 있었다. 물론 이용자도 적고 비바람에 지저분하기도 해 활용도는 높지 않을 것 같다.

한참을 오르니 드디어 도산 안창호의 묘지가 있던 자리, 화가 이인성(1912~1950) 묘소가 나타난다. 아래로 내려가니 바로 아사카와 다쿠미 묘소가 있다. 산책로, 사잇길 연도 변에서 가장 많이 볼 수 있는 명사들 묘소는 독립운동가 묘소였다. 유상규, 문일평, 오세창, 오재영, 서동일 등 모두 17분이다. 분류를 어떻게 하느냐에 따라 달라질 수 있지만, 시인 박인환, 아동문학가 방정환, 미술가 이중섭, 소설가 계용묵, 민속학자 송석하, 조각가 권진규, 소설가 최학송 등 많은 예술인도 그곳에 잠들어 있다. 만해 한용운의 묘소는 축대 등을 보수 중이어서 들르지는 못하였다. 조선총독부 시절 영림창장을 역임했던 사이토 오토사쿠의 묘소까지 둘러보았다.

걷다 보니 구리시 경계까지 가 쉼터에서 지도를 살피니 사잇길로 가면 이중섭 등의 묘소를 볼 수 있을 것 같아 내려가니 물이 졸졸 흐르는 용마약수터가 나오고 좀 더 가니 이중섭 묘소가 나타난다. 다른 묘소와 달리 안내판은 없었고 잔디를 식재한 지 얼마 되지 않아 아직 묘지에 들어가지 말라는 안내문이 그대로 세워져 있다.

스마트폰에 찍어둔 망우리공원 지도를 보고 아스팔트 산책로를 찾아 내려오니 최학송 시비와 묘소를 만났다. 그 옆에는 2014년 89세 노인이 돌로 쌓았다는 '국민강녕탑'이 산중에 있다. 조그만 돌덩이 수만 개를 올리려면 많은 시일이 소요되었을 터이고 또 무너지지 않도록 나름대로 온 정성을 다했을 것이란 생각이 들었다. 그렇지! 국민이 건강하고 편안해야지!

국민강녕탑(가운데 돌탑)

그곳엔 ?!이 있었다

명사 지도에 표시된 묘소를 찾으면서 죽 내려오니 거의 마지막 부분에 독립운동가 서동일 묘역이 나타난다. 묘비는 아내 명의(최옥경)로 되어 있다. 나중에 아내 묘에 합장하였다고 한다. 탐방을 마치고 도로로 나오니 오를 때와 얼마 떨어지지 않은 곳의 다른 산책로였다. 꼬박 3시간 이상을 탐방하였다. 언제 다시 오려는 생각에 더운 날씨지만 명사 묘소 여러 기를 둘러보았다.

　묘소 사이를 오가는 소로에는 비석이며, 묘소 번호판이 널브러져 있거나 디딤돌 역할을 하고 있는 것들이 곳곳에서 눈에 띄었다. 주인이 없는 무연고 묘에는 관리소에서 표지를 붙여 놓기도 하고, 제대로 관리가 안 된 묘지에는 잔디식재 업자가 명함을 꽂아 놓기도 하였다.

● 아사카와 형제 평전을 읽고(블로그, 2022. 1. 22.) ●

　2021년 11월 30일 자로 일본 야마나시현 호쿠토시(山梨縣 北杜市)는 만화로 된 아사카와 노리타카, 다쿠미(浅川伯教, 巧) 형제 평전인 《浅川伯教と巧》를 발간하였다. 두 형제의 자료관 관장을 역임한 사와야 시게코(澤谷滋子)가 다쿠미 일기장을 토대로 글을 쓰고 아스카 아루토(飛鳥あると)가 그림을 그렸으며, 《白磁の人(백자의 사람)》이란 '다쿠미 생애'를 다룬 소설을 쓴 에미야 다카유키(江宮隆之)가 〈朝鮮の美と人類愛に生きた浅川兄弟〉란 에필로그를 썼다. 책은 ①

아사카와 형제 평전(만화책)

다쿠미 일기 일본에 돌아오다, ② 노리타카, 다쿠미 한반도에, ③ 다쿠미, 노천매장법(露天埋藏法) 개발, ④ 조선민족미술관을 만들다, ⑤ 다쿠미의 길, 노리타카의 길, ⑥ 조선백성들을 울리다 등 6장으로 되어 있다.

　두 형제 이야기는 한일관계에 관심 있는 분들에게는 잘 알려져 있다. 山梨縣北

巨摩郡甲村(현 北杜市高根町) 태생으로 먼저 한국에 온 형 노리타카는 미술선생을 하다가 일본으로 돌아가 조각 공부를 한 후 다시 한국으로 와 도자기요, 도자파편 등의 연구, 수집 활동에 매진하였으며, '조선도자의 신(朝鮮陶磁の神樣)'으로 불린다. 1934년에는 도쿄에서 〈朝鮮古陶史料展〉을 개최하고, 1956년에는 《李朝の陶磁》를 간행하였다.

동생 다쿠미는 1914년 23세 때 조선총독부 임업사무소에서 근무하게 된다. "자연 상태에서 종자가 발아하듯이, 종자를 모래와 함께 혼합하여 배수가 양호한 노지에 묻어 두어 빗물의 침투 및 공기 유통을 원활하게 해 종자가 발아하는 것을 촉진하면서 종자도 저장하는 방안"인 '노천매장법'을 고안하여 한국의 산하를 푸르게 하는 데 크게 기여하였다. 그리고 틈틈이 한국의 소반을 연구하여 1929년에는 《조선의 소반(朝鮮の膳)》을 발간하며, 1931년 유고집인 《조선도자명고(朝鮮陶磁名考)》가 출판되었다.

조선의 문화에 남다른 애정을 표시하고 경복궁에 광화문을 철거하고 총독부를 짓는 것에 반대한 야나기 무네요시(柳淙悅)가 1920년 '조선민족미술관' 설립구상을 발표하자, 1924년 두 형제는 합심하여 미술관을 설립한다. 그리고 자신들이 수집하였던 민예품을 기증하여 '민속박물관'의 기초를 닦는다. 야나기는 3·1운동 직후 조선인을 변호하는 일본인이 없자, 요미우리신문(1919. 5. 11.)에 "조선에 대하여 경험도 있고 지식도 있는 사람들이 거의 아무런 현명함도 없고 깊이도 없고 또한 따뜻함도 없다는 것을 알고, 나는 조선인을 위하여 때때로 눈물을 흘리지 않을 수 없었다."라는 내용의 〈조선인을 생각한다〉라는 글을 기고한 바 있다.

다쿠미의 형 노리타카는 패전 후 일본으로 돌아갈 때 동생의 일기장 14권을 김성식 씨에게 보관하도록 부탁하는데, 1995년 김성식 씨는 두 형제의 고향인 야마나시현으로 가 일기장 기증 의사를 전하고, 1996년 2월 정식으로 기증한다. 이번에 발행된 평전은 바로 이런 사실 기술에서 시작하여 두 형제의 학업, 한반도 진출, 한국문화에 대한 관심, 야나기 선생과의 교유, 다쿠미의 한국적인 생활과 한국에 대한 애정, 미술관설립, 다쿠미의 사망과 한국인들의 애도 등을 기술하고 있다.

아사카와 가족사진(평전에서 스캔)

평전에는 일본에서 돌아온 형이 경복궁에 총독부 청사를 짓기 위해 건물이 파괴되는 것을 보고는 "또 조선의 아름다운 건물이 파괴되고 있군."이라고 독백하거나, 다쿠미가 "경복궁 파괴는 방지하고 싶은 일이다."라고 일기장에 적은 내용을 전재하고 있다. 야나기 역시 "일본은 나쁘다. 사람의 길을 짓밟아서는 안 된다."고 하고, 다쿠미는 "조선인이 원하는 것은 일본으로부터 독립인데, 탄압하고 있다."거나 "일본 제품이 증가하고 있고 조선 고유의 도자기나 공예품이 점점 사라지고 있다."며 안타까워하고 있다.

만화책에는 일제강점기 일본인들이 한국인을 멸시하며 사용했던 단어인 '여보(한자로는 鮮人으로 표기)' 또는 '여보 꺼져'(크보どけ) 같은 표현을 사용하면서 "조선인을 차별하여 부르는 말이지만 사실을 기록하기 위한 목적으로 게재한다."고 밝히고 있다. 표현이나 내용에 있어서도 친선 도모에 저해되지 않도록 객관성을 유지하고 있으며, 필요한 경우 '아이고', '만세', '관을 지게(메게) 해 주세요' 등 한글도 함께 표기하고 있다.

에필로그에서 에미야는 "2021년은 다쿠미 탄생 130주년, 사망 90년이 되는 해로, 초중학생이 일본이 한국을 합병했던 시대와 그곳에서 살았던 고향 태생인 다쿠미 형제의 이미지를 알 수 있도록 만화로 만들었으며, 인권, 다른 문화와의 공생, 외국과의 우정이 무엇인가를 생각해 보는 계기가 되었으면 좋겠다."는 희망을 피력하고 있다.

　책 앞부분에 가족사진, 저서 사진, 자료관 사진 등이 수록되어 있으며, 비매품이나 도쿄 한국문화원을 통해 구했다. 다쿠미의 묘는 망우리공동묘지에 있으며, 기일인 매년 4월 2일에는 묘소에서 기념행사가 열린다. 호쿠토시는 홈페이지에 두 형제를 기리는 메뉴를 두어 상세한 내용을 등재해 놓았으며, 2003년 경기도 포천시와 자매결연을 맺었다. 1920년 형 노리타카가 조선인상 조각 〈木履の人 (나막신을 신은 사람)〉을 출품하여 일본미전에 입선하였을 때, 경성일보와 인터뷰에서 "조선인과 일본인의 친선은 정치와 정략으로는 안 된다."고 말했는데, 제발 정치가 끼어들지 말았으면 하는 바람이다.

● 《백자의 사람》을 읽고(블로그, 2022. 1. 23.) ●

영화화된 소설
《백자의 사람》 영화 포스터

　국립중앙박물관장을 역임한 정양모(鄭良謨) 씨는 "청자의 기품 높은 아름다움과 백자의 자연스러운 따스함은 대조적입니다. 노리타카(浅川伯教) 씨는 마치 청자와 같이 살았고, 그 동생인 다쿠미(浅川巧) 씨는 마치 백자와 같이 살았습니다."라고 말한다. 두 형제는 일제강점기 한국으로 와 한국의 도자, 민예 연구에 평생을 바치고 민속박물관의 기초를 세운 '일본인'이다.

　소설 《백자의 사람》은 바로 실존 인물인 동생 다쿠미의 삶을 소설화한 것이다. 소설이라고 하여도 등장인물 중 임업시험장 한국인 동료 이청림(李靑林)과 일본군인 고노미야(小宮) 중위를 제외하고 주변 인물, 생활 방법, 행한 일 등은 사실에 기반을 두고 있다고 작가는 말한다.

그곳엔 ?!이 있었다

야마나시 일일신문사 기자였던 작가 에미야 다카유키(江宮隆之)는 "한국을 가장 사랑한 일본인! 분명 일본인이면서도 끝내 일본인임을 거부하고, 한국말을 사용하고 한복 바지저고리를 입고, 그의 유언대로 한국의 흙이 된 주인공, 「우리는 아사카와 다쿠미를 가졌다」고 일본인들이 유일하게 자랑할 수 있는 사람."이라고 말한다.

바로 그가 쓴 소설이 《白磁の人》이며, 이것을 번역한 것이 《백자의 사람》이다. 작가는 스승인 야나기 무네요시(柳宗悦)에게서 "다쿠미는 내가 젊었을 때 가장 존경하고 가장 신뢰하는 분이셨네. 만일 이분이 계시지 않았다면 지금 내가 하는 이 일은 50%도 성공하지 못했을 것이야."란 얘기를 듣는다. 또 스승이 '머리가 숙여진다.'고 한 경성제국대 교수 아베 요시시게(安倍能成)(패전 후 문부대신 역임)의 〈인간의 가치〉란 수필이 게재된 국어교과서를 건네받았는데, 그 글은 경성일보에 연재한 〈아사카와 다쿠미를 애도한다〉는 글을 수정, 요약한 수필이다. 그 글에는 "그는 나의 조선 생활을 활력 있게 해 주었고, 용기를 주었고, … 친구로 두고 싶었고, 또 친구가 되어 주고 싶었던 것이다. 그 사람은 봄에 꽃이 피는 것도 기다리지 않고 이른 4월에 훌쩍 저세상으로 떠나 버렸다. 나는 외롭다. 절로 눈물이 나온다."라는 내용이 들어 있었다. 그래서 그의 행적과 생애를 다룬 소설을 쓰게 되었단다.

소설은 그의 가족 관계, 경성에서의 생활, 결혼과 딸 출생, 병약한 아내의 귀국과 사망, 재혼과 재혼한 아내의 사산, 조선도자가마터를 조사, 연구하던 형과의 대화, 야나기 선생과의 대화나 서신교환, 다쿠미 자신의 산림녹화업무와 조선의 소반, 백자 수집과 연구, 그리고 그의 저술 《朝鮮の膳》, 《朝鮮陶磁名考》의 집필과 출간, 조선인들의 문상과 장례행렬 등을 사실 중심으로 기술하고 있다.

그의 조선 사랑은 1913년 어머니와 함께 조선으로 건너온 형이 보낸 편지 중에 "이상스러우리만치 따스함이 배어 있는 조선의 도자기…"란 구절을 읽고, 어머니와 형 가족들이 있는 조선으로 올 마음을 먹었을 때 싹튼 것으로 보인다. 이후 고등학교 동창의 여동생과 결혼한 날 밤 아내에게 '이곳 조선에서 일생을 바칠 작정'임을 알리고, 민둥산을 푸르게 가꾸는 것과 조선 고유의 미를 추구하고 발견하는 일에 매진할 것임을 전한다. 그러고는 바지저고리, 망건을 보여 주면서,

'조선의 하얀 민족의상은 이상하리만치 따스한 느낌이 드는 도자기와 잘 어울린다.'고 얘기한다.

또 임종 직전 병상에서 혼신의 힘을 다해 야나기 선생이 발행하는 〈공예〉에 게재할 〈조선의 찻잔〉이란 소논문을 간신히 완성한 것으로 묘사되고 있는데, 논문의 내용은 '다도를 즐기는 일본인들이 찾는 고려 찻잔은 조선 사람들의 밥공기였다.'는 것이다.

소설의 내용 중에는 한국학자들이 비판하는 것처럼, 야나기 선생의 한국문화에 대한 일반론인 '조선 민족은 비애에 가득 찬 민족', '흰색은 비애의 미'라는 주장에 대해, 두 형제가 "이 나라 사람들은 천성적으로 낙천적이며, 백색은 '티 없이 깨끗한 색', 청정무구한 색으로 조선인의 심상(心象)을 엿볼 수 있다."면서 야나기 선생의 주장에 동의하지 않는 장면이 나온다.

다쿠미는 또 '조선의 독자적인 문화를 말살하거나 일본문화 속에 흡수하여 동화시켜 버린다는 것은, 조선과 조선인이라는 것을 따지기에 앞서, 인류가 가진 역사와 문화 그 자체에의 모독이라고 생각'하며, 3·1운동이 있던 날 처음으로 울었다고 한다.

그의 저서 《朝鮮の膳》를 읽은 아베교수는 마지막 부분에 "자신이 생기는 날이 필연코 올 것"이라는 내용이 '일본으로부터 독립하여 조선민족으로서 자신감을 되찾는 때가 올 것'으로 이해되어 총독부 검열에 걸려 그가 곤란해질 수도 있다는 판단에서, 사전에 일본군 당국과 총독부 관리에게 "다쿠미에게 정치사상은 없다. 조선의 미에 관한 것만을 표현한 것이다."라고 신고하여 검열에 통과한 것으로 기술되어 있다. 소설인 만큼 사실 여부는 확인할 수 없으나, 아베교수 역시 다쿠미를 존경하는 차원을 넘어 양심적 지성인으로 묘사되고 있다.

소설에서는 형 노리타카가 가마터를 조사할 때에 경기도 무형문화재 제4호 '분청·백자장' 전승자로 지정된 기예능 보유자이자 도예가인 지순탁(池順鐸)과 동행한 것으로 기술되어 있으나, 네이버 지식백과 그의 소개에는 일제강점기 활동에 대해서는 언급이 없다. 소설에서는 고려청자 재현에 실패하다가 느티나무 재를 이용하여 구워 성공한 것으로 기술되어 있다.

형 노리타카가 일본 미전에서 〈나막신을 신은 사람(木履の人)〉이라는 조선인상

으로 입선한 후 경성일보와의 인터뷰에서 "조선인과 일본인의 친선은 정치와 정략으로는 안 된다."라고 말한 것을 문제 삼지 않은 것은 문화 정책에 이용하려는 저의 때문이며, '문화존중, 문화섭취를 표방함으로써 독립운동을 회유하고, 싹을 없애 버리고 친일파를 늘리려는 목적'에 기인한 것으로 설명하고 있다. 다만 야나기는 이런 저의를 이해하지 못하고 '민족미술관' 건립을 제안한 것으로 기술되어 있다.

장례행렬에 마주친 사이토 마코토(齊藤實) 총독 일행은 장례행렬을 강제로 멈추도록 하였으나, 일행 중 야나기와 아베를 발견한 사이토가 자초지종을 들은 후 분탕질 대신에 '모자를 벗고 묵도를 드려라.' 하면서, "보라! 모든 일본인이 조선인들로부터 증오받고 있는 가운데, 저 관 속에 있는 사람만은 모든 조선인으로부터 사랑받고 있는 일본 사람인 것이다. 아사카와란 이름을 평생 잊지 않을 것이다. 조선에 온 보람이 있다."라고 한 것으로 묘사되고 있는데, 작가가 한일친선을 도모하기 위해 의도적으로 배려한 것처럼 느껴진다. 어쨌든 그렇게라도 진정한 선린우호관계가 유지되었으면 좋겠다. 이 소설은 2012년 일본에서 영화화되었다.

26.
철학은 철판을 뚫는다?
'칸트의 산책길'에서

(2021. 7. 11.)

양재천에는 2017년 10월에 조성된 '칸트의 산책길(Kant' promenade)' 이 있다. 냇가 좀 높은 곳에 '인공섬'을 만들어 건너는 다리(bridge)를 놓고, 그 섬에 개울을 등지고 다리(leg)를 꼬고 책을 펴고 벤치에 앉은 '칸트상'을 놓았다. 칸트 좌상(坐像) 좌우로는 냇가 쪽을 향해 앉을 수 있는 등(背)이 비스듬한 의자 2개와 둥그런 들마루가 있고, 좌우와 앞쪽에 2인용 벤치가 놓여 있다.

그를 만나려면, 가는 길에 세워진 둥글게 구멍이 뻥 뚫린 철판 조각을 통과하여, 2미터도 안 되는 다리를 건너야 한다. 칸트상이나 철제 조각은 누구의 작품인지 설명문은 찾아볼 수 없었다. 철판에는 "칸트의 산책길은 자연과 사색을 통해 나, 너, 우리를 돌아보고 희망을 얻을 수 있는 공간입니다."란 글귀가 씌어 있다. 사람을 통과시키기 위해서일까, 둥글둥글 주변을 살펴 제대로 사유하고 명상하란 주문일까, 철학은 철판을 뚫는 것과 같이 사람의 마음을 헤아려 속을 들여다보는 것이기 때문일까 뭔지 모르겠다.

칸트의 산책길 입구 철제 조각

칸트는 평생 동안 고향인 동프로이센의 쾨니히스베르크(지금은 러시아의 칼리닌그라드)에서 150㎞를 벗어난 적이 없다고 한다. 그는 허약 체질이었는데, 규칙적인 산책으로 건강을 유지했다고 한다. 장 자크 루소의 《에밀》을 읽느라 시간을 어긴 것을 제외하고는 매일 일정한 시간에 산책에 나서 주민들이 산책하는 그를 보고 시계의 시각을 맞추었다고 할 정도로 '정확한' 사람이었단다.

벤치의 칸트 옆자리는 비어 있다. 함께 앉아 가까이 다가오는 사람들을 보거나, 양재천을 거니는 사람들을 볼 수 있다. 주변의 의자나 벤치, 들마루에서 칸트나 칸트 옆자리에 앉는 사람들을 볼 수도 있고, 냇가에 심어 놓은 나무나 푸성귀, 냇가나 잔디밭을 찾는 참새나 까치 등 동물이나 자연

현상을 보면서 '사유'할 수도 있다.

2021년 봄에는 냇가 바닥을 정비하여, '물소리가 들리도록' 계단을 만들어 놓았다. 시원한 느낌을 준다. 사람의 소리는 명상에 방해가 되지만, 자연의 소리는 '잡소리가 들리지 않도록 하는 중화제'로서의 역할을 할 수 있을 것이다.

칸트 옆 빈자리에 앉아, 지나가는 분에게 증명사진을 부탁했다. '독일계 민족'의 역사를 모르니 '프로이센' 왕국 출신인 칸트가 왜 독일 사람으로 되어 있는지 알지 못한다. 또 '철학' 책들을 가까이한 적이 없어 순수이성, 실천이성 그런 단어의 의미도 이해하지 못한다. 철학은 왠지 어렵고 나와는 맞지 않는다는 생각으로 열공하지 않았기 때문이리라.

의자에 앉아 물소리를 듣고, 새들을 응시하며, '의자나 들마루에 있는 사람은 무슨 생각을 할까?' '지나다니는 사람들은 행복할까?' 사색도 명상도 아닌 쓸잘데없는 상념에 젖는다. 내 나이에는 '멍 때리기로 정신을 쉬게 하는 것이 바람직하지 않을까?' 하는 생각마저 든다.

칸트는 "행복의 원칙은 첫째 어떤 일을 할 것, 둘째 어떤 사람을 사랑할 것, 셋째 어떤 일에 희망을 가질 것이다."라고 하였다. 누구든 이 세 가지를 하지 않는 사람이 있을까? 세상에는 의미 없는 일을 하거나 하지 말아야 할 일을 하고, 사랑해야 할 사람을 미워하거나 사랑하지 말아야 할 사람을 사랑하고, 망상을 희망으로 착각하는 사람들이 부지기수다. 너무나 평범한 이야기로 들리지만, 행하기가 쉽지 않음을 칸트는 강조하고 있는 것이다.

양재천을 따라 성업 중인 '카페 거리'의 멋진 카페에 들러 시원한 맥주라도 한잔하고 싶어진다. 다음에는 매사를 심각하게 대하는 친구나, '글 쓰는 친구'와 같이 나들이해야겠다. 칸트처럼 매일 정해진 시간이 아닌 기분 내킬 때.

목도리와 망토를 한 칸트 좌상

　서초구 양재동에는 258,992㎡(약 8만 평) 규모의 시민의 숲이란 공원이 강남 대로와 양재천을 따라 조성되어 있다. 어제(12월 18일) 오후 내린 눈을 밟아 보러 양재 시민의 숲으로 갔다. 오후여서 햇빛이 나 눈이 녹고 있었고, 다니는 길도 쓸어 놓아 불편함은 없었다. 산책 나온 시민들도 많지 않았다.

　양재 시민의 숲 시설물 중 가장 중요한 것은 당연히 매헌윤봉길기념관이다. 그 옆으로는 기념비와 동상이 세워져 있다. 공원인 만큼 테니스코트도 있고 운동시설도 있으며, 지압보도도 만들어 놓았다. 그리고 지식서재를 설치하고 책을 비치하여 읽을 수 있도록 해 놓았다.

지식서재

　또 중요한 것이 그곳에는 여러 기념비들이 세워져 있다. 매헌기념관 앞 길 건너 남쪽에 자리하고 있는데, 유격백마부대 충혼탑, 대한항공기 버마상공 피폭희생자 위령탑, 삼풍참사 위령탑, 우면산 등 산사태 희생자 추모조각 등이 들어서 있다. 시간의 흐름에 따라 유족이나 시민들의 기억에서 사라지고, 희생을 기리고 교훈으로 삼겠다는 각오마저 온데간데없어질 것이다. 가족이나 가까운 사람들이라도 찾을 수 있도록 해 놓은 것은 천만다행이다. 얼마나 많은 사람이 관심 있게 지켜볼까?

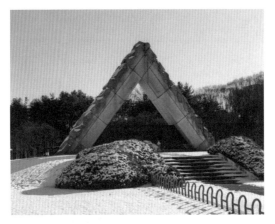

버마상공 피폭희생자 위령탑

내린 눈의 양이 많지 않고 또 녹아 '설국'은 아니었지만 공원의 풍경은 왠지 스산하다. 고속도로 변으로 나 있는 길을 따라 양재천까지 와 다리를 건너면 냇가에도 공원을 만들어 놓았고, 뭣을 하려는지 오랫동안 냇가를 헤집고 있다. 편의시설을 만들고 있겠지만 계획을 세워 한꺼번에 정비하면 좋을 텐데 하는 생각이 들었다. 집까지 버스로 네 코스 정도니 걸어 다닐 만하다.

27.
강남 도심 '선정릉'에서
만난 새들
(2021. 8. 15.)

성종대왕릉

열세 분 비빈(妃嬪)의 남편, 16남 13녀의 아버지로 서른여덟에 생을 마감한 조선의 9대 왕 성종(成宗). 그분이 잠든 곳이 바로 강남구 선정릉(宣靖陵) 묘역의 선릉이다. 현재는 도심 속의 왕릉이지만 1495년에 조성되었으니, 그 당시에는 궁궐에서 한강을 건너 고개를 몇 개나 넘어야 하는 수십 리 먼 길이었을 것이다.

수령 500년이 넘는 은행나무가 묘역에 있고, 아름드리 소나무와 참나무가 무성하다. 좀 늦은 오후에 능을 산책하니 할머니 할아버지들이 '간편복 차림'으로 나무 그늘 벤치에서 삼삼오오 모여 담소를 나누고 있다. 그늘과 쉼터를 제공해 주고 있으니 그것만으로도 성종은 후세 백성들에게 '성은 (聖恩)'을 베풀고 있는 셈이다.

재킷을 벗어 팔에 걸치고 2㎞ 남짓한 능 둘레길을 걸었다. 더운 날씨이고 바람도 없어 그늘 아래였지만 땀방울이 맺힐 정도다. 코로나19 때문에 둘레길을 일방통행하도록 곳곳에 현수막과 안내판을 붙여 놓았다. 숲이 우거져 길섶에는 이끼가 자랄 정도로 그늘이 깊다. 피톤치드 향 내음은 나지 않았으나 싱그러운 풀 냄새가 기분을 상쾌하게 해 준다.

능역의 잔디밭이나 클로버가 있는 곳, 개망초가 피어 있는 곳에 까치나 비둘기가 '함께' 모여 뭔가를 열심히 찾고 쪼고 있다. 좀 더 걷다 보니 장끼 한 마리가 나지막한 나무 옆에서 지나가는 나를 유심히 지켜보고 있다. 도심의 새들이어서 사람들을 많이 본 탓인지 후드득 날아가지 않고 동태를 살핀다. 오랜 접촉 경험에 비춰 해코지할 '동물'은 아니란 것을 체득한 모양이다.

새는 우짖는다. 그런데 4,000보를 걷는 동안 새소리를 듣지 못했다. 다른 곳에선 까작까작, 구구구, 꿔겅꿔겅 소리를 내면서 날아가는 것을 보기도 했는데, 선정릉의 새들은 날 생각을 하지 않고 소리도 내지 않았다. 새우깡이라도 부숴 던져 주고 살펴보고 싶었다.

인간에겐 쉼터를, 새들에겐 삶의 터전을 남긴 조선의 임금 성종 내외분과 아들인 11대 중종의 능이 있는 선정릉. 놀라고 슬퍼 '우짖기'보다 즐겁게 '지저귀는' 새소리라도 들렸으면 더 좋았을 텐데 하는 아쉬움으로 능 산책로 한 바퀴를 돌았다.

선정릉에 나타난 꿩

28.
권력과 푸르름은 영원하지 않다…
강남구 광평로에서

(2021. 12. 25.)

조선 태조 이성계는 향처(鄕妻)이자 정실인 신의왕후와의 사이에 여섯 아들을 두었으며, 경처(京妻)이자 계비인 신덕왕후 사이에 두 아들을 두었다. 다섯째 아들 방원(후에 태종)은 조선 건국에 공을 세웠음에도 불구하고 태조는 계비 태생의 작은아들 방석(宜安大君)을 세자로 책봉한다. 이에 불만을 품은 방원은 제1차 왕자의 난을 통해 세자와 계비 태생 큰아들 방번, 책봉에 관여한 개국공신 정도전 등을 처단한다.

세종대왕이 즉위한 것은 태조 이성계가 조선을 개국한 1392년으로부터 26년 후인 1418년이다. 왕권을 확립하기 위한 권력 쟁투가 극심하던 시기다. 태종의 장남인 양녕대군은 세자로 책봉되었다가 자유분방한 생활 때문에 폐위되고, 셋째 아들 충녕대군이 세종으로 즉위한 것이다. 두 형제는 서로의 입장을 이해하여 분란은 피한다. 세종 사후 양녕대군은 단종으로부터 왕위를 빼앗은 세조를 지지하여 보호를 받는다.

세종대왕은 부왕(父王) 태종에 의해 살해되어 후사가 없는 배 다른 삼촌 방번(撫安大君)과 방석의 봉사손(奉祀孫)으로 자신의 다섯째 아들 광평대군(廣平大君)과 여섯째 아들 금성대군을 출계시킨다. 금성대군은 단종복위를 꾀하다 사사되지만, 광평대군은 후사(後嗣)가 번창하여 이씨 왕족 중에서도 후손이 많기로 유명하다고 한다.

광평대군 내외분 묘

왕족들 간의 암투는 세종의 둘째 아들 수양대군이 세조로 즉위한 후에도 지속된다. 세조는 형인 문종 사후 왕위에 오른 조카 단종은 물론, 바로 밑의 동생(세종의 셋째 아들) 안평대군, 할아버지 태종에 의해 살해당한 세자 방석의 봉사손으로 출계한 또 다른 동생 금성대군까지 사약을 내려 살해하는 비극을 저지른다.

강남구 일원동은 조선시대 경기도 광주군 대왕면(廣州郡 大旺面)이었으며, 그래서 그곳에 대왕중학교가 있다. 그곳 광수산(光秀山, 수서역 인근)에는 결혼은 했으나 후사가 없었던 태조의 아들 무안대군의 묘, 봉사손으로 보낸 광평대군의 묘, 광평대군의 아들 영순군(永順君) 등 후손들의 묘 700여 기가 안장되어 있다. 전주 이씨 광평대군파에서는 무안대군, 광평대군, 영순군 세 분의 제향을 모시고 있으며, 묘역 입구에는 재실과 종회당, 종택이 있다.

마키아벨리는 《군주론》에서 "최근에 국가를 세운 군주라면 사람들이 선이라고 여기는 것들을 모두 행할 수는 없으며, 종종 자신의 나라를 지키기 위해 인정, 자비, 믿음에 반대되는 행동도 해야만 한다."라는 말을 남겼다. 그는 또 "군주는 자비롭고, 신의가 있고, 인정이 있으며, 신앙심이 깊고, 공정하게 보여야 하는데, 이러한 자질을 다 갖출 필요는 없다."고 했다. 한편 '부활한 마키아벨리'라고 불리는 로버트 그린은 《권력의 법칙》 23번째에서 "적은 완전히 박살 내라."면서 잠재적 위협까지 제거할 것을 역설한다. 방원은 계비 태생 이복형제 둘과 관련자들을, 수양대군은 조카와 형제들까지 살해하여 분란의 씨앗을 제거했다.

태종과 세조는 왕이 되기 전, 또는 되고 난 후에도 권력 기반을 다지기 위해 피비린내 나는 살육을 감행하였다. 마키아벨리와 로버트 그린은 말로써 '권력의 법칙'을 읊었다면, 그들보다 앞선 태종과 세조는 집권과 권력유지 과정에서 권력의 속성을 이해하고 가차 없이 잠재적 위협을 제거하였던 것이다.

일원터널에서 수서역에 이르는 도로인 광평로 양쪽 아파트 단지는 담장을 허물고 화단을 조성해 놓았고, 양쪽 인도 가로수 은행나무의 노란 단풍이 오가는 이의 눈길을 사로잡는다. 은행나무 열매는 떨어지기 전에 털어 버렸는지 인도에는 은행은 보이지 않고 단풍잎만 떨어져 있다. 나그네 산책객인 내 입장에선 수북이 쌓이도록 놓아두었으면 좋겠지만, 초중고 학생들의 등하굣길이어서 환경미화원이 연신 쓸어 담고 있었다. 뛰고 밀치다 보면 미끄러지기 일쑤이니 안전을 위한 당연한 조처다.

일부러 간 김에 일원터널 위에 있는 수령 300년이 넘는 느티나무(1981년 보호수로 지정할 당시 수령 270년이라고 하였음)도 구경하러 들렀는데, 낙엽은 지지 않았으나 단풍은 한물갔다. 아파트 단지 쪽 화단은 각기 다른 나무나 꽃을 심어 놓아 단풍은 즐길 수 없었다. 일부 화단에는 소나무를 타고 오르는 담쟁이가 빨갛게 단풍이 들었지만 낙엽은 지지 않고 대부분 푸른색을 유지하고 있었다.

일원동 보호수 느티나무

그곳엔 ?!이 있었다

궁마을은 개발제한구역이어서 단독주택이 들어서 있고 주변엔 근린공원을 조성해 놓았다. 건너편에는 광평대군의 증손 정안부정공 이천수(定安副正公 李千壽)가 건립하여 후손들이 대대로 살아 온 전통가옥인 필경재(必敬齋)가 있는데, '반드시 웃어른을 공경할 줄 아는 자세를 지니고 살라.'는 뜻이란다. 옆의 성당을 지나 태화기독교사회복지관을 따라 사잇길을 조금 들어가면 광평대군과 묘역이 나온다.

필경재

광평로를 다니는 사람들 중 지나간 역사에 대해 관심을 가진 이는 많지 않을 것이다. 세월의 아픔을 알 필요는 없지만, 글을 쓰고자 현장을 다니거나 검색하여 공부하고 있다. 반나절 시내 투어 프로그램에도 일원동 코스가 있는데, 그 프로그램에 동행하면 역사 공부를 할 수 있다.

권력은 영원하지 않다. 조선이란 나라를 세웠던 태조도, 집권하였던 3

대 태종과 7대 세조도 생전에 가까운 가족과 신하들의 죽음을 목도해야만 했다. 권력을 쟁취하고 찬탈한 이들의 '삶의 목표'는 원대했겠지만, 소소한 작은 행복인 '소확행(小確幸)'을 추구하는 일반 백성들이 과연 그들의 삶을 행복하다고 생각했을까?

오늘날은 민주사회가 된 만큼, 불의와 비상식과 비정상적인 집권은 언젠가는 그 실태가 밝혀질 것이다. 잠시 동안의 권력 향유는 지나간 추억으로 치부될 것이며, 때론 치욕이 될 수도 있다. 민심을 이기는 권력은 없다. 민심의 왜곡이 문제지만, 그 역시 언젠가는 역사의 심판을 받을 것이다.

광평로에도 아름다운 색깔의 단풍잎이 떨어지고 을씨년스런 겨울이 닥칠 것이다. 내년 봄이면 300년이 넘은 느티나무는 물론, 앙상해질 은행나무에도 새싹이 움틀 것이다. 시간의 흐름은 자연의 순환을 의미하며, 길가를 나뒹구는 낙엽은 다른 생명체를 위한 거름이 된다. 자연의 이치를 경외하는 마음으로 지켜보는 것이 어떨까. 다시 봄이 돌아오면 대한민국의 대통령이 결정된다. 영원한 것이 아닌 5년 동안의 군주가 누구일지 궁금하다. 세종대왕처럼 훌륭한 족적을 남길 분이면 좋겠다.

29.
올림픽공원 둘러보기
(블로그, 2020. 6. 1.)

올림픽공원 세계평화의 문

올림픽공원은 '장미의 계절 5월'에 찾는 것이 가장 좋다. 남1문에 위치한 장미광장에는 베이비 로만티카, 워터멜론 아이스, 콘랏헹켈, 에버골드, 아리아 등 외래종 146종과, 오렌지캔들, 오렌지데이, 핑크스커트, 앤틱컬, 메리데이, 아이스윙 등 한국개량종 19종 등 160종 이상의 색깔과 꽃잎이 다양한 장미를 볼 수 있기 때문이다. 장미들이 피고 지는 시기가 서로 다른데 대충 5월 20일경 전후가 많은 종류의 장미들이 만개하는 시기일 것 같다. 인근의 들꽃마루에는 꽃 종류를 바꿔 심는데, 올해(2020년)는 양귀비를 심어 놓았다(노랑코스모스를 심은 때도 있었음). 양귀비는 6월 상순이 되어야 제대로 개화될 것 같다. '님도 보고 뽕도 따기'는 어렵다는 얘기다.

올림픽공원은 86아시안게임과 88서울올림픽대회를 개최하면서 조성한 시설물과 공원을 대회가 끝난 후 일반 시민들의 문화와 여가시설로 활용하고 있다. 전체 면적은 145만㎡이고, 그중 녹지 공간은 54만㎡라고 한다. 월드컵공원의 노을공원, 하늘공원, 평화공원, 난지한강공원, 난지천공원 등 5개의 테마공원 전체 면적이 347만㎡로 올림픽공원의 2배가 넘는다. 노을공원이 34만㎡, 하늘공원이 19만㎡이므로, 올림픽공원의 녹지 면적은 두 공원의 정상부 면적을 합친 것보다는 조금 넓은 편이다. 올림픽공원에는 시설물 사이, 보행 공간 등에도 많은 조각품들이 설치되어 있고 쉼터가 마련되어 있어 월드컵공원에 비해서는 접근성도 좋고 활용도도 높다.

노을공원에도 한국의 원로 조각가들의 작품 10점이 골프장용으로 조성한 페어웨이 잔디밭에 듬성듬성 세워져 있다. 올림픽공원에는 1988년 서울올림픽대회 문화행사의 일환으로 〈국제야외조각초대전〉을 열어 국내외 조각가들의 작품을 공원 내에 설치하였는데, '세계 5대 조각공원'으로 불릴 만큼 저명한 작가들의 작품이 많이 설치되어 있다. 그린, 블랙, 블루, 옐로우, 레드로 나뉜 5개 존에는 모두 192점의 조각 작품이 세워져 있는데, 올림픽공원역 인근의 프랑스 작가 세자르 발다치니의 〈엄지손가락〉(제2경), 알제리의 모한 아마라의 〈대화〉(제4경)는 '올림픽공원 9경'에 포함되어 있으며, 제1경인 〈세계평화의 문〉은 건축가 김중업의 작품으로 '한민족의 저력과 기량을 상징하는' 조형물이다.

거의 매년 올림픽공원과 월드컵공원을 찾는데, 2020년에도 '장미꽃'을 보러 5월 마지막 날을 잡았다. 출근 시간대를 살짝 피해 도착하니 사람들은 많지 않았으며, 바람도 불어 덥지는 않았다. 그런데 코로나19 때문에 정원 안으로 들어가는 통로를 모두 막아 놓아 둘레를 두어 바퀴 돌면서 사진 몇 장을 찍고 인증사진도 부탁하여 찍었다. 들꽃마루로 가 양귀비 재배지를 올려다보니 10여 일은 더 있어야 활짝 필 것 같았다. 등성이의 원두막 역시 코로나 때문에 출입금지 줄을 쳐 놓았으며, 반대쪽 경사면의 수

올림픽공원에서 저자

레국화, 안개초, 끈끈이대나물, 기생초 꽃밭은 꽃대들이 혼재되어 있고 개화 시기가 일러 간간이 꽃봉오리를 볼 수 있을 정도였다.

시인 나태주는 이렇게 말했다. (〈혼자서〉 중)

무리 지어 피어 있는 꽃보다
두셋이서 피어 있는 꽃이
도란도란 더 의초로울 때 있다

그래도 여러 송이가 활짝 핀 것이 보기에는 더 좋다!

남2문 쪽 입구의 도로를 건너니 러시아 알렉산더 루카비니시코프의 〈마마〉란 돌조각이 나타나고 이어 김영원의 〈길〉이란 작품이 등장하는데, 러시아의 라자르 가다에프의 〈달리는 사람들〉과 비교해 보면 남자의 성기 모습이 확연히 다르다. 한성백제박물관 인근에 설치된 조각품을 보면서 지구촌공원 한가운데 설치된 스페인 조셉 마리아 수비라치의 〈하늘기둥〉, 이스라엘 다니 카라반의 〈빛의 진로〉를 관심 있게 둘러보았다. 〈빛의 진로〉를 배경으로 인증사진을 찍고 내려오면서 〈대화〉도 보았다.

소마미술관 역시 코로나19로 폐관하고 있어 인공 폭포로 만들어 놓은 '몽촌폭포'로 내려갔으나 물을 흘러보내지 않아 인공 바위들만 녹음 밑에 자리하고 있다. 몽촌해자에는 국기광장의 국기, 올림픽회관 등이 물밑에 반사되어 처박혀 있다. 올라와 한성백제역 방향으로 오면서 문신의 작품

〈올림픽 1988〉을 감상하였다.

글을 쓰려니 보지 않은 부분에 대한 사진과 자료가 없어 다음 날인 6월 1일 역시 오전 시간에 올림픽공원역에 내려 보지 않은 쪽으로 가 우선 〈엄지손가락〉을 보았다. 눈길을 돌리니 맑은 하늘 가운데 '롯데월드타워'가 우뚝 솟아올라 있다. 한얼교를 건너니 이탈리아의 마우로 스타치올라의 〈88서울올림픽〉이 광장에 우뚝 서 있으며, 뒤로는 아파트촌이 나타난다. 체조경기장과 수영경기장을 지나 88마당을 돌면서 조각품들을 둘러보다가 언덕 위에 콘센트가 있길래 올라가니 '백제집자리전시관'이었는데 역시 코로나 때문에 폐관 중이었다.

한 시간 이상 걸어 꼭 보아야 할 〈세계평화의 문〉을 보기 위해 녹지 공간의 산책로를 가로 질러 국기광장 앞으로 왔다. 전체를 사진에 넣으려 시도하였으나 너무 많은 국기들이 게양되어 있어 멀리서 찍어야 해 제대로 구분이 될 정도로 활용할 수 없겠다는 생각이 들었다. 그늘도 없고 돌로 덮인 광장이어서 문을 쳐다보고, 타오르는 꺼지지 않는 불꽃을 보면서 문 위에 그려진 천장화 〈사신도〉와 문 양옆에 도열한 탈이 새겨진 60개의 열주인 〈열주탈〉을 새삼스럽게 둘러보았다.

알랭 드 보통의 《여행의 기술》에서도 "아름다움에 대한 우리의 인상을 굳히려면 글을 써야 한다."고 하였는데, 글을 쓰려니 뭔가 평소와 다른 생각을 가지고 다시 보게 되었다. 천장화도 뭔지 알려고 하니 어딘가에서 기록해 놓은 것을 찾을 수 있었고 열주의 탈도 보았다. 또 몽촌토성 산책로가 4.2㎞ 정도 되어 인근 주민들에겐 아주 좋은 산책 코스가 되겠다는 생각이 들었다. 정말 거주 환경은 최고라는 생각이 든다. 한국의 부모들이 가장 중요시하는 학군은 어떤지 모르지만.

올림픽공원 경내에는 대한체육회, 장애인체육회, 국민체육진흥공단 등 체육 관련 단체뿐만 아니라 한국체육대학교도 있고 한성백제박물관, 백제집자리전시관, 소마미술관, 아트홀, 수변무대 등 문화시설도 들어서 있다. 그러나 불행하게도 코로나19로 인해 공공기관인 이들 문화기관들은 전부 폐관 중이어서 관람하거나 이용할 수 없었다. 공원시설은 새벽 5시에 문을 여니 인근 주민들은 다른 지역 주민들보다 더 맑고 깨끗한 공기를 들이마실 수 있어 코로나19를 잘 극복할 수 있으리라! 하루빨리 코로나19가 물러가 공원과 문화시설 곳곳을 들어가 둘러볼 수 있기를 기대해 본다.

● 소마미술관 〈한국근현대드로잉전〉(블로그, 2019. 5. 1.) ●

소마미술관은 서울올림픽의 성과를 예술로 승화하는 기념 공간이자 휴식 공간으로 세계적인 조각가들의 작품 220여 점이 설치되어 있는 95,940㎡의 조각공원 안에 자리 잡고 있다. 소마미술관은 평화의 광장, 몽촌토성 등 주변의 문화 공간을 이어 주는 중심으로서 주변의 자연적인 요소들을 시설에 연결하고 서로 다른 풍경을 맺어 주는 산책로가 되도록 계획되었다.

소마미술관에는 모든 예술 창작의 기본이자 시발점인 드로잉의 중요성을 새롭게 부각시키고 드로잉의 개념 및 영역을 확장, 발전시키고자 설립된 소마드로잉센터(SOMA Drawing Center)가 소재하고 있다. 2006년 11월 개관전시인 〈잘 긋기〉와 〈막 긋기〉를 시작으로 문을 연 소마드로잉센터는 국내외 유수의 작가들은 물론 새롭게 떠오르는 신진 작가들의 드로잉 작업을 선보임으로써 과거 드로잉의 역사를 조망하고 동시대 드로잉의 현황을 살펴보며, 나아가 앞으로의 과제까지 모색할 수 있는 통시대적 드로잉 전시를 기획하고 있는데, 이번 〈한국근현대드로 잉전〉도 이런 설립 취지에서 추진되었다.

"드로잉은 실험적인 생각을 구체화시키는 '과정(process)'을 중시하므로 '결 과' 위주의 사회 풍토를 개선시키고 동양적 사고의 중요성을 일깨워 주며, 더 나 아가 창의적 발상과 독창적 표현을 중시하는 현대 사회에서 드로잉의 연구 및 교육은 미술에 국한되지 않고 모든 인간 행위의 기초로서 그 범위를 확대시킬 수 있다는 데 그 의의가 있다."(이상 미술관 홈페이지에서 인용)

〈한국근현대드로잉전〉에는 모두 219명의 작가의 작품 300여 점이 전시되고 있는데, 작품 제작 도구는 연필, 펜, 사인펜, 과슈, 크레파스, 콩테 등 다양하고, 색상 표현을 위해 먹, 수채, 유채, 담채, 수묵담채, 심지어 콜타르까지 이용하고 있으며, 드로잉 바탕 역시 종이, 한지, 신문지에서 목판화, 석판화, 사진까지 동원되고 있어 미술 공부를 안 한 나로서는 도대체 "드로잉이 어디까지를 의미하는가?"란 근원 적인 의문을 갖게 되었다. 그런 의미에서 소화(素畵)란 단어가 더 맞는 것 같다!

〈한국근현대드로잉전〉 포스터를 배경으로

Walking date with Culture & Nature

by

Hyon Tak HWANG

제2부

OUT OF 서울

덕유산의 눈꽃

1.
18세기 말 조선의 신도시 수원 화성

(2021. 11. 20.)

수원화성의 홍살문과 신풍루

화성(華城)은 조선의 22대 왕인 정조가, 세자로 책봉되었으나 당쟁에 휘말려 왕위에 오르지 못하고 '뒤주에 갇혀' 생을 마감한 아버지 사도세자를 추모하기 위해 축조하였다. 선왕(先王)인 21대 영조의 둘째 아들인 아버지의 무덤을 서울 휘경동에서 수원 화성으로 옮기면서 그곳에 살던 주민들을 이주시키고, 참배할 때 머물기 위해 1796년에 건설한 신도시다.

화성은 둘레가 5,744m로 성곽은 방위기능을 갖추고 있으며, 성곽 안에는 행궁(行宮)뿐만 아니라 일반 백성들도 거주하고 있다는 점이 일반적인 궁궐과는 다르다. 축성과정과 내역을 기록한 《화성성역의궤(華城城役儀軌)》를 편찬하여, 지금도 이 책에 따라 복원작업이 계속되고 있다.

행궁 앞 널찍한 광장에는 홍살문이 서 있고 그 옆에는 '지위고하를 막론하고 말에서 내리라'는 하마비(下馬碑)가 세워져 있다. 홍살문 양옆 멀찍이 포졸을 세워 놓았다. 액운을 물리치려면 좀 우악스러워야 하겠지만, 무섭기보단 자상하게 보여 '안내자'같이 느껴졌다. '어르신'이어서 무료 매표를 하고, 행궁의 신풍문을 들어서니 집사청 입구의 600년 된 느티나무가 시멘트, 받침대 등 사람들의 보살핌으로 살아남아 계절을 감지하고 붉은 잎으로 변하고 있었다.

좌익문, 중양문을 지나 본당이라 할 수 있는 봉수당에 이르니 그곳 앞에 난데없이 화사한 '복사꽃' 조각(작가 강민정)을 양옆에 설치해 놓았다. 무병장수나 무릉도원을 상징하는 의미는 있으나 궁궐 건물과는 조화를 이루지 못하는데, 그곳뿐 아니라 정조대왕의 위패를 모신 화령전 운한각에도 같은 작가의 작품이 설치되어 있다. "정조대왕이 어머니 혜경궁 홍씨의 무병장수를 기원하여 헌화했던 효도화를 모티브로 한 작품을 통해 효의 가치를 느끼도록 한다."는 의미에서 설치하였다고 한다. 때마침 봉수당 앞에서는 수원의 아마추어 국악그룹이 시조창을 선사하고 있어 잠시 귀를 기울였다.

운한각 뜰의 복숭아꽃 작품

　여러 채의 행궁 부속 건물에는 궁중에서 일하던 환관이나 나인, 상궁의 모습, 수라상과 정조가 어머니 회갑연에 차렸던 진찬상 모형, 부엌 용품, 사용하던 악기, 드라마 〈대장금〉 촬영 당시의 모습 재현 등 볼거리를 만들어 놓았다. 특히 창고인 서리청에는 '뒤주'를 여러 개 만들어 놓았는데, 마침 어린아이들이 조르르 달려가 안을 들여다보고 있다. 선생님은 통제만 할 뿐 설명을 하지 않는데, 그들이 그곳 '뒤주'의 의미를 알 수 있을까 하는 생각이 들었다.

　행궁을 나와 보수·복원작업이 진행되고 있는 '우화관' 옆 주택가를 지나니 팔달산 중턱에 큼지막한 정조대왕 동상이 서 있다. 조선조에서 세종대왕 다음으로 훌륭한 임금으로 숭앙받고 있어 크게 만들었는지 모르지만 어마어마하게 크다. 포장된 순환도로를 가로질러 성벽 길로 오르려다 보니 '관광용 어차'가 지나간다. 성곽 둘레가 5.7㎞이니 빠른 시간에 둘러보기 위해서는 타는 것이 편리할 수 있겠다는 생각이 든다.

성곽을 따라 오르니 복원, 보수한 성곽이지만 잘 정비되어 있고 산책로나 탐방로도 말끔하다. 팔달산 가장 높은 곳에 오르니 화성장대(華城將臺)란 현판이 붙은 지휘소가 나타난다. 서쪽에 있다고 '서장대'로도 불린다. 마룻바닥에는 올라갈 수 있으나 누각 위로는 올라갈 수 없다. 1층 천장에는 정조가 군사훈련을 참관하고 읊었다는 "성곽은 높고 군사들의 사기는 호기롭다."는 시 현판이 붙어 있다. 뒤편에는 사적으로 지정된 기계식 활 '노(弩)'를 쏘는 서노대(西弩臺)가 설치되어 군사지휘소를 지키는 역할을 하고 있다.

서장대와 뒤편 서노대

지름길인 산길로 내려오니 계단이 많아 좀 불편했으며, 중간 지점에는 성의 신(城神)에게 제사 지내는 사당인 성신사(城神祠)를 복원해 놓았고,

행궁 앞 광장에서 볼 수 있었던 금불상이 설치된 대승원이 소재하고 있다. 1차 복원한 행궁 좌우의 별주(別廚, 정조 행차 시 음식을 준비하고 관련 문서를 보관하던 곳)와 우화관(于華館, 매월 초하루와 보름에 대궐을 향해 예를 올리고 외국 사신이나 관리들의 숙소나 연회장으로 이용하던 곳)은 복원 중에 있어 가림막이 쳐져 있다.

담쟁이넝쿨이 곱게 물든 수원문화재단 건물 옆에 기와집이 있어 들어가 보니 북쪽의 비상 출입문인 북암문(北暗門)이라는 안내문이 붙어 있다. 남쪽인데 북암문? 추가 설명이 없다. 광장 맞은편의 정자인 여민각을 본 후 정조 테마공원 공연장 신축 공사장을 지나 보물 402호인 팔달문까지 걸었다. 통행목적의 국보 1호인 숭례문과 달리 팔달문은 문 밖에 항아리 모양의 옹성(甕城)을 만들고, 방어를 위해 좌우에 외부로 돌출된 적대(敵臺)를 세웠다. 차가 다니지 않는 순간 사진 몇 장을 찍었다.

팔달문

집사청 입구의 느티나무

남문인 팔달문과 함께 화성의 상징인 장안문, 수로 위에 지어진 화홍문, 주변을 감시하고 공격하는 망루인 공심돈(空心墩), '방화수류정(訪花隨柳亭)'으로 불리기도 하는 동북각루와 감시·공격 겸용 시설인 성곽 둘레의 각루(角樓), 은밀하게 군사와 물자가 드나드는 통로인 암문, 봉화대인 봉돈, 다섯 곳의 포루(鋪樓), 성벽을 돌출시켜 쌓은 열 곳의 치성(雉城) 등 둘러볼 곳이 많다. 시설물만 복원할 것이 아니라 민가나 당시의 생활상을 알 수 있는 사료도 함께 볼 수 있으면 좋겠다. 수원화성은 1997년 유네스코에 의해 세계문화유산으로 지정되었다.

2.
광명동굴…
일제 수탈의 역사와
산업화 흔적 간직한 문화관광지
(2021. 9. 20.)

1910년 한일병탄조약이 체결되기 전인 1903년 경기도 광명시 가학동(駕鶴洞)에 시흥광산(始興鑛山)이 설립되었다는 기록이 처음 등장한다. 이후 한일합방이 되고 조선총독부가 광상(鑛床)조사기관을 설치하여 그곳에서 금, 은을 발견하게 된다. 그러자 1912년 일본인 고바야시 토우에몬(小林藤右衛門) 명의로 다시 시흥광산이 설립되어 금, 은, 동, 아연을 채굴, 생산하게 된다. 전성기에는 광산노동자가 500인 이상이었고, 하루 250톤 이상을 채굴하기도 하였다. 채굴된 광물은 모두 일본으로 보내져 무기생산에 사용되었다고 한다.

해방과 더불어 광산은 여러 한국인의 손을 거쳐 운영되어 왔으며, 한국전쟁 당시에는 피난처로 이용되기도 하였다. 1960년대 초에는 임금 삭감 문제로 노사교섭이 결렬되어 노동조합총연맹이 광산을 고발하자, 사측에서는 직원을 해고하고 직장을 폐쇄하는 사태가 있었다. 이런 연유로 시흥

동굴 입구 광부, 채광차

광산은 광명지역 노동운동 발상지로도 알려져 있다. 광산 주변에는 폐석이나 광물 부스러기가 방치되어 있었는데, 1972년에는 홍수로 갱내수가 흘러나와 농경지로 흘러들어 카드뮴, 납, 아연 등 중금속으로 오염되어 보상 문제가 발생하자 폐광하였다.

시흥광산은 갱도의 면적이 42,797㎡, 총 깊이는 275m, 갱도의 길이는 7.8㎞, 갱도의 층수는 입구 층(0레벨)에서 위로 1층, 아래로 7층 등 모두 9개 층이다. 1955년부터 1972년까지 그곳에서 채광한 광물은 금이 52kg, 은 6,070kg, 동 1,247톤, 아연 3,637톤으로, 폐광 전까지 주로 동과 아연을 생산하였다고 한다. 1978년부터 2010년까지는 소래포구에서 생산된 젓갈을 보관하는 장소로 이용되기도 하였는데, 수도권 주민이 1~2회 김치를 담글 수 있는 양인 3천 드럼까지 보관할 수 있다고 한다.

광산 소재지는 1981년 7월 광명시가 탄생하기 전까지 시흥군 서면 가학

리였다. 2011년 광명시가 광산을 매입하여 일반에게 공개하기 시작하면서, 시흥광산(mine)이 광명동굴(cave)로 탈바꿈하게 된다. 시는 그곳에서 콘서트를 개최하거나 영화상영, 패션쇼, 주얼리쇼 등 문화예술공간으로 활용하기 시작하였으며, 2014년에는 동굴수족관을 설치하고, 빛의 세계전, 동굴레이저쇼 등을 열게 된다. 2015년에는 와인동굴을 오픈하여 한국산 와인을 전시, 판매하기 시작한다. 동굴 내 온도는 와인의 보관에 적절한 온도인 12~13도다.

문경 탄광의 경우, 갱이 무너지는 것을 방지하기 위해 나무나 쇠로 지지대를 세워 갱도를 구축하였다. 그러나 시흥광산은 암반 지역이어서 지지대 같은 것은 없었으며, 관람객의 안전을 위해 낙석방지용 그물망을 촘촘히 설치해 놓았다. 또 금, 은, 아연 등이 함유된 암석의 경우 암석이 반짝일 것으로 생각되는데, 암반에서 그런 반짝이는 금속은 보지 못했으며, 습기와 전깃불로 인해 번쩍일 뿐이었다.

동굴 입구로 들어서니 시원한 바람이 세차게 바깥쪽으로 불어제치고 있었다. 별도의 환기시설을 설치한 것 같지는 않았는데 관람 행로에 신선한 바람이 계속 불어 상쾌하기까지 하였다. '갱도를 구축할 때부터 통풍에 많은 신경을 썼겠구나.'라는 생각이 들었다. 나가사키의 폐탄광인 군함도에서는 조그만 섬 지하 1,000m까지 파 내려가 채탄을 하였다는데, 암반에서의 275m 정도는 '새 발의 피'였을 것이다! 한편으론 일제강점기 탄광이니 '구축할 때 얼마나 철저했을까!'라는 생각이 들어 일본인들의 철두철미함의 결과라는 생각도 했다. '동굴예술의 전당' 같은 곳은 넓고 높은 엄청난 단일 공간인데, 채광과정에서 인명사고는 없었을까 하는 궁금증도 들었다.

시흥광산(가학광산으로 불리기도 함)은 1912년 일제가 자원수탈을 목적으로 개발을 시작한 일제강점기 징용과 수탈의 현장이자, 해방 후 산업화, 근대화의 흔적을 고스란히 간직한 산업유산이다. 광명동굴은 산업유산으로서의 가치에 문화적 가치를 결합시킨 대한민국 최고의 관광지라는 평가를 받고 있으며, 연간 100만 명 이상이 찾는 관광명소가 되었다. 많은 조선인이 고통을 겪고, 자원의 수탈이 행해지고 버려졌던 '조선의 광산'을 세계에서 손꼽히는 동굴테마파크로 변신시켜, 많은 사람이 찾도록 한 것이 바로 '극일'이 아니겠는가! 단순히 역사자료관을 만들어 주입시키기보다 즐기고 가까이할 수 있는 체험시설로 꾸며, 침탈의 역사와 선조들의 고초를 간접적으로 알 수 있도록 하는 발상의 전환이 얼마나 큰 효과를 내는지를 관람객 수가 증명하고 있다.

금을 채굴했던 광산답게 동굴 안에는 황금나무, 황금궁전, 황금폭포, 황금의 방을 꾸며 놓았고, 〈반지의 제왕〉, 〈호빗〉 등의 판타지 영화를 제작한 뉴질랜드 '웨타워크숍'이 제작한 실물 크기의 골룸과 간달프 지팡이, 국내 최대의 용(길이 41m, 무게 800kg)인 '동굴의 제왕'이 함께 전시되어 있다. 광물을 실어 나르는 광차, 바위에 구멍을 뚫는 착암기, 바위 속에서 새어나와 광부들의 생명수로 이용되던 암반수, 애환을 달래 주던 낙서 등 광부들의 일상을 알려 주는 흔적들을 곳곳에서 만날 수 있다. 미디어 파사드 쇼나 일부 관람시설은 코로나19로 인해 운용하지 않고 있어 아쉬웠으나, 동굴은 여름 더위 피서지로는 적격이었다.

동굴의 제왕 용(龍) 조각 작품

그곳엔 ?!이 있었다

3.
관악산 암반계곡의
물소리를 들으며

(블로그, 2021. 5. 2.)

관악산 암반계곡

나처럼 오랜 기간 외국 유랑생활을 했던 친구가 모처럼 관악산 산행을 제안했다. 그의 가족들은 안동댐 건설로 고향마을이 수몰되자 1980년대에 관악산 밑 안양으로 이주하였다. '번개를 쳐' 몇몇이 관악산 계곡을 산보하

잔다. 사적 모임 금지 위반이 될 것이 분명하므로 임의로 참가자를 선정해 함께 산행하는 것이 좋겠다고 하여 찾은 것이 5월 1일 노동절 날이었다.

오래전에 잡은 날짜인데, 일기예보에는 종일 비가 오고 날씨도 을씨년 스럽다고 하여 우의도 준비하고 옷도 단단히 챙겨 입었다. 느지막이 인덕 원역에서 만나 친구 차로 비산동 관악산산림욕장 가까이 주차하고 산행 을 시작하였다. 좀 서늘하기는 했지만 햇빛도 비추고 바람도 없어 '등산' 하기에는 그저 그만인 날씨다. 일기예보가 다른 산객들의 발을 묶어 놓아 산행 코스 내내 한적했다.

우리나라 지방자치단체는 어디든 주민들의 여가활동에 도움을 주려 둘 레길이며, 자연학습원, 화장실 등을 정비, 설치하여 과거 임명직 단체장 시절보다 훨씬 편리해졌다. 안양시 역시 관악산 밑에 산림욕장과 둘레길 을 설치하여 편의를 도모하고 있었다. 전망대까지 오르는 길은 바윗길이 좀 있으나 대부분이 흙길이어서 걷기에도 불편하지 않았다. 전날 내린 비 로 먼지도 일어나지 않는다. 전망대에 올라 수리산과 안양의 아파트 군락 들을 살핀 후 관악산 계곡을 타기 시작했다.

계곡이 깊지 않아 수량은 많지 않았다. 물은 암반 위 낮은 곳을 찾아 퍼 져서 흐르거나, 계곡이 생겨난 곳에서는 어김없이 그곳을 찾아 흐른다. 경사도 급하지 않고 낙차도 크지 않아 포말도 조금밖에 생기지 않았다. 그럼에도 바위를 흐르는 물소리는 졸졸졸 들린다. 자연이 주는 화음이 그 리 정겨울 수 없다. 바위 틈새, 웅덩이 주변에 뿌리를 내린 풀과 꽃들을 보 니 '생명의 외경'이 절로 느껴진다. 흙이 씻겨 내려가지 않도록 하면서 스스로 발붙일 터전을 마련한 식물의 질긴 생명력에 감탄할 뿐이다.

늦게 출발한 탓에 능선을 올라 계곡에 이르니 정오가 넘어 시장기를 느꼈다. 산 밑에서 사 온 감자떡과 송편으로 요기를 하려 바위에 걸터앉으니 봄빛을 받은 바위에서 온기가 느껴진다. 따스한 바위에서 물소리를 들으며, 고향 친구들과 대폿잔을 기울이는 심사를 무엇에 비유할까? 설렘은 없지만 부담 없는 친구들과 유유자적하는 일상의 소중함을 깨닫게 되었다고나 할까! 침방울 튀기는 집이나 사무실을 벗어나 코로나 시대를 넘기는 방안이기도 하고.

비 온 뒤여서인지 송홧가루도 날리지 않고 공기가 상큼하다. 웅덩이에는 송홧가루가 몰려 있지만 그건 전에 날려 비에 씻겨 내려온 것이다. 안내하는 친구가 "이 코스는 아는 사람만 다녀 복작대지 않는다. 서울대수목원으로 하산하는데, 사유지여서 등산은 불허하고 하산객만 통과를 허용하고 있어서 그렇다."고 한다.

바닥이 바위로 되어 있는 계곡의 길이가 300m가 넘는 것 같다. 어떤 곳은 밧줄까지 설치해 오가는 산객들의 안전까지 돌봐 준다. 바위 옆으로 난 길옆 나무는 연녹색 옷을 갈아입고 있어 그늘까지 만들어 준다. 친구는 대여섯 명이 앉기에 적합한 나무 그늘을 가리키면서, 비 온 뒤 물소리가 들리는 여름날 찾아 시원한 막걸리로 목을 축이자고 다음을 기약한다.

길섶에는 가끔씩 꽃을 한두 잎 달고 있는 산철쭉이나 활짝 핀 병꽃나무 몇 그루를 볼 수 있다. '아무나 동산'엔 철 지난 철쭉과 영산홍이 버티고 있긴 하지만, 꽃의 계절은 아니다. 다만 송화는 제철인데, 전날 비로 날리지

누군가 만들어 놓은 계곡의 소나무 밑 쉼터

는 않는다. 온 산이 연녹색으로 변하고 있다. 담쟁이며 굴참나무, 찔레가 잎이나 새순을 내밀고 있다. 생동하는 계절이다.

친구는 퇴직 후 틈틈이 창(唱) 공부를 하였으며, 동창 모임에도 사부를 모시고 와 열창하기도 했다. 그런데 산, 특히 사람들이 없는 산에서는 창으로 폐 속의 공기를 모두 뱉어 내고 신선한 공기를 들이마시기 위해 한 곡조를 뽑는다고 하면서, 옆 비닐 텐트 안에 연인들(?)이 있는데도 뽑는다! 〈춘향가〉도 아니고 〈사랑가〉도 아니고. 나중에 알아보니 판소리 〈춘향가〉 중 이도령이 방자를 데리고 광한루에 구경 나와 경치를 읊은 〈적성가〉라고.

서울대수목원 경내로 들어서니 가지가 버드나무처럼 늘어진 '처진올벚나무(流桜, ながれさくら)' 여러 그루가 도로변에 서 있는데, 벚꽃 피는 시기엔 장관이라면서 내년에 연락하면 안내하겠단다. 앵두, 개살구도 있어

봄꽃을 한참 즐길 수 있을 것이라고. 여러해살이풀이 자라는 숙근초원, 여러 종류의 풀꽃들이 자라는 화원도 있고, 안양시와 공동으로 주관하는 '안양형 산림치유 프로그램'도 운영한다는 안내판도 세워져 있다.

정문을 나서니 '수목원 출입 제한합니다. 하산객만 통과'라는 안내문이 정문에 붙어 있다. 산행 후기에 '경로를 표시하면 안 되겠구나.'라는 생각을 했는데, 공식적으로 하산객 통과를 허용하고 있어 암반계곡 산행경로를 표시한다. 안양예술공원에서 역방향으로 산행을 하려는 사람들을 위해 '우회등산로'를 마련해 놓았다. 공원으로 오니 나들이객이 많다. 조금 내려오니 음식점이 즐비한 먹자거리가 주린 배를 유혹한다.

친구가 평소에 자주 들른다는 순두부집에서 고등학교 후배가 광고 모델로 활동하는 예천산(產) '영탁막걸리'로 생두부를 안주 삼아 목을 축였다. 한 순배 돌리고 나니 비가 주룩주룩 내린다. 우산과 우의를 준비했지만 산행을 마친 후에 비가 내리니 '정말 오늘 모임을 환영해 주는구나!'라는 감사한 생각이 들었다. 친구야 고맙다. 여름 비 온 뒤 암반계곡에 물소리가 들릴 때 올라 개울가에서 쉬면서 회포를 풀고, 내년 봄 꽃피는 계절에 수목원을 다시 걷도록 하자.

산행 거리도 1만 천 보로 적당했다. 암반계곡 코스의 단점은 김포공항에 착륙하는 민항기 노선이어서 수시로 비행기 소리가 난다는 점이다. 자연과 하나 되고 동반자와 이심전심이면 항공기 소음쯤은 견딜 수 있다.

4.
인천의 성냥공장, 배다리와 헌책방
(블로그, 2019. 5. 11.)

토요일 이른 시간 부천에서 직원 결혼식이 있어 참석 후 그 근처에 쏘다 닐 곳이 없을까 하고 검색해 보니 마침 인천 동구 화도진에서 제30회 화 도진축제가 열리며, 인근의 성냥박물관, 헌책방 거리에 트롤리버스를 운 행한다는 뉴스를 접하곤 그리로 발길을 옮겼다.

동인천역에서 내리니 광장에는 여느 행사장처럼 먹거리장터, 공연장, 놀이게임장 등이 있었다. 볼 곳을 가기 위해 트롤리탑승장으로 가니 매 정시에 출발한다고 한다. 마침 1시 직전이어서 타려고 기다렸는데, 10여 분이 지나도 오지 않아 어찌할까 망설이는데 맞은편 쪽으로 트롤리버스 가 지나간다. 되돌아오지 싶어 10여 분을 더 기다려도 오지 않아 네이버 에서 성냥박물관을 찾으니 역에서 얼마 되지 않아 걸어서 그곳으로 가니 관람객은 나 혼자. 1917년 일본인이 세운 성냥공장 조선인촌회사(朝鮮燐 寸會社) 터였으며, 이후 우체국으로 이용되다가 2019년 인천 방문의 해를 맞이하여 박물관으로 조성하였다고 한다.

성냥박물관의 각종 성냥

2008년 한국의 성냥 도입 역사를 조사하여 개인 블로그에 포스팅한 덕분에 박물관 안의 내용 설명은 낯설지 않았다. 박물관에는 한 통에 성냥 개비가 많이 든 '되박 성냥'이 많이 전시되어 있었다. 박물관이라 해 봐야 면적이 넓지 않아 20여 분을 살펴본 후 직원에게 인증사진을 부탁하고는 인근의 헌책방 거리로 발길을 돌렸다.

책방 안을 들어서니 빼곡히 쌓인 책 더미 한쪽에서 여성이 인천 관련 자료를 열심히 찾고 있다. 일본 관련 서적 코너여서 서가에 혹시나 나의 책 《일본 들춰보기》가 있나 하여 살펴보니 없다. 예술 쪽 서적 코너를 살펴보고 휙 둘러 나오려는데, 한국말이 어둔한 일본 여성이 박사학위 논문을 쓰려고 뭔 책인지 열심히 찾고 있었고, 3권 1질에 4만 원인데 논문 작성 후 필요치 않으면 2만 원에 되사겠다고 하면서 할머니가 흥정을 하고 있었다. 할아버지가 "학생인데 비싸지 않겠냐?"고 하니 일본 여성은 아니라고 답한다. 기껏 해 봐야 4천 엔 정도니까….

헌책방 詩가 있는 길

서점을 몇 곳 더 둘러보고 카페를 들어서니 강의용 칠판도 있고 의자도 몇 개가 놓여 있어 커피를 주문한 후 손님이 많지 않은데, 운영이 되느냐고 물으니 자신은 토요일만 카페를 하고 주중에는 직장에 다닌다고 한다. 다른 요일엔 각각 다른 분들이 요일별로 인문학 강좌도 하고…. 도심 활

성화까진 아니고 재생 차원에서 특화를 한다고 창고를 개조해 놓았는데 날씨도 좋은데 손님이 너무 없다. 쉽지 않은 일이다.

공예품 지하상가를 거쳐 한복점 거리인 중앙시장을 지나 동인천역 광장으로 와 용산행 급행전철에 몸을 실었다. 이래서 하루가 간다!

● 인천의 성냥공장…부싯돌, 화롯불, 그리고 성냥과 라이터 ●
(블로그, 2008. 10. 10.)

50대 이상 시골 출신이 아니면 부싯돌을 모를 것이며, 40대 이상이 아니면 화롯불은 모를 수도 있다. 성냥을 썼거나 연탄불로 취사와 난방을 해결했던 도시 지역 출신이면 1년에 수차례 다녀오는 시골 할아버지 댁 방문 시에나 보곤 하였을 것이기 때문이다. 부싯돌로 불붙이고 화롯불로 몸을 녹이거나 감자를 구워 먹던 추억을 간직하고 있다면 그는 당연히 시골 출신 50대라고 말할 수 있다. 영어에도 '부싯돌(flint)'과 '부시를 치다(make sparks with metal on flint)'라는 표현이 있고, 서바이벌 키트에도 부시와 부싯돌이 들어가 있는 것을 보아 서양에서도 사정은 비슷했을 것으로 추정된다.

여름에 쑥을 뜯어 엮어 말려두었다가 필요할 때 잎사귀 부분만을 떼어내 손으로 비벼 보들보들하게 한 후 부싯돌의 날카로운 부분에 갖다 대고 부시로 부싯돌을 치면(마찰시키면) 불꽃이 쑥에 붙어 불씨를 만들 수 있다. 성냥이 떨어지거나 아끼기 위해 부싯돌을 이용해 불을 붙이기도 했으나 그보다는 할아버지께서 곰방대 담뱃불을 붙이시는 데 더 많이 사용하신 걸로 기억한다.

나무나 낙엽, 건초 등으로 취사와 난방을 해결했기 때문에 아궁이에 불을 땐 후 벌건 숯을 화로에 담아 방 안으로 가져다 놓으면 방 안 공기를 데울 수 있으며, 불이 꺼진 아궁이 속의 재는 잿물을 내거나 거름으로 사용하였다. 물론 불씨가 남아 있으면 부싯돌, 성냥 등 다른 도구를 이용할 필요 없이 그대로 불씨로 활용하였다.

불을 붙이는 데 아주 편리한 성냥은 언제 한국에 나타났을까? 성냥을 처음 고안한 사람은 영국의 존 워커(John Walker)로 1827년 염소산칼륨과 황화안티몬을 발화연소제로 쓴 마찰성냥을 고안한 것이 최초로 알려져 있다. 1830년 이후 황린을 발화연소제로 사용한 마찰성냥이 프랑스와 오스트리아에서 제조되었고, 1845년에는 적린성냥이 발명되었다. 1848년 안전성냥이 발명, 보급되자 유독하고 자연발화 위험이 있는 황린성냥은 각국에서 제조가 금지되었고, 1885년 우리나라도 황화인성냥(일명 딱성냥)의 제조가 금지되었다.

일본에서 성냥이 처음 제조된 시기는 1875년 4월로, 프랑스에 성냥 제조기술을 배우러 건너갔던 가나자와번의 시미즈(淸水誠)가 성냥 제조 제안자이자 그의 후원자였던 요시이(吉井友實) 씨의 도쿄 미타(三田) 저택에 설치한 가설공장에서 성냥 제조를 개시, 대성공을 거두었다. 중국, 인도에 수출하기도 하였고 20세기 초에는 스웨덴, 미국과 함께 세계 성냥 생산 3대 대국이 되었다. 성냥이 일본에 소개되자 화약과 나무가 하나로 된 마술적 도구로 빨리 불붙는 나무(하야츠케키, 무付け木) 또는 마찰하면 불붙는 나무(스리츠케키, 擦付け木)로 불리기도 하였으며, 1876년 성냥 한 갑에 3전으로 성인 이발료의 반에 해당하는 값으로 비싼 편이었다 한다.

한국에 성냥이 소개된 것은 1880년 개화승(開化僧) 이동인(李東仁)이 일본에 갔다가 수신사 김홍집(金弘集)과 동행 귀국할 때 성냥을 가지고 들어왔다 하며, 1886년에는 인천에 성냥공장이 생겼으나 그 이후 일본제가 수입되어 문을 닫게 되었다. 1917년 일본인이 인천에 조선인촌회사(朝鮮燐寸會社)를 세워 성냥을 생산, 판매함으로써 가정용으로 보급되기 시작하였고, 성냥 한 통을 쌀 한 되 값에 팔아 폭리를 취하기도 하였다.(초기, 한국인에게는 공장 설립을 허가하지 않음)

이처럼 인천은 성냥공장이 한국 내에 최초로 설립된 지역일 뿐 아니라 광복 후는 물론, 1970년대까지도 많은 성냥공장이 인천에 자리 잡고 있어, 한국 성냥의 메카로서의 역할을 수행하였다. 이런 연유로 1970년대까지 군가 아닌 군가 〈인천의 성냥공장 아가씨〉가 군대에서 널리 회자되기도 하였다. 그러나 1회용 가스라이터, '불티나'의 확산, 보급으로 성냥공장들은 문을 닫게 되었고 현재는 카페, 음식점 등의 판촉용 성냥을 제외하고는 생산, 판매, 사용되지 않고 있다.

그곳엔 ?!이 있었다

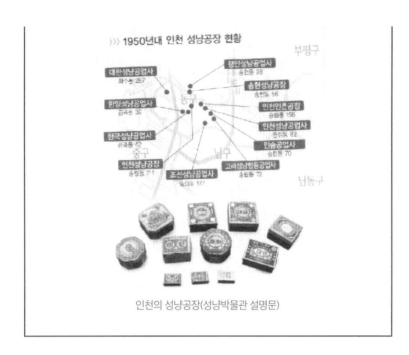

인천의 성냥공장(성냥박물관 설명문)

5.
역사의 섬 강화도에서
근현대를 돌아보다
(2022. 2. 19.)

강화도는 고려의 도읍 개성, 조선의 수도 한양과 가까운 거리에 있어 조정의 움직임에 많은 영향을 받았다. 대표적인 것이 9차례에 걸친 몽골과의 전쟁 여파로, 39년 동안 고려의 수도가 되어 산성을 쌓고 궁궐을 짓기도 했다. 또 조선시대에는 왕이나 왕족들이 강화도로 유배되어 귀양살이를 하거나, 임진왜란이나 병자호란을 겪으면서 한양 방위를 위한 시설들이 들어서 군사요충지로 바뀌었다.

마니산 정상에는 고조선을 세운 군주이자 한민족의 국조(國祖)인 단군에게 제사를 지내는 참성단(塹星壇)이 있고, 섬 곳곳에는 청동기 시대 지배층의 무덤 역할을 했던 석제 구조물 고인돌이 있어 고창군, 화순군의 고인돌과 함께 유네스코 세계문화유산으로 지정되어 있다.

강화도는 서해 바다에 면해 있고, 한강, 임진강, 예성강 어귀이기도 해끊임없이 외세의 영향을 받았으며, 바다로 진출하려는 민족의 출항지이

강화산성 남문

기도 했다. 그래서 조선 말기부터 근대에 이르기까지 정치, 외교, 경제, 사회적으로도 많은 변화와 도전에 부닥치기도 했다.

조선 제25대 왕 철종(재위 1849~1863)의 할아버지와 아버지는 모두 서자 출신이고, 할아버지는 모반죄에 연루되어 강화도로 유배되어 어렵게 생활하였다. 더구나 할머니와 아버지 본부인은 비밀리에 천주교를 신봉하여 사사 당한다. 그러나 종숙부인 순조의 배려로 가족은 한성으로 복귀한다. 철종은 바로 그때 한성에서 역시 서자로 태어나는데, 가족의 역모 사건 연루로 또다시 강화도로 유배 생활을 하게 된다. 그 당시 살았던 집터가 현재의 용흥궁(龍興宮)이며, 원래는 초가집이었으나 철종 즉위 후 당시 강화유수였던 정기세(鄭基世)가 외전, 내전, 별전을 지었으며, 임금이 즉위 전에 살았던 집이라는 '철종조잠저구기(哲宗朝潛邸舊基)'라는 비가 비각 안에 모셔져 있다. 정문 입구에는 정기세와 제24대 헌종 때 영의정이었던 그의 아버지 정원영 두 사람의 불망비(不忘碑)가 세워져 있다.

잠저비와 비각

1890년 제물포를 통해 한국에 들어온 찰스 존 코프(C. J. Corfe) 주교를 비롯한 성공회 신부들이 1893년 강화도 갑곶 나루터에서 선교를 시작하였다. 그들은 포교 과정에서 조선의 민족문화와 믿음도 배려하면서 교육과 보건에도 신경을 썼다. 1900년에 지은 강화성당은 외부는 한옥 양식을 채택하였으며, 단청을 하고 문양도 태극, 연꽃무늬를 택했고, 종(鐘)도 전통적인 교회당 종이 아닌 불교의 범종 형태로 만들어 사용하는 등 민초들에게 다가가는 노력을 기울였다. 성당 내부 세례대에도 한자로 '修己, 洗心, 去惡, 作善'의 유교적 단어들을 새겨 신도들의 마음을 다잡고 있다.

성공회 강화성당

　강화는 일제강점기부터 방적산업이 발달하였으며, 기계를 작동시키기 위해 전기가 일찍 공급되자 전깃불을 구경하기 위해 많은 주민들이 몰려 들었다는 일화가 있다. 최초의 민족자본 인조견 공장인 조양방적을 비롯, 유명한 심도직물, 평화직물, 이화견직 등이 강화에 터전을 잡았다. 개발 연대에 대구를 중심으로 현대식 섬유공장이 들어서고 나일론 등 인조직 물이 등장하면서 강화의 직물산업은 사양길에 들어섰다. 전성기 직물공 장 종업원은 강화읍에만 4,000명에 이르렀는데, 현재에는 가내수공업 형 태의 면직물 업체 10여 곳만이 명맥을 유지하고 있다고 한다.

　강화도에서는 이런 직물산업이 떠난 자리를 체험, 관광, 방문 시설로 바 꾸는 작업을 지속적으로 벌이고 있는데, '소창체험관'이 대표적이다. 소 창(小倉)은 '면직물'을 뜻하는 일본 단어 'こくらおり(小倉織り, 고쿠라오 리)'의 우리식 한문 발음이다. 각종 설명문에도 '소창역사, 소창공장, 소창

산업'으로 표기하고 있어, 일반인들은 '소창'의 의미를 이해하기가 쉽지 않다. 현재도 국산 면직 거즈(gauze)나 기저귀 등은 대부분 강화에서 생산되는 것이라 한다. 그래서 소창체험관 바깥벽이나 기념관에 목화꽃 모양을 붙여 놓았다. 코로나19로 체험관은 지난해 7월부터 휴관 중이다. '평화직물'에서 운영했던 공장을 강화군이 매입하여 체험관으로 바꿨다.

소창체험관

또 외지인에게까지 '핫플레이스'로 알려진 곳이 '조양방직' 공장 터이다. 강화도 지주였던 홍재묵, 홍지용 형제에 의해 1933년에 설립되었던 조양방직은 1990년대에 들어 값싼 중국 직물에 밀려 쇠락하자 문을 닫았는데, 오랜 기간 방치되어 있다가 현재 카페 운영자에게 넘어가 방직기가 있던 곳은 카페로 바꾸고, 나머지 건물이나 마당은 기계, 공구, 민속품, 잡동사

그곳엔 ?!이 있었다

니를 전시하는 '미술관'(?)으로 바꾸어 놓았다. 그곳에는 심지어 5·16 후 실시된 국회의원 선거의 민중당 전국구 후보의 선거공보까지 전시되어 있고, 카페에도 그림, 포스터, 조각 작품 등 다양한 전시품이 방문객들이 봐 주길 기다리고 있다. 케이크 조각이나 음료수 판매로 시설을 운영할 수 있을 정도니 많은 이들이 찾고 있다는 얘기다.

남경직물 직조기와 심도직물 굴뚝

전성기에 1,200명의 근로자가 종사했던 심도직물 공장 터는 용흥궁공 원으로 바뀌었으며, 30m 높이의 공장 굴뚝은 윗부분 6m만 잘려 전시되 고 있다. 1947년 문을 연 심도직물의 경우 열악한 근무 환경이 문제가 되 자 천주교가 개입하여 가톨릭이 노동사목을 개시하는 계기가 되었다. 천주교 강화성당에는 기림돌이 세워져 있다. 남경직물의 직조기도 공원 옆 병자호란 때 순절한 김상용 순절비각 뒤편에 함께 전시되고 있다. 이화견 직이 있던 자리는 공장은 철거되고 일부 담장만이 옛날의 영화를 알려 주고 있다.

1919년 3·1운동에 동참하고자 유봉진 선생을 비롯한 강화군민들은 3월 7일 강화장날을 기해 만세운동을 벌였으며, 김포군민까지 합세하여 24,000여 명이 참가하였고, 그중 25명이 옥고를 치렀다. 당초 발생지에 있던 기념비를 많은 사람들이 볼 수 있도록 용흥궁공원으로 이전하였다.

고려궁지에는 정조 때 외규장각을 건립하여 왕실과 국가 주요행사를 정리한 의궤 등 서적과 왕실물품을 보관하여 왔는데, 1866년 병인양요 때 프랑스군이 강화도를 습격하면서 건물을 파괴하고 서적을 약탈해 갔다. 2003년 건물이 복원되었으며, 자료는 외교적 환수 노력을 기울여 5년 단위 대여형식으로 297책이 돌아왔다.

이처럼 강화에는 근현대 산업시설이나 종교시설, 주민활동까지 활용하여 사람들이 찾도록 가꾸어 놓았으며, 현재도 방직공장을 생활문화공간으로 재정비하는 작업이 계속되고 있다. 특히 다양한 '원도심 도보여행 코스'를 개발하여 희망자를 대상으로 투어 프로그램을 운영하고 있는데, 누구든 군청을 통해 예약하거나, 용흥궁공원의 문화관광해설사 사무실을 방문하면 도움을 받을 수 있다. 이 글도 한화춘 해설사의 안내로 시설과 장소를 둘러보고 썼다. 서울에서 멀지 않고, 신촌에서 출발하던 과거 시외버스 노선에 광역버스가 운행되고 있어서 쉽게 찾을 수 있다는 이점이 있다.

6.
김유정의 고향
춘천시 신동면을 찾아
(블로그, 2015. 6. 6.)

6월 하순 모임의 회원들과 함께 방문하기로 한 김유정문학촌 사전답사차 6월 5일 춘천시 신동면 면소재지에 위치하고 있는 실레마을을 다녀왔다. 전철이 연결되어 있어 편리해졌으나 지하철 1호선 회기역에서

경춘선 김유정역

중앙선을 갈아타고 상봉에서 내려 경춘선을 갈아타야 할 뿐만 아니라, 중앙선이나 경춘선은 시내의 지하철과 달리 자주 운행하지 않아 실제 소요시간보다 여유 있게 움직여야 약속시간에 늦지 않는다.

대학생들이 MT를 위해 자주 찾았던 강촌역 다음의 '신남역'이 2004년 '김유정역'으로 바뀌어 문학촌을 찾는 것은 어렵지 않으며, 시골이다 보니

거기가 거기여서 몇 발자국만 가면 금세 알아볼 수 있다. 마중 나온 함섭(본명 함종섭) 선생을 만나 신동면 맛집 중 하나인 면사무소 뒤편의 두부전골집에 들어섰다. 그는 홍익대 재학 시절 김환기, 이종무, 박서보 등 쟁쟁한 화가의 조교생활을 하였다. 마침 식사를 마치고 일어나는 자리에 앉아 치우기를 기다리던 중 전직 국회의원이자 춘천시장을 역임하신 분, 함 선생 일가, 지인 등이 들어오셔 통성명을 하고 옆자리에 앉는다. 점심시간 식당 좌석이 두 회전 된다는 것은 그 동리에서는 꽤 알려진 집이란 얘기다. 오늘은 좀 짜다면서 육수를 더 부어 달라고 부탁한다.

한지 작가 함섭 스튜디오

'함섭한지아트스튜디오'(춘천시 신동면 증리 풍류1길 95)는 춘천시내에서 멀지는 않지만 너무 호젓하고 적적하여 작업을 위해 스튜디오를 왔다 갔다 하고 기거는 시내의 아파트에서 한단다. 그 스튜디오는 함 선생과 홍익대에 출강하는 며느리(〈욕망의 꽃〉 연작을 발표하고 있는 화가 정보경)가 함께 사용하고 있다.

대지가 천 몇백 평이어서 경내에는 앵두, 자두, 머루를 심어 놓았고 예부터 있었던 소나무, 밤나무도 제철이 되었음을 알려 주고 있다. 온습도 조절장치가 되어 있는 40여 평의 수장고에는 그동안의 작품들이 빼곡히 차 있으며, 한쪽 모퉁이에는 1950년 보스턴마라톤 대회에서 우승했던 선생의 숙부 함기용(咸基鎔) 관련 자료가 영원한 안식처를 기다리고 있었다.

작업실로 들어가니 한지 재료와 물감, 도구 들이 생각보다 가지런히 놓여 있어서 선생의 성품을 알 수 있었다. 생활공간에 들어서니 싱크대와 식탁도 준비되어 있고, 벽면에는 그동안 표지 기사로 게재되었던 잡지표지를 포스터 크기로 확대한 것들과, 2007년 스페인 아트페어에서 스페인을 방문 중이던 노무현 대통령 부부, 소피아 왕비와 후안 카를로스 국왕에게 작품을 설명하고 있는 사진, 2013년 화관문화훈장 서훈 사진 등이 걸려 있으며, 기념미술관이 건립되면 중요 전시품이 될 그동안 수집해 둔 골동 도자기들도 보인다.

화가 며느리가 구웠다는 찻잔에 아메리카노 커피 한잔을 마시면서 다음 전시계획을 물으니, 막 양구의 박수근미술관에서 전시가 끝나 당분간은 작업에 몰두할 것이라면서, 뉴욕의 구겐하임이나 MOMA에서의 전시가 마지막 남은 관문이라고 한다.

내려오는 길에 스튜디오 주변에 '예술인'이 아닌 비예술인, 카페도 함께 있는 '예술촌'이 점차 형성되어 가고 있다면서, 주변에 작고 문인, 시인, 미술가, 도예가 등의 작업실이 있음을 알려 주면서 농지, 택지 소유자들이 협조하지 않아 예술촌 진입로가 제대로 갖춰지지 못하고 있음을 안타까워한다.

소설가 김유정은 스물아홉 짧은 생애(1908~1937) 동안 신춘문예 공모에 당선한 〈소낙비〉, 〈노다지〉를 비롯하여 〈만무방〉, 〈봄봄〉, 〈동백꽃〉

등 걸작 단편을 발표, 교과서에 수록되거나 시험에 출제되어 모든 한국인들에게 너무나 잘 알려져 있는 작가다. 그는 강원도 춘성군 실레마을[증리(甑里)]에서 대지주의 2남 6녀 중 막내로 태어나 7세에 어머니를, 9세에 아버지를 연거푸 여의고 누이들에게 둘러싸여 막대한 가산을 탕진하는 형 밑에서 자랐다. 생활이 어려워지고 치질, 폐결핵으로 몸이 피폐할수록 기억에 흐릿한 어머니를 그리워했으며, "여기서 싹튼 오이디푸스적 고독감은 그로 하여금 연상의 여인에서 영원의 모상(母像)을 찾게끔 만들었다."고 한다. (김병익, 《한국 문단사 : 1908~1970》)

〈봄봄〉에서 봉필이 점순이 키가 작아
혼례시킬 수 없다는 장면

김유정문학촌에 들러, 기념관을 둘러보니 유품들은 멸실되어 없었고 발표한 작품집들과 연표, 연구논문집 등이 전시되어 있다. 생가는 잘 복원해 놓았고 마당에는 ① 〈봄봄〉에서 장인 봉필(욕필)이 딸 점순이 키가 안 커 데릴사위 격인 주인공에게 혼례를 시킬 수 없다고 한 장면, ② 〈동백꽃〉에서 점순이가 닭싸움을 시키는 모습을 지켜보는 장면 등을 재현한 조각품을 설치해 놓고 있는데, 소설 속의 등장인물과 차이가 있다고 한다. 방문 전에 안내를 신청하면 해설사가 안내해 준다고 하며, 대략 30여 분 소요된다고 한다. 문학촌 앞은 야외공연장이며 저잣거리인 '낭만누리' 공사가 한창이어서 다소 어수선한데, 연말은 지나야 제대로 정비될 것 같은 느낌이다. 기념관에는 김유정을 KIM으로 표기해 놓았는데, 역에는 GIM으로 표기해 놓고 있어 KIM으로 통일시켜야 할 것 같다.

7.
40년 만의 월정사, 상원사 탐방

(《文公會報》, 2017. 1.)

　　1977년 직장 상사 및 과 직원들과 함께 오대산을 등산하면서 월정사와 상원사, 적멸보궁을 지나갔는데, 오래전 일이라 절간에 얽힌 설화들은 물론 형태조차도 전혀 기억나지 않는다. 다만 이번 탐방 길에 그 당시 함께하였던 동료와 동행하

상원사

게 되어 옛이야기를 꺼냈더니 본인도 그렇다며 맞장구를 친다. 버너에 코펠이며 쌀과 부식을 배낭에 넣어 둘러메고 땀을 흘렸을 거란다.

　　이번 탐방에 함께한 직장 OB모임의 원로 선배가 점심시간에 선우휘 선생의 〈상원사〉란 단편소설 얘기를 하면서 6·25 전란 당시 상원사가 불타

지 않은 것은 한 젊은 장교의 기지 덕분이란 얘기를 해 주길래, 돌아와 도서관에서 선우휘의 소설집 《쓸쓸한 사람》(문학사상사 刊)에 수록된 실화소설(實話小說) 〈상원사(上院寺)〉를 읽었다.

「6·25 전란 중 명 지휘관이었던 김 장군은 중공군이 진격해 오자, 법당 앞에서 부하장교 등이 기도 중 법당에 숨은 적의 저격으로 사망한 일, 유서 깊은 사찰에 숨은 적과 교전 중 포탄을 사용치 못하고 소총을 사용하여 다수 사상자가 발생하였던 전투가 떠올라 사찰을 불태우란 지시를 내린다. 이 일로 월정사는 완전히 불타 월정사 스님들은 김 장군을 원망하고 저주하고 있었다.

한편 상원사로 명령을 집행하러 간 소대장 김 소위는 주지 한암(漢岩) 스님이 가사를 걸치고 법당에서 "나야 죽으면 어차피 다비(茶毘)에 붙여질 몸이니 내 걱정은 말고 어서 불을 지르시오."라면서 절을 불태우라고 하자, 문짝을 뜯어 마당에서 불을 태우고 떠난다. 부하들이 법당을 불태우지 않는 것은 명령위반이라고 하자, "나는 사람을 태우라는 명령을 받지는 않았어. 하여간 태운 건 태운 거다."라면서 상원사를 떠날 것을 명령하여 사찰이 온전하게 보존될 수 있었다.」

이런 한암 주지스님 얘기는 상원사 게시판에도 사진과 함께 소개되어 있었다.

사전에 방문예약을 하고 가 월정사 일주문을 지나니 문화유산해설사가 내려와 2006년 쓰러졌다는 수령 600년의 전나무부터 해설을 들으며 올라 갔다. 조카 단종을 폐위시키고 왕위를 찬탈한 세조는 두 번이나 월정사를 다녀갔는데, 조정에서는 숭유억불정책을 썼으나, 개인적으로는 절을 찾아 심리적 부담감을 달래려 했던 것으로 보인다는 설명이었다.

또 세조가 상원사 문수전(文殊殿)에 들어가려니 고양이가 옷깃을 물어 법당을 수색하여 자객을 찾아내 생명을 구하게 되었는데, 문수전 앞에는 이를 기리는 고양이 석상이 있으며, 묘전(猫田)까지 하사하였다고 한다.

월정사는 젊은 연인 커플들이 많이 찾아, 들어가는 연도에는 자연설치 미술을 설치해 놓기도 하였는데, 특히 강희준의 〈젊은이를 위한 팡파레〉는 길섶에서 단풍과 잘 어우러졌다. 천왕문에는 포대화상을 비롯한 벽화

야외 조각 〈젊은이를 위한 팡파레〉

들이 그려져 있는데, 월정사의 여러 전각(殿閣)들은 6·25 때 소실된 후 1964년에 본전인 적광전(寂光殿)이 한진그룹의 후원으로 중건되면서 점차 가람이 복원되었다고 한다. 그런 연유로 천왕문 우측에 조중훈 회장의 공덕비가 세워져 있다.

천왕문을 들어서니 좌측에 선홍빛의 단풍나무가 일행을 반기고 있으며, 누각 밑의 나지막한 금강문을 지나니 국보로 지정된 팔각구층석탑이 적광전 앞에 우뚝하니 세워져 있다. 해설사는 포토 존이라면서 탑 정면에서 기념사진을 찍으라 했으나 사진을 보니 적광전 현판이 가려져 결코 좋은 장소가 아니며, 시간대를 봐 가며 현판이 나오도록 비스듬히 찍는 것이 좋을 것이다.

1987년 국립지리원이 태백산의 검룡소를 한강의 발원지로 인정하기 전까지 《세종실록지리지》, 《동국여지승람》, 《대동지지》, 《택리지》 등에서는 오대산 우통수(于筒水)를 발원지로 기록하고 있다. 거기서 내려오는 내(川) 물이 모인 금강연 위를 가로질러 놓인 금강교를 건너 버스에 승차하여 한참을 타고 가니 상원사에 다다랐다. 해설사는 가는 길 사이의 '선재길'이 오대산에서 가장 아름다운 단풍 길이라고 추천하였는데, 시간도 없고 빗방울도 떨어져 차 안에서 우의를 입거나 우산을 든 탐방객들만 마주치는 것으로 위안을 삼았다.

상원사로 오르는 입구 오른편 바윗돌에는 五臺山上院寺, 寂滅寶宮, 文殊聖地(오대산상원사, 적멸보궁, 문수성지)가 음각되어 있었으며, 왼편에는 관대걸이 석조물이 세워져 있다. 세조가 상원사에 오르는 길에 관대걸이에 의관을 걸어 두고 개울물에 목욕을 하던 중 동자승이 나타나자 등을 밀어 달라 하였다고 한다. 세조가 목욕 후 동자승에게 "너, 어디 가서든 임금의 옥체를 씻었다고 말하지 말라." 고 부탁하자, 동자승도 "대왕도 어디 가서 문수보살이 등을 밀어 주었다고 말하지 마시오." 하면서 사라졌는데, 이후 몸에

관대걸이

난 종기가 모두 사라졌다고 하는 전설이 있다. 상원사의 동자좌상 안에서 세조의 딸인 의숙공주의 발원문을 비롯한 복장 유물이 발견된 것으로 보아 전설로만 치부할 수 없기도 하다.

조금 더 오르니 '번뇌가 사라지는 계단'이 나타나고 가파른 계단을 오르니 상원사가 나타난다. 문수전 앞 탑 주위 보호철책에는 건강과 성공, 고시합격, 혼사 등 각종 소원을 비는 소원지들이 걸려 있다. 국화분이 놓여 있는 문수전 계단 왼편에는 고양이상이 서 있는데, 석상을 만지면 소원이 성취된다고 하여 방문객들의 손을 타 뭉툭한 돌덩이가 되어 버렸다.

법당 안으로 들어서니 보존 유리관 안에 국보인 목조문수동자좌상(木造文殊童子坐象)과 보물인 목조문수보살좌상(木造文殊菩薩坐像)이 모셔져 있었으며, 나를 포함한 몇 명의 회원들이 참례하였다. 기념품점 옆의

지혜수에서 물을 마신 후 국보가 모셔진 범종각으로 가니 국보인 동종은 보존각 안에 모셔져 있고 사용하기 위해 새로 만든 종을 매달아 놓았다.

세조가 승하하자 1469년 예종은 전국에 수소문하여 신라 성덕왕 24년(725년)에 주조된, 안동 어느 사찰에 있던 종이 누각에 달려 있음을 알고 왕명으로 이 종을 아버지와 인연이 있던 상원사로 옮겼다고 한다. 종이 죽령을 넘어올 때 움직이지 않자 유두를 하나 떼어 안동으로 보냈더니 움직였다는 설이 있는데, 함께 간 동료들과 확인해 보니 정말 종의 유두 하나가 떨어져 나가고 없었다. 유리관 속에 있어 사진은 찍을 수 없었다. 상원사 마당에는 금빛 찬란한 봉황이 솟대 위에 놓여 있는데, 언제, 어떤 의미에서 설치했는지에 관한 기록은 찾아볼 수 없었다.

상원사에서 얼마 떨어지지 않은 곳에 전(殿)이나 각(閣)보다 우위인 부처님 진신 사리를 모신 적멸보궁(寂滅寶宮)이 있는데, 해설사는 사리가 궁(宮) 안에 모셔진 게 아니라 인근 어디엔가 모셔져 있으니, 그냥 그렇게 믿으면 된단다. 시간 관계상 들르지 못했는데, 여유를 갖고 다시 한번 역사공부를 한 후 찾아야겠다.

1999년 첫 번째 배로 금강산 여행을 다녀올 때는 정말 열심히 책을 읽고 갔었는데, 이후엔 늘 가기 전에 공부해야겠다는 생각을 하면서도 실천하지 못했다. 돌아오는 버스 안에서 어느 선배의 세종시대 얘기를 듣고는 해박한 지식에 정말 깜짝 놀랐으며, 역사나 문화에 관해서는 더 많은 공부가 필요함을 절감하였다.

8.
바람이 만든 모래언덕에서

(산들문학회 창간호《시간의 정원》, 2019)

여행작가가 되어 보겠다고 늦깎이로 문학수업을 듣는 '열정과 끈기로 똘똘 뭉친' 일혼 전후의 사내들과, 세상 풍파를 다 겪고도 여전히 소녀감성인 줌마렐라들이 여행을 떠났다. 1박 2일 일정으로 서산, 태안, 예산 지역을 둘러보았다. 지도교수가 강추한 태안에서 누군가의 심금을 울리는 한 편의 글을 쓸 아이디어를 얻어야겠다고 다짐한다.

사는 곳이 다르다 보니 가까운 지역별로 그룹을 나누어 4대의 승용차가 움직였다. 아침 8시 서해안고속도로 행담도 휴게소에서 만나기로 하였다. 외부음식 반입을 사절하는 휴게소이지만 총무가 따로 준비해 온 김밥을 내놨다. 국물이 필요하다며 11명이나 되는 인원인데 달랑 어묵 국물 세 그릇을 샀다. 단무지가 부족하여 카운터에 "여섯 그릇 주문했는데 단무지가 부족하니 더 달라."고 '구라'를 치니, 그때까지 판 어묵이 모두 여섯 그릇이 안 된다네!

식사 후 그녀는 승차 파트너를 바꾸겠다며 제비뽑기 용지를 만들어 체인징 파트너 작전을 진행한다. 수업을 같이 듣고, 또 때로 밥도 먹고 맥주도 마시지만 그래도 드라이브 기분은 다를 것이라면서.

나지막한 야산에 목초지를 조성하여 목장으로 이용하였던 구릉지를 지나니 마치 몽골 초원을 달리는 느낌이다. 잠시 수년 전의 몽골 여행을 떠올렸다. 가족이나 연인과 함께였다면 차를 멈추고 사진이라도 찍었을 것이다.

─────── **마음을 씻어 주는 개심사**

상왕산 개심사

상왕산(象王山) 개심사(開心寺) 일주문을 지나니 양옆으로 울창한 소나무 군락지가 나타난다. 은은한 피톤치드 향이 코를 자극한다. 개심사의 송림은 바로 '아름다운 소나무 숲 향토 숲'으로 지정되어 있다. 번뇌를 없애고 마음을 씻는 마을, 세심동(洗心洞)이라는 표석 앞에 잠시 멈춰 섰다. '원효 깨달음의 길'이라고 명명된 계단을 10여 분 오르니 넓지 않은 골짜기에 개심사가 나타난다.

수초와 수련이 자라고 있는 조그만 연못 위에 외나무다리가 걸쳐 있다. 주차장을 지나니 범종각이 나타난다. 사찰 현판이 걸린 안양루 옆 해탈문을 들어서자 보물로 지정된 대웅보전이 버티고 있다. 그 앞에 5층 석탑이 뒤 건물에 방해가 되지 않으려는 듯 다소곳이 자리 잡고 있다. 안양루 왼쪽에는 심검당(尋劍堂)이 있고, 오른쪽 무량수전

개심사 심검당

에서는 불사 공양을 접수하고 있다. 요사채 앞의 명부전은 공사 중이다.

심검당 건물의 한편에 있는 종무소 출입문의 문틀은 구부러진 나무를 그대로 사용하여 나뭇결이 살아 움직이는 것 같다. 개심사를 방문하는 사람들의 글에서 종종 언급되고 있으며, 나의 페이스북 친구도 그 문지방 애

기를 하였다. 개심사는 고대광실로 탐방객들의 기를 죽이는 것이 아니라, 고즈넉한 정취로 감싸 안으려는 듯 편안함을 준다.

——— 왜구를 물리치려 조성한 해미읍성

해미읍성에 도착하니 선글라스를 써야 할 정도로 햇빛이 눈부시다. 읍성의 주 출입문인 진남문 앞에 도착하니 어떤 문학회에서 플래카드를 펼쳐 기념사진을 찍고 있었다. 우리 총무가 그 현수막을 빌려 사진을 찍자고 제안하여, 문학회 이름이 적힌 플래카드 앞부분을 접고 우리 일행 11명도 '문학기행' 인증사진을 남겼다. 역시 총무는 자격이 넘친다.

해미읍성은 성곽 둘레 1,800m, 높이 5m로, 왜구를 방어하기 위한 충청병마절도사의 본부 역할을 하였던 성인데, 한때 이순신 장군도 근무하였다. 또 조선시대 말기 천주교 박해의 중심지가 되어 유적으로 회화나무, 옥사, 자릿개돌 등이 남아 있다. 2014년 제266대 프란치스코 교황이 이곳을 방문하여 제6회 아시아청년대회 폐막 미사를 집전하였다. 이런 연유로 교황께서 드셨던 'Kiss Ring'이란 마늘빵을 사서 한 조각씩 나누어 맛보았다. 왜 하필 '정력'과 관련이 있다는 '마늘빵'이었을까? 호기심이 발동하여 한 개에 7,000원이라는 다소 비싼 값을 지불하였다.

——— 바람이 만든 모래언덕, 신두리 해안사구에서

드디어 오늘 일정의 하이라이트인 태안군 원북면 신두리 해안사구를 방문하였다. 2001년 천연기념물 제431호로 지정된 곳이다. 여행작가반

신두리 해안사구

지도교수가 몇 번이고 언급하였던 곳이라 자못 기대가 컸다. 15년간을 해외에서 살았지만 사막을 방문할 기회는 없었다. 모래언덕인 사구(沙丘)에 대해 막연히 상상만 했을 뿐 모습이 언뜻 떠오르지 않는다.

주차장에 차를 세우니 바로 옆 해안가에 허물어져 가는 모래 조각 2점이 우리 일행을 기다린다. 마릴린 먼로를 닮은 여성, 소크라테스를 연상하게 하는 철학하는 남자 조각상이다. 두 조각상은 얼굴은 멀쩡한데, 몸통 아랫부분이 비바람에 시달린 탓인지 허물어진 채 자리에 앉아 있다. 애처롭기까지 하다. 특히 먼로의 가슴이 파인 것이 가슴 아프다! 언제 쌓은 것일까?

방문자센터에서 10여 분짜리 소개 영상을 본 후 시간도 넉넉하여 가장 긴 탐방로를 택해 출발했다. 대략 1시간 30분 소요된다고 한다. 탐방로 입구에 이르는 길가에는 폐가구며, 에어컨, 폐타이어 등 쓰레기가 너저분하게 널려 있다. 도대체 지자체에서는 뭣 하고 있는지…. 바로 옆의 해안사구관리사무소는 왜 있는지 도무지 알 수가 없다.

탐방로를 만들어 놓아 모래언덕 쪽으로는 들어갈 수 없었다. 멀리서 나지막하게 형성된 사구를 보면서 발걸음을 옮겼다. 사구에는 풀이 없는 곳도 있었지만 해당화, 갯방풍, 갯그령, 갯쇠보리 등 식물들이 자라고 있는 곳도 있다. 여러 갈래의 길이 있기에 풀 한 포기 없는 '순수 모래언덕'에 접근할 수 있는 탐방로가 있을 것이라 기대하면서 나아갔으나 끝내 그런 접근로는 없었다.

어느 시인은 '바람은 날개 있는 것만 안아 올린다.'고 말했다. 그런데 태안의 신두리 해안에서 바람은 날개가 없는 모래를 안아 올려 모래언덕을 만들었다. 엽낭게나 달랑게, 개미귀신이나 표범장지뱀 같은 동물들이 갯벌에 구멍을 뚫어 모래를 밀어 올리면, 바람이 모래를 안아 올려 언덕을 만든 것이다. 그 시인은 이렇게 세밀한 자연의 힘이나 조화는 몰랐던 모양이다.

탐방로를 따라가다 보면 '곰솔'이라는 해송(海松)이 들어선 생태 숲이 제법 길게 조성되어 있다. 캠핑장으로 개발하면 괜찮겠다는 생각이 들었지만, '그러면 다시 오염되고 말겠지.'라는 생각이 이어진다. 억새군락지에서 서편으로 지려는 구름 속의 태양을 스마트폰에 담기도 하고, 달맞이꽃, 개망초 등 야생화와 대화하면서 제일 앞장서서 걸었다. 방문자센터 직원은 탐방로 제일 끝까지 가서는 탐방로가 아닌 해변을 걸어 보는 것도 색다른 느낌을 줄 것이라 추천해 주었다.

─────── 바람(wind)을 위한 날개 바람(desire)

　우리 일행은 바닷가로 내려섰다. 바닷가에서 떨어진 해변에는 작은 모래가 다져져 발도 빠지지 않으면서 흙 위를 걷는 듯 발이 편안하고 감촉이 부드럽다. 걷기가 훨씬 수월하다. 해변 곳곳에는 게나 조개들이 만들어 놓은 구멍들이 있고, 다른 동물들의 먹이가 된 조가비들이 나뒹굴고 있다. 약육강식의 세상이치는 그곳에도 적용되고 있었다. 그들은 때론 바람을 도와 모래언덕을 만들기도 하지만, 다른 동물의 먹이로 생을 마감한 후에는 다시 흙이나 모래로 돌아갈 것이다.

　태양이 구름 속에서 이지러져 간다. 이제 우리 일행도 숙소로 돌아가야 하는 시간이다. 바람(wind)이 모래로 모래언덕을 만들듯이, 우리들은 여행작가가 되려는 바람(desire)으로 함께 이곳 사구를 찾았다. 모두가 등단한다는 바람(dream)을 이루기 위해 우리의 여행은 계속될 것이다. 우리에겐 날개가 없지만 바람(wish)은 날개가 되어 줄 수 있을 것이란 믿음으로 글을 써 보려 한다. 시인이 말했듯이 바람(wind)은 날개가 있는 것을 날아오르게 한다니까.

9.
詩끌벅적한 시촌(詩村)
옥천의 문학축제 지용제를 돌아보고
(블로그, 2015. 5. 17.)

정지용 생가

 2008년과 2014년에 이어 세 번째로 지용제(芝溶祭)를 참관하기 위해 참관자들을 위한 특별 관광열차, 이름하여 '향수열차' 편으로 서울역을 6시 53분에 출발, 9시 15분에 옥천역에 도착했다. 관계자들이 역 플랫폼에 나와 영접함은 물론 역 광장에서는 환영 연주까지 준비해 수백여 명에 이르는 내방객들을 맞이한다.

우리 모임(문화마당) 회원과 가족 일행 20여 명은 오랫동안 지용회 사무국장으로 봉사해 오고 있는 출판사 '깊은샘'의 박현숙 사장과 함께 같은 열차 칸, 같은 버스로 이동하였는데, 열차 속도가 좀 느리면 향기를 맡을 수 있을 정도로 철로 연변 비탈과 산에는 생명력이 강하다는 아카시아가 만개하고 있었고, 모내기를 앞두고 많은 논이 무논(물 든 논) 상태였다.

이번 행사 전에 현지를 답사한 우리 모임 최진용 회장이 옥천에 수많은 시비가 건립되어 시비촌(詩碑村)으로 변모하였다고 설명해 주어 이곳저곳에서 시비들을 관심 있게 살펴보았다. 대청호 주변의 장계관광지 산책로에는 시인 정지용이 해금된 이듬해인 1989년부터 시작된 정지용문학상(지용제는 선생이 해금된 당해 연도인 1988년 5월에 처음 시작하여 문학상보다 횟수가 1년 앞섬) 수상자들의 시비들과 문학과 관련된 조형물들이 여기저기 설치되어 있었으나 편의시설들은 사람들이 많이 찾지 않아서인지 을씨년스러웠으며, 비가 넉넉하게 내려 댐 수위가 올라 찼으면 좋겠다는 생각이 들었다.

지난해까지 본 행사장으로 이용되었던 관성회관에서 개최되는 문학심포지엄에는 시인 고은 선생이 연사이기 때문인지(당초에는 이어령 전 문화부장관이 초청연사였으나 입원으로 불참) 전국 대학 국문과 학생은 물론 방송통신대학 국문과 학생들로 입추의 여지가 없어 늦게 도착한 향수열차 참관객들은 자리를 잡을 수 없었다. 그래서 우리들은 지용선생의 흉상, 시비가 있는 관성회관 주위의 근린공원 정자에서 아이스바, 막걸리파티로 시간을 보냈다. 역시 그곳에도 풍상에 해진 시판이 세워져 있었다.

점심식사 시간은 그야말로 도떼기시장. 수천 명에 이르는 외지 관광객들이 일시에 들이닥치니 밥집에서는 도저히 점심을 해결할 수 없을 것 같아 국수, 묵, 전, 순대 등으로 해결하기로 하고 일부는 자리를 지키고 일부는 해당 코너로 가 음식을 받아 왔다. 지난 두 번의 참관 때와는 완전히 딴판이었으며, 식사 후 주변의 집단판매시설지구를 둘러보니 '향토'와는 관계없는 '장돌뱅이들의 좌판'이 대다수인 것 같아 씁쓸하였다.

날씨도 따갑고 동반자들도 있으며, 또 각자 보고 싶은 것도 달라 난 130억 원을 들여 조성하였다는 지용문학공원을 찾았다. 공원 내 야외무대와 교동저수지 수변 무대 두 곳에서는 시문학콘서트가 진행되고 있었는데, 처음부터 들은 것도 아니고 끝까지 들을 것도 아니어서 시설물 중심으로 살펴보았다. 지용선생의 시비뿐 아니라 지용선생이 등단시켰다는 박두진, 박목월의 시비도 있으며, 지용선생의 일생을 설명한 도자기 판이 야외무대 객석 뒤편 언덕에 설치되어 있었다.

지용제 행사의 하이라이트인 지용문학상 시상식은 지용문학공원 옆의 주 공연장에서 개최되었다. 식전행사로 어린이합창단의 합창과 지용시 낭송이 있었는데, 특히 2015년에 새로 발굴된 〈내안해 내누이 내나라〉라는 다소 긴 시도 낭송되었다. 금년도 제27회 정지용문학상은 예술원 회원이신 전 지용회 회장이자 간행물윤리위원회 위원장인 시인 이근배 선생께서 〈사랑 세 쪽〉이란 작품으로 수상하셨다.

축사에는 '가소로운' 내용도 있었는데, 정지용선생 해금 당시 전혀 관계없는 분야에서 일하고 있었으면서도 해금에 일조했던 것처럼, 또 자신만 그렇게 하기 뭣했든지 다른 사람까지 해금에 헌신한 것처럼 '해금 당시의 상황'에 무지몽매한 행사 방청객들에게 헛소리를 하는 작자가 있었다. 옆에 있던 박현숙 사장이 '정치인 되더니 예사로 사기 친다.'고 어이없어했다.

지자체 행사를 참관하다 보면 가장 눈살을 찌푸리는 일이 단체장과 의회의장이 아까운 시간을 허비하여 인사말을 늘어놓거나 의원들을 죽 일으켜 세워 소개하거나 소위 유지들을 거명하는 일인데, 이번에도 예외는 아니었다.

남은 시간에는 정지용 생가를 방문하였다. 생가와 기념관은 처음 방문했을 때 그대로였는데, 처음 왔을 때 주차장에서 동리 아낙네들이 부쳐 주던 전과 퍼 주던 국밥 생각이 나 그리웠다. 널찍한 주차장에 수많은 차들을 보면서 지용제가 시나 문학행사로 국한되어 차분히 진행되고, 먹고 파는 것들이 '옥천스러웠으면 좋겠으며, 그것이 어렵다면 충청도다웠으면 좋겠다.'는 생각을 하면서 옥천역을 향했다.

● 오늘을 사는 사람들은 고향을 잃거나 고향이 아예 없는 신원특이자 ●
(블로그, 2008. 5. 18.)

「검은색으로 물들인 무명 바지를 입고,
검정 고무신을 신고 소나무 숲 사이로 난 고갯길을 달려
학교 가고 소 먹이고 소꼴 베던 나에게는 그래도
"옛이야기 지줄대는 실개천이 회돌아 나가고
얼룩백이 황소가
해설피 금빛 게으른 울음을 우는 곳

-그곳이 참하 꿈엔들 잊힐리야"만

신작로 뚫리고
굴뚝 없는 벽돌로 지은 슬레이트 지붕 아래서
늙은 어머니만이 지키고 있는 고향은
"고향에 고향에 돌아와도
그리던 고향은 아니러뇨
산꽁이 알을 품고
뻐꾸기 제철에 울건만
고향에 고향에 돌아와도
그리던 하늘이 높푸르구나"일 뿐이다.」

* 인용 부호 안의 위 시는 정지용의 〈향수〉, 아래 시는 〈고향〉의 일부로, 옥천
  방문 후 나의 '향수'나 내 '고향'에 덧붙여 보았음.

　5·16군사정변 때의 '혁명공약' 6개항 중 남북문제와 관련되는 것은 "① 반공을 국시의 제일로 삼고 반공태세를 재정비 강화할 것, ② 미국을 위시한 자유우방과의 유대를 공고히 할 것, ⑤ 국토통일을 위하여 공산주의와 대결할 수 있는 실력을 배양할 것"이라는 세 개 항이 있다. 이런 혁명공약이 정당화되고 당연시되던 시대를 살아온 우리들에게 시인 정지용(鄭芝溶)은 신원특이자였으며, 이데올로기 때문에 그는 보이지 않는 우리[圈]에 갇힌 자였다.

　1988년 월북, 납북 문인 해금이 있기 전까지 그의 자손은 물론 그를 연구하는 사람, 그를 읊은 사람도 신원특이자였다. 그 어렵고 고달픈 세월을 이기고, 잊지 못해서, 잊을 수 없어서 그를 지키려 했던 사람들만이 아닌 수백, 수천의 상춘객이 2008년 5월 17일 그의 고향 옥천을 찾았다. 바로 제21회 지용제를 보기 위해서였다.

　최진용 지용회 운영위원의 초청을 받고 아침 일찍 서울역에 도착하니 마침 고산 윤선도문학제 운영위원장인 윤청하 선배가 먼저 도착해 있다. 이어 옥천군민이

된 박현숙 지용회 총무로부터 목걸이 명패를 받아 목에 걸고 열차에 올랐다.

지용제 참가자를 위한 특별 열차

타고 보니 우리가 탄 객차뿐 아니라 500여 명에 이르는 지용제 참관객들을 위해 몇 량 더 객차를 배차하였다. 한 량은 행사를 위해 중앙의 좌석을 치울 수 있도록 가변형 객차를 편성하였으며, 다른 객차에서도 모니터를 통해 행사 진행 상황을 볼 수 있도록 방송시설이 되어 있었다. 달리는 열차 소음으로 1시간 이상 이어진 내로라하는 시인들의 인사와 시낭송은 큰 주목을 받지 못하였으며, TV다큐멘터리와 옆자리의 지용 팬과의 담소가 더욱 즐거웠다.

거군적 환영
7시 55분에 출발한 열차는 10시 10분경 옥천역에 도착하였으며, 요란한 밴드 소리를 들으며 계단을 내려서니, 출구에는 군수, 군의원, 군내 각 기관장들이 도열하여 환영해 주었고, 역전 광장에는 정지용의 고향답게 지용시비가 설치되어 있다. 경찰차의 호위를 받으며, 12대의 버스가 도착한 곳은 문학포럼이 개최되는 충북과학대학교.

「백일치성(百日致誠) 끝에 산삼(山蔘)은 이내 나서지 않았다 자작나무 화톳불에 화끈 비추우자 도라지 더덕 취쌌 틈에서 산삼순은 몸짓을 흔들었다 심캐기 늙은 이는 엽초(葉草) 순쓰래기 피어 물은 채 돌을 벼고 그날 밤에사 산삼이 담속 불거진 가슴팍이에 앙징스럽게 후취(后娶) 감어리처럼 당홍(唐紅) 치마를 두르고 안기는 꿈을 꾸고 났다 모탯불 이운 듯 다시 살어난다 경관(警官)의 한쪽 찌그린 눈과 빠안한 먼 불 사이에 총(銃) 겨냥이 조옥 섰다 별도 없이 검은 밤에 화약(火藥)불이 당홍(唐紅) 물감처럼 고왔다 다람쥐가 도로로 말려 달아났다」

　　정지용의 시 〈도굴〉은 전쟁물자 조달에 혈안이 된 일제가 금강산에서 산삼을 캐던 심마니를 중석을 캐던 광물도굴꾼으로 오인해 총으로 사살한 것을 묘사한 시라는 설명과, 초기에 고향에 대한 동경을 노래하던 시인이 일본 유학 후 더 많은 세파를 겪은 뒤에는 열정적 동경이 비애와 좌절로 바뀌게 되었다는 발표, 동시대를 살았던 기인(奇人) 시인 이상(李箱)은 정지용을 '우습게 보았다.'는 재미있는 얘기도 들을 수 있었다.

　　문학포럼 발표자의 말처럼 장터로 갈 거라는 관람객들이 지용을 알고 듣기 위해 대강당을 메워 중도에 퇴장하자는 약속을 잊은 채 윤정하 선배는 고산문학제를 소개하여 일약 당일의 명사가 되었다.

　　물레방아 도는 초가집 지용 생가 마당 한쪽에 마련된 천막에서 마을 주민이 제공하는 국밥에, 동행한 시인 김성옥 씨가 산 부추전에 막걸리로 요기를 한 후 생가 옆에 건립된 정지용문학관에서 《백록담》, 《산문》 등 그의 시집, 산문집 초간본 등 전시물과, 영상으로 비치고 읽히는 그의 모습과 시들을 보았다.

　　이어 장독대와 넓은 뜰, 주점과 문화공간이라는 팻말 등이 있는 고택 춘추민속관을 거닐었으며, 정지용선생과 육영수여사가 다녔다는 죽향초등학교에서는 어느 아주머니의 귀에 아련한 풍금소리와 난로 위의 정겨운 '벤또' 때문에 향수에 젖기도 하였다. 다시 시원한 버스에 올라 1600년대부터 김정승, 민정승, 송정승 등 삼정승이 살다가 1918년 육영수여사의 부친 육종관 씨가 매입, 육 여사가 나고 생활하였다는, 100억 원을 들여 복원 중이라는 생가를 방문하여, 젖무덤처럼 생긴 석빙고(양철로 된 판을 드니 안에는 물이 흐르고 있었음)를 사진에 담았다.

　　바로 이데올로기로 똘똘 뭉친, 아니 그럴 수밖에 없었던 가둔 자의 처가를 들어

가니 갇힌 자의 고향이 바로 가둔 자의 처가가 있는 곳이라는 아이러니에 지용의 시 〈고향〉이 다시 떠올랐다. 대청호반의 향토사료관을 거쳐 옥천군에서 나누어 준 1만 원 상당의 농산품 쿠폰을 쓰기 위해 공설운동장으로 와 포도원액으로 교환하였다.

안내를 한 박현숙 씨는 지용시비와 흉상이 있는 문화원이 들어선 관성회관 인근에 앞으로 지용문학상 수상작 시비를 추가로 세울 계획이라며, 명예 군민다운 포부를 밝혔다.

"그대가
그림 속의 불에
손을 데었다 하면
나는 금세
3도 화상을 입는다

마음의 마음은
몇 번이고 몇 번이고
화상을 입는다"

나는 제20회 정지용문학상 수상작인 충북 청주 출신 시인 김초혜의 〈마음화상〉을 들은 후 열차 여행 대신에 김성옥 시인의 기름 적게 드는 일제 차로 귀로에 올라 경부고속도로, 중부고속도로를 거쳐 압구정동에서 헤어졌다.

지용시비 〈고향〉

한국현대시의 아버지로 일컬어지는 시인 정지용(鄭芝溶)은 1902년 충청북도 옥천에서 태어나 12살에 결혼하고, 휘문고보와 일본 교토의 도시샤(同志社)대학 영문과를 졸업한 후 귀국하여, 휘문고보 영어 교사, 이화여전 교수, 경향신문 주간을 역임하였으며, 6 · 25 와중에 행방불명, 이후 행적이 묘연한 문인으로 북측에 의해 구금되었다가 평양으로 이송, 폭사당한 것으로 추정하고 있다.

그는 휘문고보 재학 시절인 1919년에 소설을 발표하였으며〈瑞光〉 창간호에〈3인〉, 일본 유학 중 교토 유학생 동인지인《학조(學潮)》에〈카페 프린스〉를 비롯한 동시와 시조 등을 다수 발표하였고 이후 김영랑, 박용철, 정인보, 이하윤 등과 함께《시문학》동인으로 참가, 한국시단의 중요한 위치에서 활동하였으며, 조지훈, 박두진, 박목월 등을 등단시키기도 하였다.

해방 후 중등국어교과서에는〈고향〉,〈꾀꼬리와 국화〉,〈노인과 꽃〉,〈옛글 새로운 정〉, 〈소곡〉 등 여러 편의 시가 게재되기도 하였으나 그가 좌익계였던 '국민보도연맹'에 가입한 것이 '국가이념 및 민족정신에 위반'된다는 이유로 1949년 삭제되었으며, 1988년 3월 31일 납북, 월북 문인 해금조치(解禁措置)가 있기 전까지 40여 년간 그의 시는 물론 그의 성명조차 금기어가 되어 세속에서 사라지게 되었고, 가족이나 지인들을 제외한 일반 대중들의 뇌리에 그는 존재하지 않았던 시대도 있었다.

　1988년 해금되자마자 그의 고향 옥천에서는 5월에 '지용제'를, 이듬해부터는 '정지용문학상'을 제정하여 2014년 각각 27회와 26회를 맞이하고 있는데, 지난 2008년 5월에 이어 어제(9월 27일) 두 번째로 행사 현장인 옥천을 찾았다.(2014년은 세월호 참사로 인해 5월 행사가 9월로 연기되었다.)

「고향에 고향에 돌아와도
　그리던 고향은 아니러뇨
　산꽁이 알을 품고
　뻐꾸기 제철에 울건만
　마음은 제 고향 지니지 않고
　머언 항구로 떠도는 구름
　오늘도 메 끝에 홀로 오르니
　흰 점 꽃이 인정스레 웃고
　어린 시절에 불던 풀피리 소리 아니 나고
　메마른 입술에 쓰디쓰다
　고향에 고향에 돌아와도
　그리던 하늘만이 높푸르구나」

-〈고향〉-

　'문학포럼'에서 정지용의 〈고향〉, 〈향수〉 등 8편을 작곡한 바이올리니스트 "채동선(蔡東鮮)의 정지용과의 관계는 오직 작품으로만 존재할 뿐"이며, "채동선이 창작한 가곡의 3/4이 정지용의 시라는 사실은 두 사람의 관계가 범상치 않았음을

말해 주는 증거"(동국대 장영우 교수),

"일본에 대한 저항의식은 표현하지 못하더라도 망국민으로서의 울분과 번민은 표현하고 싶었을 것이며, 〈카페 프린스〉, 〈파충류 동물〉, 〈조약돌〉 등에서 식민지 지식인으로서의 슬픔이 표현되어 있다. 해방 후에는 독립투사들에게 바치는 헌시 〈그대들 돌아오시니〉, 해방을 찬양하는 〈애국의 노래〉 등을 발표하거나 자신에 대한 사상적 오해를 풀고 애국하기 위해 부산과 통영 일대의 풍정을 소개하는 기행시 〈남해오월점철〉을 발표하여 국가홍보 역할도 수행"(서울여대 이숭원 교수),

"고향이 없거나 고향이 아닌 병원에서 태어나고 죽는 세대에게 '고향'이나 고향에 대한 그리움인 '향수'가 있겠느냐?"고 반문하면서 "〈향수〉란 그의 시엔 아버지, 누이, 아내만 있을 뿐 향수의 핵심 정서인 '어머니'가 없는 것이 의아스럽다."는 분석을 하기도 했다(김성장, 옥천 문인).

「넓은 벌 동쪽 끝으로
옛이야기 지줄대는 실개천이 회돌아 나가고,
얼룩백이 황소가
해설피 금빛 게으른 울음을 우는 곳,
-그곳이 참하 꿈엔들 잊힐리야.

질화로에 재가 식어지면
뷔인 밭에 밤바람 소리 말을 달리고,
엷은 졸음에 겨운 늙으신 아버지가
짚베개를 돋아 고이시는 곳,
-그곳이 참하 꿈엔들 잊힐리야.

- - -

- - -

하늘에는 석근 별

알 수도 없는 모래성으로 발을 옮기고,

서리 까마귀 우지짖고 지나가는 초라한 지붕,

흐릿한 불빛에 돌아 앉아 도란도란거리는 곳,

-그곳이 참하 꿈엔들 잊힐리야.」

-〈향수〉-

그가 향수에서 읊었던 생가에 이르는 '실개천'은 깨끗하게 정비가 되어 농어촌공사의 저수지에서 흘려보낸 물이 잡풀 사이로 흐르고 있어 더 이상 '고향'의 실개천은 아니었고 '향수'를 느낄 수 없었으며 개천 둑에 세워 놓은 철책과 난간에 쓰여 있는 그의 시들만이 객을 반기고 있었다.

점심은 생가에서 일반 참가자들과 함께하지 않고 유자효 지용회장, 이근배 전 지용회장, 그리고 지용회 살림을 맡고 있는 박현숙 사장 등과 주꾸미 비빔밥을 먹었는데, 도토리주꾸미전에 옥천막걸리로 반주를 곁들이니 일품이었다.

정지용문학상 시상식에서는 '낭송하기 좋은 시'이면서 수월하게 읽히는 작품인 초등학교 교장 출신의 공주문화원장 나태주 시인의 〈꽃·Ⅱ〉가 수상의 영예를 안았다. 이어진 '정지용 시, 채동선 곡 전곡 발표회'에선 성악과 교수가 대중가수와 함께 공연, 대학교수의 명예를 손상하였다는 사유로 실시된 교수 해임투표에서 간신히 해임을 면했던 전력을 가진 박인수 서울대 명예교수와 그 제자들이 등장하여 8곡 전곡을 처음으로 모두 불렀다. 〈립스틱 짙게 바르고〉를 작곡한 김희갑 선생의 〈향수〉도 함께 불러 두 곡을 대비할 수 있었는데, 귀에 익고 중창이어서인지 채동선 곡보다는 김희갑 곡에 더 정겨움을 느꼈다. 〈향수〉는 변훈 씨가 작곡한 노래를 포함, 모두 3곡이 있다.

저녁에는 야외무대에서 시낭송과 토크쇼, 그리고 대중가요 가수들의 공연이 있었으나 신진 시인·소설가들의 토크쇼(등장한 4인 중 소설가 백가흠의 《나프탈렌》을 읽었다), 이근배 시인의 시낭송 등 일부만 관람하고 귀경길을 재촉하였다.

「예뻐서가 아니다

잘나서가 아니다

많은 것을 가져서도 아니다
다만 너이기 때문에
네가 너이기 때문에
보고 싶은 것이고 사랑스런 것이고 안쓰러운 것이고
끝내 가슴에 못이 되어 박히는 것이다
이유는 없다
있다면 오직 한 가지
네가 너라는 사실!
네가 너이기 때문에

소중한 것이고 아름다운 것이고
사랑스런 것이고 가득한 것이다
꽃이여, 오래 그렇게 있거라」

-나태주의 〈꽃·Ⅱ〉-

차 안에서 이근배 시인은 노태우 대통령 취임 후 문화공보부장관으로 입각하셨던 일모(一茅) 정한모(鄭漢模) 시인과 문인들이 함께 납북·월북 문인의 작품 해금을 도모하였던 일을 말씀하셨다. 나 역시 정한모 장관의 비서관을 지내 《아가의 방》이란 시집에서 시 몇 편을 외워두고, 지금은 사라져 버린 수송동 '대유'란 음식점에서의 김종필, 김동리, 이해랑, 곽종원, 장우성, 김경승, 한표욱, 고범준, 유경채, 박성규, 조병화, 권옥연 등 수요회 모임과 방에 걸려 있던 그분들의 서명액자가 기억에 새롭다.

옥천문인들의 모임인 연지회가 여는 가훈 써주기 행사장에서 나눠 주는 붓글씨 한 점을 받고, 정지용 시집 한 권을 샀다.

10.
법주사(法住寺) 탐방
(블로그, 2015. 5. 2.)

1925년생이신 옛 직장 선배를 필두로 모두 연세가 지긋하신 회원 27명이 아침 8시 충무로에서 출발, 경부고속도로를 거쳐 3시간 넘게 달려 법주사 입구에 도착하였다. 노동절 연휴가 시작되어 고속도로는 가다 서다를 반복, 평소보다 40여 분 더 걸렸다고 한다. 정말 오랜만에 방문하여 그냥 거대한 미륵불만 보았다는 기억밖에 없는데, 가람은 평지에 모여 있어 여느 사찰보다 둘러보기에 많은 시간이 소요되지 않았다. 마침 석가탄신일이 다가오고 있어 절 마당에는 연등이 매달리기 시작하였으며, 청동미륵불의 개금불사를 알리는 현수막도 난간에 매달려 있었다.

문화재 분야에 근무하셨던 선배들도 있어 미륵불 조성에 얽힌 이야기며, 팔상전의 역사적 가치에 대해서도 설명을 해 주셨다. 중앙청 근무시절 국립중앙박물관, 현재의 국립민속박물관 건물 외관이 법주사 팔상전을 본떠 설계되었다는 얘기를 들은 기억이 있어 설(?)을 풀었더니 그 사실을 전혀 모르는 회원이 젊은(?) 내가 어떻게 알고 있느냐는 식으로 의아함을 표시하였다. 국립민속박물관 홈페이지를 방문하여도 건물 외관 설계와 관련된 설명은 없고 어느 블로그에서 그 내용을 확인할 수 있었다. 아주 기초적이고 기본적인 내용으로 당연히 설명이 있어야 하는 게 아닌가 하여 아쉬웠다.

법주사 일주문

법주사는 길상사, 속리사로 불리기도 하였다고 하나 확실한 근거는 없다. 신라 진흥왕 14년(553)에 법주사라 이름 붙여진 이후 법주사는 성덕왕 19년(720)에 중건되었으며 고려에 와서는 태조 1년(918)에 왕사(王師)인 증통국사(證通國師)가 중건하였다. 문종 때에는 여섯째 왕자인 도생

승통(導生僧統)이 중창에 힘을 기울였다고 하며, 임진왜란 때에는 충청도 지방의 승병 본거지였던 법주사와 산내 암자가 모두 소실되는 상황을 맞게 되었으나 인조 4년(1626)에 벽암각성(碧岩覺性) 선사가 나와 중창에 힘을 기울였다. 벽암 선사는 보은에서 태어나 임진왜란 때 명나라 장군과 함께 해전에서 적을 크게 무찌른 인물이며 그 후 1624년부터 3년 동안 지금의 남한산성을 쌓았다고 한다.

국보 쌍사자 석등

현존하는 '법주사 사적(史蹟)'이 최초로 쓰인 것은 1630년인데, 여기에 임진왜란 이전 조선 초기에 있었던 건물들이 기록되어 있다. 건물 60여 동, 석조물 10여 점, 암자 70여 개소가 기록되어 웅장한 규모였음을 증명해 주나, 이후 벽암 선사에 의해 복구된 건물의 수는 20여 동에 불과했다고 한다(법주사 안내문 중에서). 법주사는 100여 개의 암자와 소속 사찰을 둔 대한불교조계종 제5교구 본사(本寺)이다. 가장 많은 국보와 보물이 소재한 사찰이기도 하다.

입구의 수령 600년 이상 된 정2품 송(松) 앞에서 다시 기념사진을 찍은 후 귀경길에 올랐다. 산 쪽 가지들은 강풍이나 태풍 등 일기불순 때문에 많은 가지가 잘려나간 채, 남은 가지로 연명하고 있어 끈질긴 생명력을 보여 주고 있었다. 서울 남산야외식물원 팔도식물원에 2세 소나무가 자라고 있다.

11.
문경새재와 청운각
(블로그, 2014. 6. 23.)

문경새재(조령)

퇴직 후 시골 생활을 하기로 하고 오래전 헐값(?)에 산비탈 밭을 사 놓고, 최근에는 인근에 대지까지 구입한 동창 친구의 미래 삶터를 '구경삼아' 찾아보기 위해 문경을 방문했다. 낮 시간대 서울에서 동창모임에 참석한

그곳엔 ?!이 있었다

후, 오후에 고향길에 수없이 넘나들던 문경새재 인근의 친구 집을 찾았다. 저녁식사는 민박집에서 '약돌한우센터'에서 사온 '농협' 마크가 붙은 소고기를 시식하였다. 동반한 아내들의 반응은 '비싸지만 맛있다.'는 것이었다.

암 수술 후 오래 지나지 않아 체력이 달려 낮부터 강행군한 나는 빠지고 저녁에는 모두들 인근 개울에서 골부리(고둥의 경상도 방언. 고동, 골뱅이, 다슬기로도 불림)를 잡으러 가 꽤 많이 채취해 왔다. 이튿날 아침 식사 후 이쑤시개로 삶은 골부리의 속살을 빼먹고는 무작정 레일바이크를 타러 예약 없이 갔으나 관광버스로 온 초딩, 중딩들 다수가 대기하고 있어 바로 문경새재로 향하였다.

채취한 골부리

주차장에 차를 세우고 산책길을 들어서려니 주차장 옆에 심은 코스모스가 만개하였다. 코스모스가 계절을 잊은 것인지, 기상이변 때문에 일찍 핀 것인지는 모르나 하여튼 인간 때문에 생긴 일이 아니었으면 좋겠다. 페이스북에 코스모스 사진을 올렸더니 페친인 후배가 세종시에도 코스모스가 활짝 피었다면서 자신도 헷갈린단다.

주차장에서 제1관문까지는 각종 시설물 설치나 정비로 앞으로 10여 년은 더 지나야 풍취를 느낄 수 있을 것 같았다. 제2관문까지는 3㎞ 정도로 경사도 완만하여 산책하기에는 안성맞춤이며, 간간이 소나무 사이를 지날 때는 피톤치드 향의 상긋함을 맛볼 수 있다. 인증샷을 찍은 후 인근 휴게소에서 문경 특산인 '오미자' 막걸리에 파전, 두부김치로 참을 때운 후 하산하는데, 점점 사람들이 많아진다. 오미자 막걸리는 색깔은 그럴듯하나 맛은 별로였다.

속보로 혼자 내려오면서 오를 때 보지 못했던 장소와 안내문을 보거나 읽으며, 9월의 공직 40주년 기념 단체 여행 가이드(?)를 준비하였는데, 신구 경상관찰사가 임무를 교대하였다는 정자인 교귀정(交龜亭), 전통적인 방식으로 기름을 짜던 틀과 비슷하여 이름 붙인 지름(기름의 경상도 방언)틀 바위, 내왕객들의 숙소 역할을 하였던 조령원을 둘러보았다.

2,000원의 입장료를 내고 급하게 오픈세트장을 둘러보았는데, 광화문, 기와집, 초가집, 저잣거리, 주막 등을 재현해 놓았으나 세트로 지은 건물은 출입금지 표시만 보일 뿐 먼지가 수북이 쌓여 집 내부는 을씨년스럽다. 일부 다른 일행들은 옛길박물관에 들렀다는데, 물어보니 전시품은 그

저 그렇다는 대답이다.

국내 관광지 중 최고라는 곳이 문경새재라는데, 국내외 이곳저곳을 다녔을 공직 동기들의 성에 차지 않을 것 같아 걱정이다. 인근의 적당한 곳에서 점심을 먹은 후 여러 대의 승용차로 박정희 전 대통령이 교편생활을 하였던 문경소학교(현 문경초등학교) 인근 하숙집 청운각으로 향했다. 그곳에서 박 대통령 사진과 영상 자료들을 보았다. 하숙집 우물에는 '박근혜 오동나무'란 팻말이 붙어 있는데, 우물의 돌 틈 사이에서 싹이 나와 지금껏 살아 있어 상서로운 나무라고 한다. 석탄박물관을 보았으면 하는 아쉬움을 뒤로하고 귀경하였다. 관광지여서 그렇겠지만 점심식사는 값에 비해 질은 별로였는데, 향토음식 맛집이 있는지 찾아보아야겠다.

청운각의 박근혜 오동나무

12.
강물이 돌아 흐르는 마을
안동 하회(河回)에서

《여행문화》, 2020. 5/6)

여행을 떠나는 목적은 사람마다 다를 것이다. 따분한 일상에서의 탈출, 지친 육신의 휴식, 자연과 문화에 대한 탐구, 새로운 출발이나 친목도모를 위한 관광 등등 다양한 사유가 있을 수 있다. 어쨌든 여행은 '즐거움과 행복을 위한 떠남'을 의미한다.

안동 하회마을은 나에게 완전히 '낯선 곳'은 아니다. 10여 년 전, 20여 년 전, 그리고 어린 시절 등 모두 서너 번은 다녀왔음을 기억한다. 특히 20여 년 전 '공무여행'으로 야간에 만송정(萬松亭)에서 부용대(芙蓉臺) 사이 낙동강을 가로질러 줄을 치고 그 줄에 숯가루와 소금을 넣은 '봉지 불'을 매달아 놓고 강에는 조롱박, 달걀 껍질 등으로 만든 유등(油燈)을 띄워 즐기는 '선유(船遊)줄불놀이'를 본 기억은 지금도 생생하다.

하회마을은 1984년부터 문화재보호법에 의해 지정된 '국가민속문화재' 제122호인 민속마을이다. 그러나 2010년 '유네스코 세계유산'으로 등재되어 여행지로서의 위상도 엄청나게 달라졌다. 그런 만큼 여러 가지 변화가 있었을 것으로 생각되고, 또 여행기를 써 보고 싶다는 욕심도 생겨 지난 1월 18일 경상북도가 주관하는 관광마케팅 행사 '만원의 행복'이란 여행에 동참하였다.

서울서 약 3시간 30분 소요되어 당일 관광으로는 다소 먼 거리다. 인근의 병산서원(屛山書院)까지 관람하려면 더더욱 그렇다. 10여 년 전 승용차로 하회마을을 둘러보았을 때는 마을 입구에 주차가 가능했으나, 지금은 1㎞ 이상 떨어진 곳에 주차하고 걸어서 들어가야 한다. 마을 안에서는 중요 시설물들을 휙휙 둘러볼 수 있도록 과거에 없던 전동카트를 대여하는 곳이 영업 중이었고, 실제로 가족이나 젊은 연인들은 타고 돌아다니기도 하였다.

안동 하회마을은 풍산 류씨가 600여 년간 대대로 살아온 한국의 대표적인 동성(同姓)마을이며, 기와집과 초가집이 오랜 역사 속에서도 잘 보존된 곳이다. 특히 조선시대 유학자인 겸암 류운룡(謙菴 柳雲龍)과 임진왜란 때 영의정을 지낸 서애 류성룡(西厓 柳成龍) 형제가 태어난 곳으로도 유명하다. 마을에는 모두 127 가옥이 있으며, 437개 동(棟)으로 이루어져 있다. 마을 이름이 하회(河回)인 것은 낙동강이 마을을 'S'자로 감싸고 돌아 붙여진 이름으로 '물돌이 마을'인 것이다.

여행지에서 살피는 것은 유적 등 건조물이나 자연경관인데, 하회마을은 마을 자체가 국가민속문화재로 지정되어 있으며, 12개의 가옥이 별도로 보물이나 민속문화재로 지정되어 있다. 또《징비록(懲毖錄)》과 종손가

양진당(겸암의 아버지 호를 따라 입암고택으로 불림)

문적(文籍)이나 유물들이 국보나 보물로 지정되어 있으며, 일부는 박물관인 영모각(永慕閣)에서 볼 수 있다. 경관으로는 천연기념물로 지정된 낙동강 변 소나무 숲 만송정, 절벽 위의 부용대, 그리고 벚꽃 시즌에는 낙동강 변을 따라 심어진 150여m의 벚나무 길을 들 수 있겠다.

　여행자가 관심을 갖는 것은 여행지 사람들의 생활 풍속인데, 하회마을에선 주민들의 실제 생활을 볼 수는 없고, 별도로 조성한 장터에서도 먹거리와 기념품점만 있을 뿐이어서 아쉽다. 이와 관련 주민들은 "국가의 민속문화재로 지정된 이후 원형보존을 위해 사유재산임에도 증축이나 개축을 할 수 없어 주민들은 생활에 큰 불편과 제약을 겪고 있다."면서, "관광객들은 부엌 가구를 보고선 '도시 아파트와 다름없다.'고 하지만 나무로 불을 지피고 가마솥에 밥을 해 먹을 수는 없는 것 아니냐?"면서 배려와 이해를 호소하고 있다.

한 가지 다행스러운 것은 '하회별신굿탈놀이' 공연이 12~2월에는 토, 일요일 오후 2시, 3~11월에는 월요일을 제외한 요일 3시에, 1시간 길이로 진행되어 즐길 수 있다. 하회탈 자체는 병산탈과 함께 국보로 지정되어 있으며, 탈춤은 국가무형문화재로 지정되어 보존, 전수되고 있다. 나는 안동 사람이어서 안동 사투리가 섞인 공연 대사를 대부분 다 이해했으나 다른 지방 사람들은 얼마만큼 이해하는지 궁금하다.

하회별신굿탈놀이 공연

'선유줄불놀이'는 재료뿐만 아니라 이벤트 준비에 상당한 수공(手工)이 필요하며, 예부터 매년 행해졌던 음력 7월 16일이 아니라 세계탈춤공연이 펼쳐지는 시기(9월 하순~10월 상순)에 2회만 개최된다고 하니 보려면 그 시기에 맞추어야 한다. 탈춤이 서민들의 놀이라면, 선유줄불놀이는 선비들의 시회(詩會)를 겸한 뱃놀이이다.

아쉬운 점은 우리의 음식문화를 소개하는 제대로 된 식당이 없다는 점이다. 수백 명의 단체 관광객이 비슷한 시각에 도착하여 다양한 메뉴(안동 찜닭, 안동 간고등어 정식, 장터국밥, 안동국시 등)로 서비스하는 식당으로 들어가 그때 주문하고, 조리하는 시간 동안 무료하게 기다려야 한다. 또 솥뚜껑을 프라이팬으로 이용한 배추전에 안동소주를 곁들이는 서비스, 가마솥에 조청을 고아 쌀강정 만들기, 장작불에 고구마 구워먹기 등 옛 생활을 시연하면서 체험할 수 있는 장소도 없다. 비싸더라도 사전 예약을 받아 운영한다면 외국인들은 물론 내국인들 중에도 이용하는 사람들이 있을 것이다.

둘째로는 숙박시설과 야간 프로그램이 없다는 점이다. 모든 것이 당일치기 낮 시간 구경 중심으로 운영되고 있는데, 시범적으로 제사, 조리, 기초유학강론, 나룻배 노 젓기 등 체험프로그램을 도입하고 일출, 일몰, 뱃놀이 등을 접목시켜 운영해 보면 어떨까 하는 생각도 들었다. 물론 일부 생활문화는 민박을 겸해 체험할 수도 있으나 일반 관광객들은 참가할 수가 없다.

마을을 한 바퀴 돌려면 최소 2시간은 소요된다. 우리 일행은 서울에서 새벽 7시에 출발하여 병산서원을 빙 둘러 하회마을에서 점심을 먹은 후 오후 1시에 마을 투어에 나섰다. 탈춤공연 때문에 1시간 정도만 양진당

(입암고택), 충효당, 삼신당 신목을 둘러보았는데, 나는 혼자서 영모각까지 둘러보고 공연 후 30분 자투리 시간에 부용대 앞까지 다녀왔다. 중조할아버지의 고모부이자 스승이셨던 분의 생가가 있던 곳이기도 하여 어릴 적 많은 얘기를 들어 생소하지는 않았다. 이엉을 이은 초가집들을 보니 초등학교 교사(校舍)의 지붕을 이기 위해 '날개(이엉의 방언)'를 학교에 가져다주었던 기억, 겨울 고향 초가집 처마 속 참새를 잡던 추억이 떠오른다. 줄불놀이를 한 번 더 보기를 소망한다.

삼신당 신목

13.
병산서원…
강산은 변해도 '징비'의 참뜻은 영원하길
(산들문학회 제2집《어머니의 유일한 노래》, 2020)

병산서원에서

　나의 고향은 경상북도 안동시 풍천면 인금리다. 낙동강을 사이에 두고
강 건너 마을이 바로 병산리다. 풍천면에는 유네스코가 세계문화유산으로
지정한 하회마을과 병산서원(屛山書院)이 있으며, 하회탈춤도 무형유산
지정을 신청한 상태다. 인금리는 내가 공무원이 된 후인 1970년대 중반에

버스가 들어가기 시작해서, 지금까지도 아침저녁, 하루 2회밖에 운행하지 않는다. 낙동강을 가로지르는 다리가 없고, 마을 위쪽 고개를 넘는 곳으로 도로가 연결되어, 더 이상 병산서원 앞을 지나칠 일이 없게 되었다.

나는 중고등학교를 안동 시내에서 자취를 하면서 다녔다. 토요일 오전 수업이 끝나면 삼촌, 나, 동생들 중 한 명은 밥을 지을 쌀을 가지러 고향을 다녀와야 했다. 일요일에 돌아갈 때는 쌀자루를 짊어지고 병산서원 앞 낙동강 강나루에서 나룻배를 탄다. 버스를 타기 위해서는 풍산읍까지 이십 리를 더 걸었다. 홍수가 질 때면 물살이 세서 바로 건널 수 없어, 병산서원 앞산인 병산 윗머리에서 배를 타야만 강나루에 닿을 수 있었다. 강 양쪽에 살얼음이라도 끼는 겨울이면 나룻배를 이용할 수 없어 아랫도리를 벗어 쌀자루 위에 옷을 묶고 강을 건넌 후 바람이 쌩쌩 이는 모래사장을 걸어야만 했다.

병산서원은 조선시대의 대표적인 유교 건축물로서 서애 류성룡 선생과 그의 제자이며 셋째 아들인 수암 류진 공을 모신 서원이다. 서원은 유림이나 문중에서 인재를 양성하고 학문을 연마하기 위하여 설립한 사립교육기관이다. 병산서원은 홍선대원군의 서원철폐령에도 훼절되지 않은 서원 47곳 중 하나다. 서원에서는 선조의 유덕을 기리기 위해 사당을 짓고 매년 제사를 받든다.

세계문화유산 지정 전인 10여 년 전까지도 서원 앞에는 강을 건너면 쉬던 솔밭이 있었으나 지금은 잔디광장으로 바뀌었다. 세계문화유산 지정후 방문객이 늘어 서원에서 300여 미터 떨어진 곳에 널따란 주차장이 새로 조성되었다. 전국 각지에서 수백여 명의 방문객이 거의 같은 시간에 도착하게 되어 좁은 서원은 사람들로 발 디딜 틈이 없을 정도다. 방문객들은 그룹으로 나뉘어 해설사를 따라 서원 구석구석을 살피고 관람하게 된다.

서원은 매화, 동백, 배롱나무 등이 계절에 따라 꽃으로, 단풍으로 모습을 드러내 아름답다.

나의 아버지(藤圃 黃永起)는 병산서원과 관련, 다음과 같은 시를 남겼다.

복례문

안전(眼前)의 복례문(復禮門)은

오백 년 이조사(李朝史)를 역력히 말하는 듯

안하(眼下)에 굽이치는 낙동강 줄기야

언제부터 흐르는지 너의 기원(紀元)을 가르쳐 다오.

-〈암정(巖頂)에 서서〉 중에서

그곳엔 ?!이 있었다

안동의 또 다른 유네스코 지정 문화유산인 도산서원(陶山書院)은 평
소 50여 명의 학동들이 공부하는 큰 서원이었던 데 반해, 병산서원은 10
여 명이 공부하는 작은 규모였다. 배우는 학생들 숫자의 적고 많음을 떠
나 "지난 일의 잘못을 징계해서 후에 환란이 없도록 조심한다."는 류성룡
의 《징비록(懲毖錄)》을 제대로 배우고 실천하는 것이 중요하다 할 것이
다. 풍수지리상으로 서원 앞에 낙동강이 흘러 학동들이 빨리 과거에 급제
하여 큰물로 나간다는 의미를 갖고 있어 서원으로서는 명당이다. 그러나
앞산인 병산이 가까이 있고 높으며, 강물이 흘러 재물이 모이지 않는 지형
이어서 주거지로서는 길지가 아니란다.

만대루와 병산

　　과거에는 병산서원의 가장 멋진 건물인 만대루(晩對樓)에 올라 흘러가
는 낙동강을 살피거나 하얀 백사장이나 앞산인 병산을 음미할 수 있었다.

그러나 언제부터인지 방문객으로 인한 훼손을 염려하여 오르지 못하도록 하고 있어 아쉽다. 봄, 여름, 가을 입교당에서 만대루 마루와 지붕 사이를 통해 보이는 낙동강 물의 흐름과, 지붕 위로 보이는 병산의 신록이나 단풍, 그리고 절벽은 한 폭의 동양화인데, 겨울이어서 정취를 느낄 수 없음이 안타까웠다. 문화유산으로 지정된 탓에 전체적인 서원관리는 잘 되고 있었으며, 해설사가 배치되어 서원과 전통문화를 이해하는 데에 도움이 되었다.

어릴 때 나룻배로 강을 건너던 생각이 나, 백사장을 살피러 서원 아래쪽 강섶을 따라 내려가 보았다. 그곳에는 잡목들이 무성하고 물살에 휩쓸린 풀이 나무에 걸쳐 있으며, 길은 사라지고 없었다. 1980년대 중반 상류에 안동댐이 건설되고 수량을 조절하자 강 양안에 잡목과 수풀이 자라 강 지형도 많이 바뀌었다. '10년이면 강산도 변한다.'고 했는데, 다섯 번의 10년이 지났으니 변하는 것은 당연지사!

강가로 내려오니 50대 후반의 아줌마들이 널따란 모래사장에서 병산을 배경으로 동영상을 찍느라 '찍사'의 구령에 따라 팔짝팔짝 뛰어오르고 난리다! 겨울 가뭄 탓인지 수량도 적고 물이 흐르는 강폭도 10여 미터 정도밖에 되지 않는다. 강나루에서 "배 태워 주세요! 강 건너 주세요!"라고 사공을 부르러 고래고함 치던 기억이 떠오른다.

나에게 추억이 서린 이번 병산서원 여행은 '큰' 의미가 있었다. 하지만 한 시간 남짓 체류한 일반 방문객들에게 서원방문 자체는 큰 감흥을 주지 못했을 것 같다. 한꺼번에 수백여 명의 방문객을 유치하기보다는 가족단

위나 소규모 그룹들이 오붓하게 다녀가고, 식사를 하거나 강변에서 휴식할 수 있도록 하는 것이 보다 바람직할 것 같다.

흐르는 물의 수량(水量)도 적어 시원스런 느낌이 없어 '옛날의 병산서원'에 대한 기대가 무너져 아쉬웠다. 강에는 물이 흘러야 한다. 그러나 한편으론 발전(發電)을 위해서, 또 음·용수 이용을 위해서 물을 가두어야 한다. 누이 좋고 매부 좋은, 도랑 치고 가재 잡는 세상 이치는 없는 모양이다.

병산서원 가는 길은 1차선 비포장도로인데, 돈 때문은 아닌 것 같고 일부러 그대로 유지하고 있는 것 같다. 절경도 아니고 민가도 없는 곳인데, 그대로 둘 타당하고 합리적인 이유가 무엇일까 궁금하다. 서원 인근의 민가, 민박집, 가게는 무너지거나 지저분하게 늘어서 있었다. 아직 손님들을 맞을 준비가 덜 된 것 같아 씁쓰름하다.

세월은 흐르고 강산도 변하였으며, 쌓였던 추억마저 아련하다. 오래전 나도 고향에서 멀어졌으며, 고향산천도 기억 속에 멀어진다. 하지만 서애 선생의 '징비(懲毖)'의 참뜻은 모든 국민, 적어도 서원을 방문한 사람들의 뇌리에서는 사라지지 않기를 염원한다.

14.
《삼국유사》의 산실 인각사를 찾아서
(〈法蓮〉, 2016. 2)

「오백 년 도읍지(개성)를

한 필의 말을 타고 쓸쓸히 석양에 들어가 보니

산천은 옛날과 같은데 사람은 간데없고,

그때의 태평했던 시절은 꿈만 같구나.

五百年來都邑地 蕭蕭匹馬夕陽還

(오백년래도읍지 소소필마석양환)

山川依舊人何在 煙月依俙夢裏開

(산천의구인하재 연월의희몽이한)」

2016년 1월 23일 서울 종로구 삼청동 법련사(法蓮寺)의 불일(佛日)인문학강좌 〈삼국유사(三國遺事), 여인과 걷다〉 수강생 일원으로 경상북도 군위군 고로면 화북리에 소재하고 있는 인각사(麟角寺)를 답사할 때, 문득 고려 삼은[三隱, 목은 이색(牧隱 李穡), 포은 정몽주(圃隱 鄭夢周), 야은 길재(冶隱 吉再)]의 한 분인 길재(1353~1419)의 〈회고가(懷古歌)〉가 떠올랐다.

　보각국사(普覺國師) 일연(一然)이 머물며 어머니를 보살피고 《삼국유사》 등을 집필한 사찰로 전국불교도대회인 '구산문 도회(九山門 都會)'를 개최할 정도로 큰 사찰이었다고 한다. 인각사가 일연의 하안소(下安所)가 되자 충렬왕은 토지를 하사하였고 그의 사후 왕명으로 중건(1307)된 '광활하고 웅대한 사찰'이었을 것이다.

극락전, 명부전, 국사전(좌로부터)

　그런데 발굴이 진행 중이어서인지 옛 가람의 주춧돌들은 모아져 있거나 이곳저곳에 나뒹굴었으며, 빛에 바랜 안내간판이며, 허물어져 가는 돌산, 불상을 모신 함바집 같은 가람을 보면서 옛날의 영화를 짐작할 뿐 아직도 갈 길이 멀다는 생각을 지울 수 없었다.

　해설사는 인각사 내에 있었다는 무무당(無無堂)이란 가람의 기문(記

文)과 관련, 이색(李穡, 1328~1396)의 《목은집(牧隱集)》에 실려 있는 〈인각사 무무당기(無無堂記)〉에 '이 집에 살고 있는 사람은 모두 무무의 뜻을 알고 있을 것이므로 말하지 않았다.'고 적어 놓았다는데, 그 의미는 '없다.' 와 '없는 게 없다.'는 두 가지 의미 모두여서 정확한 의미는 알 수 없다고 하면서, 민간에게 불하된 땅 때문에 전체적인 복원계획도 제대로 추진할 수 없을 정도라고 한다(과도한 보상금 요구).

아직도 쳐진 공사 가림막을 보고 지도교수의 '기와불사' 권유를 들으니 왠지 국민의 세금 수백억 원을 들여 추진하는 공원화사업, 《삼국유사》 목판사업 등과 함께 추진될 수는 없을까 하는 아쉬움이 컸다. 또 석탑 보수도 전문가의 자문을 받아 추진하였겠지만 재질이 달라 옛것과 확연히 구분되어 다소

보각국사비

생뚱맞다는 생각까지 들었으며, 보물(428호)로 지정된 보각국사비가 조각나고 마모된 것을 보니 무엇보다 안타까웠다. 사적 374호로 지정된 만큼 국가(문화재청)가 직접 나서서 해결할 수 있는 방법은 없을까?

강좌를 맡고 있는 정진원 교수는 보각국사비문에 적힌 대로 "날 적부터 준매(俊邁)하여 의표(儀表)가 단정하고 풍준(豊準)한 몸매에 입은 방구

그곳엔 ?!이 있었다

(方口)이며 걸음은 우행(牛行)이고 살핌은 호시(虎視)와 같았다."는 일연 스님의 풍모를 기술한 내용을 적시하면서, 국가표준영정과 다른 영정이 국사전에 안치되어 있는 것을 특별한 역사적인 의미나 가치가 없다면 같은 것으로 교체하여야 한다고 주장한다. 비교해 보니 영 딴판이어서 바꿀 필요가 있는데 어쩐 일로 그대로 있는지 궁금하다.

조선시대 숭유억불(崇儒抑佛)책 때문에 불교는 쇠퇴의 길로 접어들었으며, 인각사 역시 명종 8년(1553) 지방 유림들의 건의로 건립된 정몽주를 모신 영천 임고서원(臨皐書院) 예하의 사찰이 되어 공역을 바치는 처지가 되었고, 하사된 토지와 산지도 줄어들었다.

보각국사탑(비와 함께 보물 428호로 지정)이 설치되었던 산 역시 달성 서씨 문중의 묘소가 설치되어 탑은 이설되었다가 골짜기로 굴러떨어져 있던 것을 고로면사무소에서 보관하다가 1978년 인각사로 옮겨 설치하였다고 한다. 보각국사탑의 중심부에는 '보각국사 정조지탑'이란 탑명이 조각되어 있다.

이번 '삼국유사 강좌'의 주제가 '여인과 걷다'인 만큼《삼국유사》에 등장하는 여인들과 관련된 내용들을 중심으로 공부하는데, 금번 답사여행(신도들은 성지순례라고 말한다) 중에서도 가장 중요한 것이 일연스님의 어머니 낙랑군부인이씨(樂浪郡夫人李氏)의 묘소를 찾아보고《삼국유사》에 포함된〈효선〉편의 의미를 배우는 것이다. 낙랑군부인은 일연이 국사로 책봉되자 내려진 시호로, 인각사 인근 이씨 집성촌인 어머니 고향 마을 가까운 곳에 묘소를 썼을 것이며, 구전되어 오던 곳에 상석을 설치하여 오늘에 이르렀다고 한다.

일연스님 어머니 추정 묘소

인각사-부도탑지-어머니 묘소 간 거리는 각각 1.2㎞이고, 부도탑지와 어머니 묘소는 서로 보이는 곳에 위치하고 있는데, 아침에 해가 뜨면 이 탑에서 광채가 나와 묘를 비추었다고 한다.

《삼국사기(三國史記)》가 고구려, 백제, 신라 삼국의 흥망에 관한 정치 중심의 역사서라면, 《삼국유사(三國遺事)》는 명칭 '遺事'에서 보듯이《삼국사기》에서 다루어지지 않았던 것들도 다루고 있다. 고조선과 단군에 대한 서술, 가야의 역사 등 다른 국가들도 다루고 있으며, 유교적 관점에서 배제되었던 불교적 신앙과 고승의 이야기, 사찰, 불상, 석탑 등 불교에 관한 내용이나 효행에 관한 이야기, 민간 설화나 향가, 찬시들도 수록되어 있어 "위대한 기록유산인 민족의 보물"(군위군 발행《삼국유사이야기》중에서)로 일컬어지고 있다.

사찰 앞 위천(渭川 또는 白川)에는 수많은 백학들이 서식하였다는 운치 있는 학소대가 있으며 모래사장이 있다고 하나 춥고 시간도 없어 가보지 못했고, 경주의 석굴암보다 앞서 축조되어 토함산 석굴암 조성의 모태가 되었다는 군위군 부계면의 국보 109호 '삼존석굴'을 보지 못한 것이 못내 아쉬웠다.

이번 답사여행에는 주말임에도 군위군청에서 군수를 비롯, 관광과장과 주무관이 현장에 출동하여 인사를 하고 안내 자료와 특산품인 아삭이 오이를 한 봉지씩 나누어 주면서, 부도탑지와 묘소, 관아를 재현해 놓은 '사라온이야기마을'까지 답사반원들을 안내하였다. 특별한 것이 없는 군위군으로서는 '관광 군위만이 먹고살 길'이란 각오로 혼신의 노력을 기울이고 있는 것이 인상적이었다.

15.
청도 운문사···
그들은 왜 속세를 떠났을까?
(블로그, 2019. 11. 1.)

운문사 입구 현판

경상북도 청도 호거산(虎踞山)에는 운문사(雲門寺)라는 절이 있는데,
여승들만이 있는 비구니(比丘尼) 사찰이며 많은 학인(學人) 스님들이 수

행 생활을 하는 승가대학(僧伽大學)도 운영하고 있다. 대부분의 사찰이 산자락에 위치, 여러 가람들이 지세에 따라 배치되어 있으나 운문사는 평지에 가지런히 위치하고 있으며, 특히 일주문이 없는 점이 여느 사찰과 다르다.

그런데 산 이름처럼 지세가 호랑이가 웅크리고 있는 지형인지는 언덕이 없어 확인할 수 없었다. 운문사는 조계종 제9교구 본사인 대구 동화사의 말사로, 신라 진흥왕 18년(557년)에 '대작갑사(大鵲岬寺)'로 창건되었으며, 1950년대 말에 여자 스님들을 위한 가람으로 바뀌었다고 한다.

같은 정부부처에서 은퇴한 공직OB모임에서 단체로 아침 7시 30분에 서울을 출발, 12시에 절 인근 식당에 도착하여 우선 한방백숙으로 점심식사를 하였다. 이른 시간에 모이느라 아침을 먹지 못하였고 차내에서 백설기로 때워 모두들 시장하던 차에 4인당 한 냄비씩 나오는 백숙을 바닥까지 비웠다. 일행 40명 모두 은퇴한 사람들로 아마 평균 연령이 70대 후반이라 대부분 '소식'해야 함에도 다 비웠다는 것은 그만큼 시장했다는 의미이다.

문화유산해설사의 안내에 따라 정부에서 지정한 보물(8개), 천연기념물(1개) 등 문화재가 있는 곳을 중심으로 1시간 30여 분을 관람하였다. 돌아갈 길이 멀어 차분히 구경하지 못하고 부리나케 귀경길에 올랐다. 새로 조성하였다는 '솔바람길'은 차창 밖으로 쳐다만 보았고, 10월에 만개하는 '꽃무릇'도 만나지 못한 채 관광버스에 올라야 했다.

천연기념물 처진소나무

    점심식사를 하면서 해설사에게 스님들이 기거하는 요사채 안의 은행나무를 관람할 수 있도록 협의해 줄 것을 부탁하였으나 성사되지 않아 불이문(不二門) 입구에서 사진을 찍는 것으로 만족해야 했다. 은행나무가 단풍 드는 시기 3~4일만 공개하는데, 방문 다다음 날인 11월 1일부터 3일까지 3일간 낮 12시부터 5시까지 하루 5시간만 공개한단다. 비구니 스님들의 생활공간이므로 사전에 공지가 되지 않아 일반 공개가 불가능하다는 것이 불허 이유란다. OB모임에서는 매년 봄, 가을 2회 당일치기로 문화유적을 답사하는데, 지금까지 답사한 곳 중에서는 운문사가 가장 먼 곳이며,

9시간을 달려 1시간 30분을 휙 둘러보곤 되돌아서야 했다.

불이문과 은행나무

차를 타고 가면서 비구니 스님들이 왜 속세를 벗어나 수행길로 들어섰을까 궁금해져 나름대로 여러 가지 상상을 해 보았다. 그래서 옆모습이나 뒷모습이라도 사진을 찍을 수 있었으면 좋겠다는 생각을 했는데, 스마트폰으로 멀리서 뒷모습만을 촬영하였다. 설명을 듣거나 다른 데 신경을 쓰다 보니 옆을 지나가는 순간을 잡지 못했다. 여행기를 써 블로그에 올릴 생각이었기에 정면에서 찍지 않아도 되는데, 돌아와 확인하니 제대로 된 사진이 없다.

불교에서는 "번뇌에 얽매인 세속의 인연을 버리고 성자(聖者)의 수행 생활에 들어가는 것"을 출가(出家)라고 한다. 번뇌란 사람이 어떤 현상을 접할 때, 좋고 나쁘거나 즐겁거나 괴롭거나 또는 이렇지도 저렇지도 않은 중립적인 감정들이 일어나게 되는데 이런 감정의 실타래들이 모두 108개나 된다는 뜻이다. 사람은 이런 여러 가지 사연들로 출가를 선택한다는 것이다. 그럼 아직 사리판단을 할 수 없는 어린 '동자스님들'의 사찰 기거는 어떻게 설명될 수 있을까?

운문사 홈페이지의 '출가' 관련 내용을 읽어 보니 '출가'를 '자유를 향한 자유로운 날갯짓'으로 규정하면서, '인생살이에 기본적으로 있어야 할 자질구레한 일들에 구애받지 않고 마음껏 자유롭게 자기 길을 갈 수

극락교를 건너는 스님

있다.'고 설명한다. 또 한 분은 '출가'를 '영원한 자유의 길'이라면서 '세속에서 느끼는 만족감이나 행복감은 대부분 영원한 것이 아니다. 출가를 통해 얻고자 하는 진리에 대한 만족감이나 행복감은 세속적인 그것과는 전혀 다른 것이다. 세속적인 것을 뒤로하고 영원한 자유를 찾아 집을 떠나는 것이 출가다.'라고 말한다.

운문사에는 학인스님들이 160여 분이 계신다고 한다. 그들 중에는 고등학교를 졸업하고 대학에 입학하듯이 나이에 맞춰 출가한 스님들도 있겠지만, 학제와 무관하게 입소한 분들이 대다수가 아닐까 추측해 본다. 속세와 연을 끊는다는 것이 보통의 결심으로 되는 것이 아닌 만큼 삶에 대한

진지한 성찰과 구도(求道)에 대한 열망, 지독한 번뇌로부터의 자아도피, 생사를 넘나들던 충격적 경험, 세속의 삶에 대한 회의, 아님 별생각 없이, 뭐 그런 다양한 사연들이 출가의 원인이 아닐까 하고 상상해 본다. 출가사유에 남녀 차가 있을까? 비구니들의 출가에 특별한 뭐가 있지 않을까?

　불교 관련 칼럼을 쓰는 지인께 출가와 관련된 참고자료가 있느냐고 물어보긴 했는데, 혹 환속한 분들의 자서전 같은 것이 있다면 도움이 될 수 있을 텐데. 그런 자료나 사연을 알게 되면 나중에 글을 보완해야겠다. 가서도 밟지 못한 운문사의 수백 년 묵은 아름드리 소나무 숲을 언제 걸어볼 수 있을까?

● 절간은 미술관이다!(블로그, 2015. 2. 2.) ●

　명법스님이 지은 《미술관에 간 붓다》를 읽으면 사찰의 각종 건축물 자체는 물론, 가람의 배치, 탑과 불상 등 절간의 모든 것들이 의미를 가진 예술품이며 가람 전체가 미술관임을 알게 된다. 저자는 "그저 생활 속에서 자연스럽게 접했던 불교 예술에 대한 경험을 불교 교리는 덜어내고 대중의 눈높이에서" 기술하고 있어, 책을 읽으면서 '아! 그런 의미였구나, 갔을 때 그런 것이 있는지 살펴볼걸.' 하는 아쉬움을 느꼈다. 내 기준으로 다음번 방문 때를 위해 기억해야 할 만한 것들을 간추려 보았다.

《미술관에 간 붓다》표지

① 온몸으로 참혹하고 엄숙한 내면세계의 고뇌를 묘사한 로댕의 〈생각하는 사람〉과 달리 〈반가사유상〉은 고통이 사라진 적멸의 즐거움을 상징하고 있다.

② 출세간(出世間)의 첫 번째 산문(山門)인 성(聖)과 속(俗)의 경계문인 일주문(一柱門), 원래 사람을 잡아먹는 귀신이었던 야차(夜叉)들이었으나 붓다의 추종자가 되어 중생을 구원하는 신이 된 사천왕(四天王 : 오른손에 칼을 든 동방 지국천왕, 오른손에 용을, 왼손에 여의주를 든 남방 증장천왕, 오른손에 삼지창, 왼손에 보탑을 든 서방 광목천왕, 비파를 타고 있는 북방 다문천왕)이 지키는 하늘의 문인 천왕문(天王門), 속의 세계를 지나 청정한 붓다의 세계인 불국토에 이르는 불이문(不二門-해탈문)-수행처로 들어가는 문, 사찰에 따라 일주문과 천왕문 사이에 금강역사가 지키는 금강문이 있는 사찰도 있다. 사찰은 불보살을 위한 공간이 아니라 인간을 위한 공간이다.

③ 생과 사의 중간에 떠도는 이름 없는 영혼, 즉 아귀들에게 신들의 음료인 넥타(nectar)인 감로(甘露)를 베푸는 의식을 그린 걸개그림인 감로도는 삼등분되어 있는데, 중단은 현실 세계, 상단은 천상 세계, 하단은 아귀와 지옥을 묘사. 시대에 따라 감로도의 내용이 다른데 사람들 모습도 다르고, 조총, 자동차, 철도, 조랑말 등도 등장한다.

④ 누구든지 배를 타기만 하면 극락(서방정토)으로 데려다준다는 반야용선. 법당이 곧 반야용선이며, 못 타는 사람은 밧줄에 매달려서라도 가겠다는 의미에서 일부 사찰에는 악착보살이 걸려 있다(운문사 대웅보전, 영천 영지사 대웅전).

⑤ 아라한의 준말인 나한은 붓다의 제자로 무병장수와 부귀영화를 보장해 주고 신통력을 발휘하는데, 사찰에는 16나한, 오백나한, 1200나한 등이 독성각, 오백전 등에 모셔져 있다.

⑥ 사후 세계를 지배하는 인도 브라만교의 신 야마가 사람이 죽으면 혼백이 태산으로 돌아간다는 중국 고유의 태산부군신앙과 결합, 염라라는 이름으로 개명되었고, 불교의식과 결합하여 억울하게 누명을 쓴 사람을 구제하고 가벼운 죄를 범한 자에게 뉘우침의 기회를 주며 악한 자를 엄하게 다스리는 심

판을 하는 것으로 바뀌었다. 명부전의 주인은 원래 염라대왕이었으나 임진왜란 이후 민중들의 염원을 반영, 중생을 구제하는 지장보살로 점차 바뀌었으며, 동자들은 염라대왕이나 지장보살을 보좌하는 시동으로 곧이곧대로 인간의 죄상을 기록하는 업무를 수행하며 무표정한 얼굴상. 천진성, 순수성의 상징이다.

⑦ 불교는 오염된 마음을 청정하게 하는 것이 목표다.

⑧ 고통으로 가득 찬 세상의 소리를 듣고 부르는 곳마다 달려가 고통을 씻어 주고 상처를 어루만져 주는 이가 관세음보살-천의 눈과 천의 팔을 가짐. 예술에 대한 미적 체험은 고통으로부터의 일시적인 해방과 위로를 가져다준다는 점에서 궁극적이고 실제적인 구원인 관세음보살의 자비와 비교된다.

⑨ 음악은 삶의 고통에서 잠시나마 벗어나게 해 준다. 아침·저녁예불마다 범종, 법고, 운판, 목어 등 단조로운 소리를 내는 타악기를 쳐 뭇 생명을 구제하고자 한다. 범종은 지옥의 중생을 모든 고통에서 벗어나 휴식을 취하게 하고, 목어는 수중생물을, 운판은 날짐승과 떠도는 영혼을, 법고는 축생을 구원한다.

⑩ 오직 하나의 신을 말하는 기독교와 이슬람교와 달리 불교에서는 천불, 삼천불, 만불이 있어도 문제가 없다. 붓다는 신도 아니며 인간도 아닌 초월한 존재로 깨달음을 이루면 누구나 여래가 된다.

⑪ 아미타불 옆의 협시불로는 관세음보살과 대세지보살 때로는 지장보살을 배치. 석가모니불의 협시보살은 문수보살과 보현보살(삼존불). 현세의 붓다인 석가모니불을 가운데, 장차 붓다가 될 연등불과 석가모니불 열반 이후에 출현하여 중생을 구제할 미륵불을 좌우에 배치. 경우에 따라서는 갈라보살과 미륵보살을 배치(삼세불, 삼신불).

⑫ 중국은 전탑, 일본은 목탑, 한국은 석탑.

⑬ 불상의 자세(입상과 결가부좌), 수인(손 모양-선정인, 항마촉지인, 전법륜인, 여원인, 시무외인, 지권인, 미타정인 등), 지물(법구류, 무구류, 악기류로 대별. 약합, 석장, 명주, 정병 등을 연꽃 위에 놓거나 손으로 잡음).

봉은사 연꽃축제

　연꽃은 향(香), 결(潔), 청(淸), 정(淨)의 네 가지 덕목을 가지고 있다고 《화엄경 탐현기》에 기록되어 있다고 한다. 두산 백과사전에는 "꽃은 7~8월에 피고 홍색 또는 백색이며, 꽃줄기 끝에 1개씩 달리고 지름 15~20㎝이며 꽃줄기에 가시가 있다. 꽃잎은 달걀을 거꾸로 세운 모양이며 수술은 여러 개이다. 꽃받침은 크고 편평하며 지름 10㎝ 정도이고 열매는 견과이다. 종자가 꽃받침의 구멍에 들어 있다. 종자의 수명은 길고 2천 년 묵은 종자가 발아한 예가 있다. (중략)

　불교의 출현에 따라 연꽃은 부처님의 탄생을 알리려 꽃이 피었다고 전하며, 불교에서의 극락세계에서는 모든 신자가 연꽃 위에 신으로 태어난다고 믿었다. 인도에서는 여러 신에게 연꽃을 바치며, 신을 연꽃 위에 앉히거나 손에 쥐여 준다. 불교에서도 부처상이나 스님이 연꽃 대좌에 앉는 풍습이 생겼다.

　중국에서는 불교 전파 이전부터 연꽃이 진흙 속에서 깨끗한 꽃이 달리는 모습을 속세에 물들지 않는 군자의 꽃으로 표현하였고, 종자가 많이 달리는 현실을 다산의 징표로 하였다. 중국에 들어온 불교에서는 극락세계를 신성한 연꽃이 자라는 연못이라고 생각하여 사찰 경내에 연못을 만들기 시작하였다."고 설명되어 있다.

요즈음 전국 각 지역에서 연꽃축제가 열린다는 보도가 있어 집에서 가장 가까운 봉은사에 들렀다. 사찰 부지도 넓고 주변이 작은 동산이어서 산책도 할 수 있으며, 지하철이나 버스에서의 접근성도 좋아 초파일 연등이 아직도 수없이 달려 있는 것을 보니, 조계종 본산인 종로구 소재 조계사와는 비교를 할 수 없을 것 같다. 경내 곳곳에서 불사가 진행되어 다소 어수선하기는 하나, 외국인들도 연등 앞에서 기념사진도 찍고 산책하는 것을 보니 터를 잘 잡았다는 생각이 든다.

번뇌와 고통과 더러움이 가득한 '사바세계'가 고결하고 깨끗한 세상이 되고, 중생들은 역지사지하면서 함께 살아가는 사회가 되기를 빌어 본다.

16.
해파랑길 1코스 1구간 걷기
(블로그, 2016. 11. 7.)

　부산 오륙도 해맞이공원에서 강원도 고성 통일전망대에 이르는 770㎞의 걷기길을 문화체육관광부가 '해파랑길'이라고 이름 붙였다. 해파랑길은 동해안의 상징인 떠오르는 태양(해)과 바다 색인 파랑, '함께'라는 뜻의 '~랑'의 합성어로 '떠오르는 해와 푸른 바다를 보며 바닷소리를 벗 삼아 함께 걷는 길'이란 뜻이라는데 한자로는 해파랑로(海波浪路)로 쓰고 있다.

　1코스는 동해와 남해의 분기점인 오륙도에서 미포에 이르는 17.7㎞ 구간인데, 그중 첫 번째 구간이 오륙도에서 동생말에 이르는 4.8㎞로 부산시가 지정한 걷기길인 '갈맷길' 2구간과 겹친다.

　11월 5일 토요일 오전 7시 30분 KTX로 서울역을 출발, 부산역에 내려 역 맞은편 중화가에서 만두로 아점을 먹고 지하철, 버스를 번갈아 타고 동생말이란 곳으로 가 우선 광안대교가 보이는 지점에서 사진을 찍어 페이스북에 부산방문을 신고했다. 날씨가 쾌청하여 산보하기는 그저 그만이다.

해파랑길 전경

바위에 부딪치는 파도소리를 들으며, 바닷가에 낚싯대를 드리운 강태공들을 보며, 바다 바위에 앉아 담소하는 가족과 연인들의 다정한 모습에 눈길을 주면서, 해국과 감국, 갈대꽃과 동백의 파란 잎을 통해 계절을 느끼며, 목제 데크와 구름다리와 수많은 계단을 오르내리며, 다리를 시험해 가면서, 쉬엄쉬엄 3시간을 걸었다. (종일 25,308보)

무릎이 쉬라는 신호를 보낸다. 새로 개발한 걷기길이기도 하지만 정말 아름답고 정취가 있는 길이며, 느긋하게 가족과 함께 다시 찾아야겠다는 생각이 들 정도로 만족스런 트래킹코스인데, 무릎이 좋지 않은 분들에겐 조금 무리가 갈 수도 있는 코스이기도 하다. 임진왜란 때 두 명의 기생이 적장을 안고 바다로 뛰어들었다는 전설에 따라 이 지역을 이기대공원(二妓臺公園)으로 명명했듯이 걷기길에는 낭떠러지가 많았다.

구간 중간쯤에 젊은 남녀가 아이스케키 박스를 가져다 놓고 개당 2,000

원에 팔면서 반이 남는데 둘이 나누면 500원밖에 안 남는다고 너스레를 떤다. 간간이 바위 위에서 싸 온 음식물을 먹기도 하나 많이 볼 수 없었는데, 잘 썩지도 않는 귤껍질이 길 주변에 버려져 있어 눈살을 찌푸리게 한다. 양쪽 지점 가까이에도 요기를 할 만한 식당이 없는 것이 여느 여행지와 차이가 있다.

　버스로 자갈치시장으로 이동, 곰장어 구이로 소주를 한잔 걸친 후 국제시장골목을 누비다 '꽃분이네' 가게에서 증명사진을 찍고는 해운대 숙소로 돌아와 보드카로 잠을 청했다. 자갈치시장은 현대화된 건물들이 많이 들어서 그렇게 정감이 넘치지는 않았다.

농바위와 오륙도

● 부산 해동용궁사-한 가지 소원이 꼭 이루어지는 곳 ●
(블로그, 2016. 11. 8.)

고등학교 동창들 열두 명이 모처럼 만의 일탈(?) 거사를 모의, 부산행에 나서 첫날에는 바다와 바위가 어우러진 걷기길 해파랑길과, 부산 하면 떠오르는 자갈치시장, 국제시장을 탐방하였다. 이튿날 아침에는 해운대 해변 모퉁이 동해남부선 폐선(廢線) 인근에 위치한, 방송에 소개된 맛집 '할매원조복국'에서 17,000원짜리 복지리로 아침을 해결한 후, 기장 소재 해동용궁사로 향했다.

해동용궁사 입구에서 내려 10여 분 남짓 걸으니 음식점들이 나타나고 사찰 입구까지 좌판이 빼곡히 들어서 있다. 먹고살려고 아등바등하는데 몰아내기도 어렵겠지만 방티(바구니를 뜻하는 방언)를 늘어놓고 어쭙잖은 것(?)들을 팔고 있어 별로 유쾌한 기분은 아니다.

십이지신상 석상을 지나니 "바다도 좋다하고 청산도 좋다 거늘 바다와 청산이 한 곳에 뫼단말가. 하물며 청풍명월 있으니 여기 곳 선경인가 하노라."라고 감탄하였던 춘원 이광수의 글귀를 적은 돌이 나타나고, 108계단을 내려가니 나지막한 산자락에 대웅전, 해수관음상, 그리고 황금불상, 황금거북, 황금돼지 두 마리가 흐린 날씨에도 눈에 확 들어온다.

해동용궁사 전경

파도가 부딪치는 바위에 용암(龍巖)이란 표석이 세워져 있어 살펴보니 파도 위에 드러난 바위 모습이 상상 속의 용과 비슷하단 생각이 든다. "철썩 철썩 철썩 쏴" 하는 파도소리가 들리는 다리를 지나 대웅전에 들러 불교신자는 아니지만 법당으로 들어가 어쭙잖은 폼으로 삼배를 하면서 소원을 빌었다.

이어 언덕의 해수관음상으로 올라가 주위를 살피니 바위 위에 돌탑을 쌓거나, 크지 않은 탑이나 불상을 세워 놓은 곳곳에 사람들이 서성거린다. 기념사진을 찍고 일출대와 방생하는 곳에서 다시 본전 쪽을 바라보니 부지가 넓지는 않지만 위치 하나는 끝내준다.

다음 행선지인 태종대로 가기 위해 부산역 쪽으로 와 50년 되었다는 돼지국밥집에서 이른 점심을 해결하고 60대에 세상을 떠난 두 분 문상을 위해 혼자서 서울행 기차에 몸을 실었다.

17.
무주의 덕유산과 구천동, 그리고 태권도원 탐방
(블로그, 2021. 11. 19.)

눈꽃에 반하다, 덕유산에서

새벽에 서울을 출발, 10시 30분 무주군 설천면 덕유산리조트에 도착했다. 가는 길에 산 위에 눈이 보여 마음이 설렜다. 관광 곤돌라 탑승장에서 위를 쳐다보니 눈이 있어 같이 간 옛 동료에게 증명사진을 부탁했다. 그러곤 곤돌라에 올라 정상을 향해 올려다볼 수 있는 쪽에 자리를 잡았다. 함께 간 일행이 휴대폰에 해발을 알려 주는 어플을 깔아 놓아 지금 해발 몇 m이고 기온은 몇 도라고 알려 준다.

해발 1,200m쯤 올라가니 곤돌라 아래에 눈꽃이 보이기 시작한다. 흡사 서리가 얼어붙은 상고대와 같다. 연신 사진을 찍고는 확인해 보니 곤돌라 유리창이 뿌예서 제대로 나오지 않는다. 그래도 열심히 사진을 찍었다. 모처럼 눈꽃 같은 눈을 보고 있음에 모두들 탄성을 지른다. 정말 멋지다. 일행 중 한 명은 나중에 동영상으로 편집해 보내 주었으나 육안으로 본 감

덕유산 눈꽃

홍에는 건줄 수가 없었다.

곤돌라를 내려서 바깥으로 나오니 설국이다. 설천봉(雪川峰)으로 해발 1,520m다. 사람들이 그리 많지 않아 발자국이 없는 곳도 있다. 일행에게 눈꽃이 핀 나무를 배경으로 사진을 찍어 줄 것을 부탁했다. 그러고는 혼자서 열심히 주변의 눈꽃을 찍었다. 해가 나지 않아 청명하진 않지만 사진은 잘 나온다. 상제루라는 팔각정 기념품 가게로 올라가 둘러본 후 무주 머루주 2병을 샀다. 점심 때 일행들과 나눠 먹기 위해서. 그런데 난 장갑을 배낭에 넣어둔 채 올라와 장갑 낀 일행에게 들어 달라고 부탁했다. 팔각정 처마며, 가게 문에도 전부 눈이 몰아쳐 눈이 매달려 있다.

날씨가 흐리고 등산화도 아니어서 정상인 향적봉(1,614m)에 올라갈 수 없을 것 같다고 하니, 다녀온 분이 사람들이 다녀 다져졌기 때문에 내 신발로도 가능할 것이라고 조언한다. 그래도 눈발이 날리고 있고 잔뜩 구름이 끼어 포기하고 주변을 서성이며 몇 장 더 찍었다. 반바지 차림의 유튜버가 음악을 틀어 놓고 몸을 흔들면서 그 장면을 생중계하고 있다. 안 추우냐고 물으니 안 춥단다. 구경하던 아줌씨도 옆에서 몸을 흔든다. 기행을 해야 구독자가 늘어나니 설산에서 반바지 차림에 춤을 추고 있는 것이다.

하행선 쪽 곤돌라 탑승장에서 좀 기다리니 일행이 와 함께 타고 내려왔다. 내려오니 함박 눈발이 날린다. 우산과 장갑을 배낭에 넣어둔 채 맨몸으로 기막힌 타이밍에 설산을 다녀온 것이다. 기온도 영하 3도 정도였다고 하니 그리 추운 것은 아니었고 바람도 세지 않았다. 정상에서의 눈꽃을 본 것은 다시없는 추억이 될 것 같다. 눈이 많아도 눈꽃이 아니고, 해가 비추면 금방 녹아내려 눈꽃을 볼 수 없었을 텐데, 날씨가 설경산행을 도왔다.

———— 무주구천동 맛보기

점심 때 식당의 양해를 얻고 설천봉에서 산 머루주를 한 잔씩 맛보고 무주구천동 탐방에 나섰다. 단풍나무를 제외하곤 대부분의 나무가 낙엽이 져 앙상하다. 일행 중 일부는 백련사까지 갔다 온다고 했으나 나는 적당한 지점에서 돌아 내려오면서 주변을 살폈다. 1970년대 중반 공직 동기들과 단풍철인 10월에 다녀간 것 같은데, 기억이 별로 없다. 계곡이 깊어서인지 개울물도 제법 흐른다. 낙엽이 쌓여 물길을 막아 한쪽으로만 흐르는 곳도 있다. 그야말로 유유자적한 흐름이다.

무주구천동의 단풍

─────── 태권도의 성지

마지막 일정인 태권도원으로 향했다. 무주에서는 1997년 동계유니버시아드가 개최되었다. 눈 종목 경기가 개최되었고 따라서 스키 코스와 활강 코스도 이미 갖추어져 있어 동계올림픽 한국유치를 신청할 때 마지막까지 평창과 경합을 벌였다. 평창의 경우 활강 코스를 새로 건설하고 복구해야 하므로 환경파괴, 복구비용이 문제라고 무주는 주장했고, 평창은 무주의 기존 활강 코스는 국제규격에 맞지 않다고 맞섰다. 어쨌든 평창으로 결정되면서 '태권도원'을 무주에 건설하기로 결정하여 오늘날 무주에 태권도원이 자리하게 된 것이다.

태권도원은 70만 평으로 아직도 건설 중이며, 미완성이다. 현재는 300여 명이 근무하고 있으며, 태권도 관련 회의나 훈련이 연중 개최되고 있다. 또 일부 시설은 일반인들의 숙박시설로 바뀔 가능성도 있다. 동계유니버시아드

대회 개최 후 무주의 경기시설 역시 애물단지로 남아 있었으나 소득수준 향상, 겨울스포츠 인구 저변확대, 교통발달 등으로 다시 활용할 수 있게 되었다. 현재 평창의 시설들 중 일부는 '애물단지'로 전락하여 처치곤란한 상황이 되었는데, '태권도원 유치가 오히려 더 잘된 일이 아닐까.'라는 생각도 든다. 얼마나 지역경제나 사회발전에 기여하는지에 대한 구체적인 통계는 없지만.

그곳에는 세계 유일의 태권도 국제경기장이 있으며, 한옥으로 된 영빈관도 있다. 전 세계 수많은 태권도 관계자들이 훈련이나 회의를 위해 찾고 있어 숙박시설은 물론 훈련, 세미나, 집회시설과 산책 코스 등이 개발되어 있다. 경내가 너무 넓어 시설이나 설비가 계획대로 완공되려면 몇 년은 더 걸려야 할 것 같으며, 10여 년은 더 지나야 수목이나 정원들이 제 모습을 갖출 수 있을 것 같다. 알찬 프로그램으로 문자 그대로 태권도 종주국의 태권도 성지가 되기를 기대한다.

태권도원 전망대

18.
국토 지형을 바꿔 놓은
새만금(새萬金)

(블로그, 2015. 11. 8.)

새만금방조제

새만금(새萬金)이란 명칭은 김제·만경평야(金堤·萬頃平野)를 '금만평야(金萬平野)'로 일컬어 왔던 것에서 '금만'이라는 말을 '만금'으로 바꾸고 새롭다는 뜻의 '새'를 덧붙여 만든 신조어로, 1987년 11월 2일 서해안간척사업 관계장관회의에서 처음으로 사용되었다.

세계에서 가장 긴 33.9㎞의 새만금방조제는 1991년 11월 16일 착공한 후 19년의 공사기간을 거쳐 2010년 4월 27일 준공하였다. 네덜란드의 주다치 방조제(32.5㎞)보다 1.4㎞ 더 긴 방조제 건설로 인하여 전라북도 군산시·김제시·부안군 공유수면의 409㎢(토지 291㎢, 담수호 118㎢)가 육지로 바뀌었는데 이는 서울시 면적의 3분의 2(여의도 면적의 140배)에 이르는 넓이로 간척지 조성으로 인하여 한국 국토 면적은 0.4% 늘었다.(2014년 10만 284㎢)

이 지역이 육지가 될 것임을 증산교의 창시자인 강증산(姜甑山, 1871~1909)이 예언하였는데, '군창만리'(群倉萬里, 군산 앞쪽으로 창고가 만 리나 늘어선다)가 바로 그것으로 새만금 간척으로 인해 그의 예언대로 군산과 부안 그리고 김제가 하나의 권역이 되어 엄청난 창고가 들어선 셈이 되었다.

강증산의 예언 이전《정감록(鄭鑑錄)》에도 수도가 송악에서 한양, 계룡산, 가야산으로 옮겨지고, 다음으로 서해의 고군산군도가 1000년 도읍지가 된다는 예언이 있었다. 이미 행정수도가 세종시로 이전하였고 새만금 방조제로 고군산군도가 '육지인 뭍'과 연결되어《정감록》예언이 현실로 다가온다는 기대도 있는데, 장차 이 지역 일대가 "아시아의 허브, 미래의 중심"이라는 홍보 문구처럼 큰 발전이 있었으면 좋겠다.

새만금 지역은 농업용지뿐 아니라 산업용지, 관광레저용지, 배후도시용지, 국제협력용지 등으로 구분되어 이용계획이 수립되어 있는데, 새만금방조제 축조 이전에 간척사업이 이루어진 지역에서는 농사가 가능하나 새로 농토가 된 지역은 소금기를 빼기 위해서는 상당 기간이 지나야 해 지금은 잡초만 자라고 있다. 산업용지에는 일부 기업이 입주하거나 공사가 진행되고 있었다. 새만금홍보관에서 새만금 내력과 비전을 설명한 전병국 새만금개발청 차장은 "글로벌 비즈니스의 허브를 만들기 위해 서두르지 않고 단계적으로 추진할 것"이라고 밝혔다.

긴 방조제를 건너는 도중에 갑문을 보거나 고군산군도와 연결된 전망대나 휴게소가 있어 잠시 쉬어 갈 수도 있으나, 방파제 위를 망망대해처럼 달릴 뿐 갯벌이나 갑문까지 접근도 불가능하여 '정말 대역사구나!'라는 느낌은 오나, '미래의 새만금'을 조망하고 체감하기에는 아직 갈 길이 멀다는 것을 절감하였다.

우선 고군산군도에라도 위락·휴게시설이 들어서야만 낮지만 산도 오르고 바다로 나아가거나 숙박을 하면서 '새'만금을 즐길 수 있을 것이다. 날씨는 맑았지만 황사 때문인지 시계가 좋지 않아 멀리는 조망할 수 없었다. (별것도 없겠지만)

이번 새만금 팸투어(Familiarization Tour, 시찰여행)는 사단법인 문공회 특별회원이신 새만금위원회 이연택 공동위원장께서 주선해 주셨으며 '부안이화자백합죽' 식당에서의 '백합'요리 5종 세트(백합구이, 백합탕, 백합전, 백합찜, 백합죽)는 회원들에게 또 하나의 잊지 못할 추억을 선사하였다.

● 조개의 여왕, 백합(clam) 세트 메뉴를 맛보다! ●
(블로그, 2015. 11. 6.)

조개류(shellfish)에는 가리비, 홍합, 꼬막, 바지락, 재첩 등 여러 가지가 있으며, 그중 전복(abalone)을 조개의 황제, 백합(clam)을 조개의 여왕이라고 한다. 백합 중에는 전라북도 부안 변산반도에서 나는 것을 최고로 치는데, 바로 '그 백합'으로 만든 요리 종합 세트메뉴를 11월 3일 부안군 향토음식 1호점인 '부안이화자백합죽'이란 식당에서 맛보았다.

백합

① 은박지에 싸서 구운 백합구이, ② 흑미 가루 등을 넣어 메밀 색깔과 유사한 백합파전, ③ 뽀얀 국물을 내뱉고 속살을 드러낸 백합탕, ④ 버섯, 콩나물과 함께 빨간 양념 속을 나뒹구는 백합찜, 그리고 ⑤ 산삼 배양근과 뽕잎가루가 첨가되었다는 백합죽이 바로 세트 메뉴다.

안타까웠던 것은 일행 중 옆 사람은 백합이 은박지 속에서 생사 갈림길에 뱉어 놓은 천연 그대로의 뽀얀 생명수까지 맛보았는데, 난 불행히도 3개를 먹었는데 국물이 모두 은박지를 빠져나가 버려 맛볼 수 없었다는 점이다. 백합파전은 좀 두껍고 곡물을 넣은 탓에 백합 맛이 나지 않았으며, 찜 속에는 담는 과정에 백합이 4마리가 안 담길 수도 있으니 재빨리 골라야 정량을 먹을 수 있다.

4인 한 상에 91,000원이라니 군 단위 밥값으로는 비쌀지 모르지만 특별시민인 우리들(?)에게는 그렇게 쌀 수 없다는 생각이 들었다. 지상파 3사의 여러 프로그램에서 소개되었다고 선전하고 있는데 꼭 들러서 맛보길 권한다.

19.
광주 남구 양림동
역사문화마을 탐방

(블로그, 2020. 10. 29.)

광주에 갈 때면 연락하여 편하게 함께하는 선배가 두어 시간 빈 시간에 민속마을 같은 곳을 안내하겠다고 하여 간 곳이 남구 양림동이다. '백문이 불여일견'이라며 긴 설명 없이 그리로 안내한다. 관광버스가 주차한 것을 보니 광주를 방문하는 사람들이 투어를 하는 곳이다.

커뮤니티센터를 지나 좀 걸으니 펭귄마을이 나타난다. 골목 담벼락에 이것저것 붙이거나 그려 놓았고, 창작소, 공방, 수공예품 체험매장 등이 골목길에 산재하고 있다. 안내팸플릿이라도 얻으려 '촌장' 사무실에 들르니 촌장은 단체 관광객을 맞으러 가고 안 계신다. 골목을 지나다 막걸리집이 있어 대폿잔을 든 이에게 이곳에서 무엇을 보면 되느냐고 물으니, 광주양림교회를 보고 수피아여고, 양림산 주변으로 가 보란다.

도중에 백열전구를 줄에 매달아 놓은 집들은 카페이며, 야간영업을 위해서인지 새로 전구를 매다는 곳도 있었다. 날씨는 좋았지만 다니는 사람은 많지 않았다. 젊은이들 취향은 모르겠으나 우리 같은 노틀이 관심 가질 만한 품목들은 없으며, 편안한 기분으로 쉴 곳도 보이질 않았다.

1904년에 건립되었다는 광주양림교회(통합)를 찾으니 종루에 달려 있던 종을 2004년 선교 100주년 당시에 내려 지상에 보관하고 있었다. 5·18 당시 교인 중에도 희생자가 있었다고 한다. 옆에는 목사 오웬의 숙소였던 기념관이 자리하고 있다. 인근에 양림교회가 몇 더 있는데 종파가 통합, 합동, 기장 등 각기 다르다.

광주양림교회 전경

수피아여고로 가 구경 좀 하자고 했더니, 코로나19 때문에 방문목적이

합당해야 입장이 가능한데, 관광은 안 된다고 하여 안내실에서 몇 마디 나누고 먼발치에서 건물만 보고는 양림산 호랑가시나무 쪽으로 향하였다. 설명문을 읽으니 선교사가 들어온 지는 100년 조금 넘었는데, 수령이 400년이고 동종 나무 중 큰 편이라고 하니 식재할 때 상당히 오래된 나무를 심은 모양이다. 할머니, 할아버지가 나무 밑에 앉아 계신다. 사진을 찍으려니 일어서시려 해 그냥 계셔도 된다고 하고는 뒤편으로 가니 갤러리, 숙소가 나타나며, 뒷산에도 호랑가시나무가 몇 그루 더 심어져 있다.

양림동 안내지도를 보니 건축투어, 선교투어, 야간투어, 예술투어의 4가지 프로그램이 있는데, 1~2시간이 소요되는 것으로 기록되어 있다. 양림동 지역에 선교와 관련된 교회, 사택, 기념관, 학교 강당이나 홀 등이 다수 포함되어 있는데, 광주 기독교 전파의 본거지였던 모양이다.

중국 군가를 다수 작곡한 정율성의 생가와 동상, 거리, 각종 가옥이나 기념관, 호랑가시나무, 김현승 시비, 역사 속 인물거리, 통기타거리, 3·1만세운동길 등이 나타나나 다음 약속 때문에 보지는 못했다. 벽돌, 특히 붉은 벽돌 건물이 많아 옛 정취를 느낄 수 있었다.

20.
광주 무등산 기행…
무등(無等)의 다섯 가지 아름다움을
보고 느끼다

(블로그, 2019. 12. 1.)

2019년 11월 26일 공직 후배가 입직 4반세기 만에 승진, 광주로 보임되어 승진축하연을 열어 주고자 광주로 내려갔다. 그곳엔 또 나를 "공직선배 중 '공부' 열정만큼은 본받고 싶다."는 후배가 2년 반 전부터 진을 치고 있기도 하여 겸사겸사 일찌감치 약속 날짜를 잡아 두었다.

빛고을 광주에는 비엔날레를 관람하러 세 번 다녀왔는데, 그때마다 언젠가 광주의 진산(鎭山) 무등산(無等山)을 올라 봐야지 했었다. 백수인 내가 그리 바쁜 일이 있을 리도 없어 이번 기회에 등반하기로 하였다. 그곳이 고향이고 근무도 하였던 옛 동료에게 오르는 방법을 물었더니, 편도 3시간 정도 소요되며, 버스 회차지에서 증심사(證心寺)까지 택시를 이용하면 30분 정도는 단축할 수 있다며 사찰관계자 전화번호까지 알려 주었다.

증심사의 산당화

　KTX에서 점심을 해결할 요량으로 서울역에서 커피와 햄버거를 사 광
주행 열차에 몸을 실었다. 광주 송정역에 내려 지하철을 타고, 학동증심
사입구역에서 증심사행 버스를 탔다. 무등산국립공원이란 표석이 세워진
증심사 입구로 들어서 조금 올라가니 '무등산노무현길'이란 표석이 세워
져 있다. 2007년 대통령 재임 시절 무등산 장불재까지 3.5㎞를 등반하여
그렇게 명명하였단다.

　이어서 세계지질공원방문자센터와 국립공원방문자센터가 함께 들어
있는 건물과 문빈정사를 지나니 증심천을 건너는 증심교가 나타난다. 약

간 오르막인 길을 조금 지나니 남종화의 마지막 대가인 의재 허백련(毅齋 許百鍊) 선생이 가꾸어 온 화실과 방문객들을 위한 시설들이 의재로(毅齋 路) 오른편에, 왼쪽엔 의재미술관이 자리하고 있다.

약사사와 갈림길을 지나자 중심사의 일주문이 세워져 있고 오른쪽 옆으론 차량 통행을 위한 포장도로가 나 있다. 도로 옆 개울가 양쪽엔 '붉은 단풍은 이렇게 지는 거야!'를 뽐내기라도 하듯 단풍의 울긋불긋함이 지나는 사람들의 마음을 사로잡고 있다. 단풍 감상에 여념이 없는, 의재 시설물 보수를 감독하러 온 젊은 남녀 공무원들에게 사진을 부탁한 후 중심사로 향했다.

입구의 사천왕문은 계단을 올라야 해서 도로를 따라 주차장을 지나니 가파른 언덕에 사찰 건물들이 옹기종기 모여 있다. 오백나한상을 모신 오백전을 제외하곤 한국전쟁 당시 소실되었던 것을 복원한 건물이라 한다. 경사지를 천천히 오르면서 사찰 홈페이지에 적힌 문화재들이 어디에 있는지를 둘러보았다. 방문객이 없는 절간에서 혼자서 사진을 찍고, 문을 열어 안을 살피면서 신자는 아니지만 합장의 예를 표했다.

보물로 지정된 철조비로자나불좌상이 안치된 비로전 문을 열고 관람하고 나니, 노부부가 두런두런 하면서 비로전과 오백전 앞마당에 세워진 석탑을 보고 있다. 산신각은 원두막처럼 바위 옆에 덩그러니 세워져 있다. 오백전 옆 석탑들을 보기 위해 계단을 오르니 옆 화단에 잎사귀가 떨어진 앙상한 나무에 붉은 꽃이 한두 개 매달려 있다. 매화처럼 생겼다!

내려오면서 수행도량 적묵당(寂默堂) 앞에 서니 보살 한 분이 '아 예쁘다!'를 연발하며 스마트폰으로 열심히 사진을 찍고 있다. 오백전 옆에서 봤던 그 꽃이었는데, 훨씬 탐스럽고 꽃송이도 많다. 햇빛이 비치는 화단이고 담벼락 앞이어서 찬바람을 막아 주기는 하겠지만, 그래도 겨울 문턱에 꽃이 한창이라니! 정말 아름답다! 나도 두어 컷을 찍고는 물러났는데, 그녀는 동영상으로 찍는지 계속 얼찐거린다. 올라올 때 중심사 입구의 동백도 꽃을 피웠던데, 기후 온난화 때문일까? 아니면 담벼락을 세우거나 낙엽이 쌓이고 화단을 덮는 등 계절을 잘못 느끼도록 한 인간의 어떤 잘못 때문일까? 종무소 앞 언덕을 내려오니 은행나무 밑에 노란 은행잎이 소복하다.

페이스북에 그 꽃을 올렸더니 페친이 '무슨 꽃이 그리 아름답냐?'라고 물어 '매화'라고 답하고 보니 나무줄기가 매화가 아니었다. 수일 지난 뒤 '모야모'란 앱에 사진을 올리면서 물었더니 수 분 이내에 '산당화(명자나무)'란 응답을 세 분께서 주셨다. 지난여름 바이칼호수, 몽골 여행 때도 이 앱을 써먹었는데, 참 편리하다!

떨어지는 낙엽을 대신해 계절을 잊고 핀 동백과 산당화 덕분에 자연의 아름다움과 생명의 윤회란 섭리를 한 곳에서 목격하는 경이로움을 맛보았다!

계급은 없고(無等) 정(情)은 지속되기를 갈망하며

이번에 광주와 무등산을 다니러 간 것은 바로 정 때문이다. 내가 공직을 시작한 것은 1974년. 34년을 근무하였는데, 이번에 만난 두 후배는 1990년대 초에 입문하였다. 요즈음 국장급 이상은 취업심사를 받아야 해

퇴직 후 바로 관련 기관이나 단체로 가기가 여의치 않아 오래 근무하려 하는 분위기나, 웬만큼 일찍 입문하지 않고는 연금을 불입하지 않아도 되는 만 33년 이상을 근무하기가 쉽지 않다. 정부조직도 확대 일변도였던 개발연대와 달라 자리가 늘어나는 것도 아니고, 또 공직에도 경쟁원리가 도입되어 어공(?)들이 낙하하여 승진이 예전보다 훨씬 어렵다.

그런 후배가 26년 만에 승진하였는데, 저녁 한 끼 사는 것이 선배로서 할 수 있는 '최소한'의 성의란 생각이다. 공직을 얽매는 김영란법 때문에 이해관계가 있다면 그들을 위해서도 접촉을 안 하겠지만, 완전 자유인이고 또 그들과 관계없는 일을 할 생각이므로 내려가서라도 함께하고 싶었다.

'명자나무(산당화)'의 아름다움에 취한 채로 증심사를 내려와, 약속시간까지 국립아시아문화전당(ACC)에서 보내기로 하였다. 내려오기 전 광주지인 미술가에게 꼭 봐야 할 전시회를 물어보았더니, 추천할 만한 특별전시회가 떠오르지 않는다 하여 ACC를 들렀다. 개관 4주년을 맞이하여 네덜란드 델프트시(市)로부터 수증한 43개국의 생활용품과 예술품 중 인도네시아 것들을 전시하는 〈많은 섬들의 나라 누산타라〉(라이브러리파크, 기획3관), 독일문화원과 협력하여 ACC문화창조원 복합2관 1, 2층에서 진행되고 있는 영상, 이미지 위주의 작품 〈동아시아와 동남아시아의 이주서사(Migration Narratives in East and Southeast Asia)〉, 최근 20여 년 동안 현대조각의 다양한 실천들 가운데 수공예적 기법이나 공예적 재료를 사용하는 조각작가들 14명의 작품을 전시하는 〈공작인(工作人) : 현대조각과 공예사이(Homo Faber : Craft in Contemporary Sculpture)〉(문화창조원 복합3, 4관), 민주화운동 1세대인 홍남순 변호사의 정신과 민주인권평화의 가치를 알리는 민주인사 백자도판 등 도자회화 40여 점을 전시하는 〈5·18의 영혼-도자회화를 만나다〉(문화창조원 복합6관)를 관람하였다.

〈공작인〉 전시장 입구의 작품은 어디서 본 작품과 비슷하다는 느낌이 들었는데, 서도호 작가의 작품으로 2014년 국립현대미술관 서울관 개관 기념전으로 열렸던 〈집 속의 집 속의 집〉이란 작품과 결을 같이한다. 매슈 로네이의 〈안과 밖, 안과 밖, 다시〉(2013), 팔로마 파르가 바이스의 〈바구니 남자〉, 〈바구니 여자〉(2008) 등도 인상적이었다.

관람을 마친 후 예약한 식당으로 가 한 명이 조인하기 전 둘이서 이런저런 저간의 얘기들을 나누며 '말아서' 두서너 잔을 비우니 셋이 되었다. 둘의 근무지 빛고을 얘기를 하면서, 앞으로의 공직 생활에서 이번 근무가 어떻게 평가받을지를 이야기하며 두어 시간을 보냈다.

나는 그들과 등급이 없어졌으면 하는 무등(無等)의 바람으로 그들을 대하였는데, 아직 그들은 현역으로서 나를 '선배' 대접한다. 언젠가 그들도 다른 후배들의 선배가 되겠지만, 우리들 사이엔 '정(情)'이 끊이지 않으리란 믿음과 기쁨으로 잠자리에 들었다.

광주의 아름다운 밤이 그들에겐 개인적 성취와 사회적 기여를 위한 다짐의 시간이 되고, 우리들 모두에겐 멋진 추억이 되기를 소망한다.

해발 850m에서의 물소리, 광주천 발원지였다!

중심사 홈페이지를 읽으니 시내버스주차장에서 매일 아침 8시, 8시 30

분, 9시에 중심사로 가는 차편이 있단다. 그 편을 이용하면 택시를 타고 종무소 직원 이름을 대고 차량통행 차단막을 지나 중심사 입구까지 가지 않아도 되겠다 싶었다. 호텔 조찬장에서 아침 식사를 마치고 시내버스로 중심사 입구로 향했다. 버스에서 내려 통행차단막을 지나 조금 걸어 대기하고 있는 중심사행 승합차에 올랐다. 8시 27분! 보살들만 탄 승합차 안에서 누군가 중심사에 활짝 핀 꽃 얘기를 하길래, 어제 본 적묵당 앞 화단에 활짝 피었더라고 전했다. 5분여를 달려 차에서 내린 후 혼자서 등산로 입구로 갔다. 8시 40분.

탐방로 지도를 보면서 어떤 길을 택할까 궁리하다가 오를 때 내려올 때 각각 다른 길을 이용하기로 하고 봉황대 쪽을 택하였다. 좀 이른 시간이기도 하지만 오가는 사람이 없다. 갑자기 멧돼지라도 나타나면 어쩌지 하는 생각이 들었다. 20여 분을 지나 봉황대에 이를 때쯤 한 사람이 내가 가야 할 길 반대편(토끼등) 쪽으로 지나간다. 돌을 주워 돌무더기에 얹고 나서 중머리재를 향해 나아갔다. 빠른 걸음은 아니지만 천재단삼거리를 지나 쉬지 않고 쉬엄쉬엄 가다가 중간 지점의 백운암 터에서 땀도 닦고 셀카봉으로 촬영 연습도 할 겸 10여 분을 쉬었다.

한 시간 반 정도 지나니 평평한 중머리재가 나타났다. 해발 617m. 쉼터 인근에는 10여 명의 등반객이 쉬고 있다. 탐방로 지도를 보고 다시 어떤 길로 갈까 하는데 왼쪽 중봉 쪽에서 바람이 불어와 그쪽은 추울 것 같아 내려올 때 그 길로 오기로 하고 장불재 길로 들어섰다. 산비탈에 바윗돌이 널브러져 있는 '너덜'을 지나니 용추삼거리가 나왔다. 이제 600m만 더 가면 해발 919m의 장불재다.

그런데 어디서 개울물 흐르는 소리가 난다. 지나가는 이 없는 호젓한 곳에서 들리는 물소리, 무섭다는 생각보단 자연과 화음을 맞춘 듯 신비롭기까지 하다. 경사가 급해서인지 바위 틈새를 흐르면서도 소리를 낸다! 너덜 사이의 나무에도 봄을 기대하며 몽우리가 맺혀 있던데, 아직 얼지도 않았을 물이 꼭 봄 해동 물소리처럼 속삭이듯 들려온다.

광주천 발원지

오른쪽 바위 틈새를 살피니 바가지가 놓여 있고 그 옆에는 '광주천 발원지'란 안내판이 있다. 장불재에서 모인 물이 이곳에서 샘솟는다고! 웅덩이 물로 바가지를 가신 후 한 모금을 마시고는 다시 길로 들어서니 얼마 안 가 또 바가지가 놓여 있다. 그곳 물도 한 모금 더 마신 후 장불재를 향했다. 대략 해발 850m 정도는 될 것이다! 물소리가 들릴 정도로 물이 흐르고 있으니 얼마 전에 비가 내린 모양이다. 중머리재에서 장불재 쪽을 보니 구름이 걸려 있던데 비가 왔을 수도 있고 일기예보와 달리 무등산 정상부에는 내릴지도 모르는 일.

물 마신 개운함으로 원기를 뽑아내 장불재를 오르는데, 뒤에서 오던 여성 등산객이 나를 앞질러 돌계단을 오른다. 얼굴은 보지 못했지만 '그녀는 젊으니까!'라고 위안하면서 뒤를 따랐다.

──── 8700만 년 전 생성된 돌기둥이 장관을 이룬 세계지질공원!

장불재에 도착하니 장불재 표석과 무등산 주상절리대 안내판이 서 있고, 옆의 안내판에는 장불재 설명문과 함께 2007년 5월 7일 노무현 대통령이 장불재 산상연설에서 행한 연설문 글귀도 함께 적혀 있다. "멀리 보면 대의가 이익"이라고. 겨울채비를 하느라 쉼터 건물 중 한 곳에서는 지붕보수가 한창이다. 먼저 올랐던 여성이 쉼터에서 쉬고 있다. 나도 화장실에 들렀다가 그곳으로 와 빵으로 요기를 한 후 입석대로 향하였다. 겉옷을 벗고 뒤에 올라온 젊은이는 다시 옷을 걸친 후 보온병에서 따뜻한 음료를 마시고는 쏜살같이 떠난다.

마(麻)로 엮은 도로용 멍석이 깔린 도로를 지나 조금 더 걸으니 입석대 전망대가 나타난다. 셀카봉으로 겉옷을 입은 채로, 벗고 몇 장씩 찍고 풍경도 몇 장 담았다. 돌기둥들이 정말 반듯하게 세워져 있다. 신의 조화로 믿을 수밖에 없을 정도로 가지런하다! 이걸 보러 사람들이 무등산을 오르는 모양이다. 이젠 나도 무등산에 올랐다고 말할 수 있다! 입석대 표지석(해발 1017m)을 찍으려니 내려오는 등산객 내외가 표지석을 배경으로 사진을 찍으려다가 내 포즈를 보곤 비켜 준다. 얼른 찍고는 위쪽으로 향하였다. 위에서 보는 입석대 모습은 전망대에서 보는 것만 못하다. 너비 1~2m의 돌기둥 40여 기가 동서로 120m, 높이 20m 규모로 줄지어 있다.

무등산 서석대

　서석대를 향하여 좀 더 오르니 승천암이 나타난다. 산양을 잡아먹으려는 이무기가 나타나자 스님이 숨겨 주어 스님을 잡아먹으려는데, 종소리가 들려 풀어 주고 올랐다는 전설이 얽힌 바위란다. 내가 보기엔 그저 마디가 진, 비스듬히 누운 바위일 뿐인데? 그곳에서 백마능선을 굽어본 후 서석대를 향하니 나지막한 '새끼' 돌기둥 군락들이 군데군데 나타난다.

일반인들이 평시에 출입할 수 있는 무등산 최고봉이 서석대로 해발 1100m다. 바람이 불어 겨울 모자를 눌러쓰고 지나가는 관광객에게 증명사진을 부탁한 후 나도 몇 장 찍어 주었다. 무등산의 제일 높은 봉우리는 천왕봉으로 해발 1187m인데, 그곳은 군부대가 위치하고 있어 2019년 처음으로 5월 11일과 11월 2일 두 차례 개방하였다고 한다.

서석대의 돌기둥 주상절리는 1050~1100m에 분포하고 있으며, 앞쪽의 전망대로 가야만 제대로 된 돌기둥이 보인다. 서석대는 높이 30m, 너비 1~2m의 돌기둥 200여 기가 촘촘하게 늘어서 있다. 실제 높이는 입석대보다 더 높고 돌기둥 숫자도 더 많지만, 돌기둥 하나의 크기는 대체로 입석대 것이 더 큰 것 같다. 그리고 전망대 위치 때문인지 모르나 사진도 입석대가 더 그럴듯하다.

서석대에서 중봉 방향으로 내려오면서 서석대를 보니 간격을 두고 맞장 뜨듯이 마주 보고 서 있는 2개의 돌기둥, 곧 무너지거나 위태위태한 돌기둥들이 보인다. 무너지면 그것들이 돌무더기들인 너덜(너덜겅)이 되겠지!

유네스코가 지정한 '무등산권 세계지질공원'에는 주상절리인 입석대와 서석대 말고도 가 보지 못한 정상3봉과 광석대, 신선대의 주상절리, 풍화지형인 덕산과 지공너덜, 광주화강암, 시무지기폭포 등 지리·지형, 화순 공룡화석지, 퇴적층 적벽 등 20곳과 역사문화명소 42개소가 포함되어 있다. 경상북도 청송과 제주도도 유네스코 지정 지질공원이다.

내려올 땐 목교, 중봉을 거쳐 중머리재로 와, 그곳에서 오를 때 길이 아닌 당산나무 쪽 길로 들어섰다. 가파른 것은 둘째 치고 무릎이 시원찮아

엉금엉금 기다시피 하면서 막대지팡이를 만들어 짚고 돌계단을 천천히 내려왔다. 오를 때는 멧돼지 주의 안내문이 없었는데, 내려올 땐 곳곳에 붙여 놓은 것을 보니 멧돼지도 사람 냄새가 많이 나는 쪽을 덮치는 모양이다!? 당산나무는 수령이 약 500여 년 된 나무로 주변을 정비하기 전에는 이곳까지 음식점이 있었다 하며, 2007년에는 노무현 대통령이 등산객들과 인사를 나눈 곳이라는 안내문이 세워져 있다.

무등산 너덜

의재 허백련 선생 유적들⋯고색창연함과 처연함

왜 증심사 경내와 가까운 입구에 의재 허백련(毅齋 許百鍊)을 위한 의재미술관과 그와 관련된 문화유적들이 있을까? 그리고 미술관에는 어떤 작품들이 전시되고 있을까 하는 호기심도 발동했다. 의재 허백련은 1891년 전남 진도에서 장자로 태어나 어릴 때 서당에서 글공부를 하고 산방에서 그림공부를 하였다. 맏아들이라 집안에서 그림 그리는 것을 반대하자 서울로 와 중앙고등학교를 다녔다. 그러다 일본으로 유학 가 법 공부를 하다가 자퇴한 후 남종화를 배우게 된다. 귀국 후에는 조선미술전람회에 출품하여 입선하기도 하였으며, 개인전을 열기도 하였다.

중심사를 가려면 중심교를 지나 의재교를 건너 의재가 지인들과 학생들을 위해 만든 차실(茶室) 관풍대(觀風臺)를 지나야 한다. 중심천 우측에는 화실인 춘설헌, 차 시음장인 춘설다헌, 차 공장 등의 시설들이 있다. 춘설헌 자리에는 석아 최원순이 지은 석아정이 있었으며, 석아 사후 오방 최흥종 손으로 넘어가 오방정이 되었다. 광복 후 의재는 오방정을 사들여 춘설헌으로 개칭한 후 화실로 사용하였다. 또 의재는 인근 차밭도 사들여 차에 심취하기도 하였고, 일본인 다원을 인수하여 애천(愛天), 애토(愛土), 애족(愛族)을 의미하는 삼애다원을 개설하였다. 의재는 일본인 별장을 사 광주농업고등기술학교를 설립, 교장을 역임하였다. 이때부터 중심사 주변 지역이 의재의 활동무대가 된 것이다.

당초 농업고등학교 축사로 지었다가 춘설차 보급장소로 사용하였던 문향정(聞香亭)을 지나 돌계단을 150여 미터 오르면 묘소가 있다. 의재는 34살 노총각 시절 22살 부인과 결혼하였는데, 묘소에는 부인과 아들 묘소가 봉분 아래 기단 양옆에 평장으로 나란히 안치되어 있다.

11월 26일 중심사 방문 시 공사 중이던 중심천을 가로지르는 다리가 개방되어 있어 의재미술관 건너편의 춘설헌과 묘소 등 시설물들을 둘러볼 수 있었다. 문향정 옆으로 난 계단에는 단풍, 느티나무, 참나무 등 낙엽이 쌓여 있어 밟으니 사각사각 소리가 난다. 푹신푹신할 정도이지만 무릎 통증으로 조심조심 한 걸음 한 걸음 옮겼다. 언제 무등산을 다시 들를 수 있으랴 하는 생각으로 무리를 해 가면서 의재 묘소까지 올랐다.

산중이라 전망은 좋지 않았고, 응달이어서 잔디도 무성하지 않았다. 내려올 때가 더 문제인데, 정말로 천천히, 옆으로 발을 디디며 내려오니 스마트폰을 눌러대는 아줌마들 셋이서 도란도란하길래 사진을 부탁하였다. 구식 스마트폰이어서 초점이 맞을 때까지 기다려 셔터를 눌러야 하는데, 성질이 급했던지 그냥 마구 눌러대 대부분이 흔들렸다. 그래도 많이 눌러 준 덕분에 몇 장은 건졌다.

의재미술관에는 한중 작가들의 수묵교류전 〈담담여수〉전이 개최되고 있었으며, 상설전시실엔 수묵담채 산수화 병풍, 서예, 현판 등 몇 점 되지 않는 작품이 전시되고 있었다. 입구 마당에는 위재환의 〈몽상가〉란 오브제 작품이 있다. 석아정과 오방정 현판은 한 나무판 양면에 새겨져 있는데, 의재미술관에 전시되고 있다.

의재교를 지나 중심사, 약사사 갈림길에 이르는 중심천 변 약 150여 미터 오른쪽 언덕에는 쓰러져 가고 손길이 닿지 않은 건물과 퇴색된 안내판이 늦가을 단풍과 어울려 고색창연함을 더해 주고 있다. '산천은 의구(依舊)한데, 인걸은 간데없다.'는 쓸쓸함과 허전함이 저절로 스며든다. 집 내부를 들여다보아도 사람의 손을 타지 않았음이 역력하고, 관광객들도 먼

학동증심사입구역 의재 허백련 동상

발치서만 구경하는지 으스러지지 않은 온전한 낙엽이 수북이 쌓여 있다. 한 시대를 풍미했던 대가였지만, 또 유지를 전승하는 문화재단도 있지만, '돈이 드는 문화사업'을 계속하기에는 역부족임을 그곳에서 볼 수 있었다.

내려오면서 어제 보았던 단풍을 보니 '20여 일 전에 왔다면 절정이었겠구나.'란 생각이 들었다. 하지만 낙엽 밟는 소리를 들으니 늦가을 단풍도 또 다른 운치가 느껴진다. 언제 다시 증심사 계곡과 무등산을 밟겠는가! 걸어야 할 길이 1.5㎞는 되나 계단이 없고 내리막이어서 그런대로 시내버스 주차장까지 와 학동증심사입구역행 버스에 몸을 실었다. 시인 미당 서정주와 서예가 일중 김충현 선생이 발원하여 의재 작고 후 3년 뒤인 1980년에 건립한 동상이 학동증심사지하철역 출입구를 바라보고 세워져 있었다.

안녕 증심사! 아듀 무등산! 그리고 빛나라 의재 유적! 서울행 열차표를
산 후 인근 식당에서 소주로 피곤을 풀고 열차에서 잠을 청하기로 하였다.

증심사 일주문

세 권의 여행 책을 마무리하면서

코로나19의 종식여부와 상관없이 내 여행은 계속될 것이고, 다닌 곳에 대한 궁금증과 느낌을 밝히는 글쓰기도 지속될 것이다. 그러나 여행 책을 펴내는 작업은 이번으로 끝낼 생각이다. 여행 책이 대중서이긴 하지만, 대중작가가 아닌 내게 책을 펴낸다는 것은 상당한 심리적 부담이었다. 전업작가가 아니기 때문이다.

책에는 독자가 있어야 존재가치가 있다. 당연히 독자의 많고 적음이 책의 평가기준의 하나가 될 수 있다. 그럼에도 곳곳에서 출판을 지원하고 있음은 꼭 독자의 적고 많음에 구애됨이 없이, 그 책이 세상에 빛을 보도록 하는 것이 필요하고, 그런 노력을 격려하는 의미도 내포되어 있을 것이다.

저자에게는 자신의 글이 책으로 출판되면 국가 서지를 관리하는 국립중앙도서관과 국회도서관에 등록이 되고, 후세에 전해지게 되므로 큰 영예가 된다. 나의 경우 지금까지 전문서 9권, 여행서 3권, 문학동인지 3권을 펴낼 수 있었음은 더할 수 없는 기쁨이다. 특히 어느 포털에서 나를 '저술가', '저자'로 이름 붙이고 있음은 영광스럽기까지 하다.

1970년대 중반 직장생활을 시작하여, 1980년대 초부터는 정기간행물에 기고를 해 왔고, 특히 1980년대 중반부터는 전문분야 책을 펴내기 시작하여 여러 권의 책을 펴내는 기틀을 다져왔다. 2000년대에 들어와서는 블로그를 운영하면서 보고, 듣고, 읽고, 다닌 것들, 즉 내가 체험한 것들을 글로 남기는 작업을 한 것이 책을 펴내는 데 결정적인 역할을 했다.

지금도 글쓰기를 계속하고 있지만 책을 펴내는데 대하여 더 이상 미련은 없다. 그러나 좋은 글쓰기 공부는 계속할 생각이다. 그러려면 많이 읽고 쓰는 연습을 해야 하며, 게으름을 피우지 못하도록 시간에 얽매여 보려고 한다. 그래서 앞으로도 독서, 글쓰기공부 같은 외부모임과의 연은 이어 갈 생각이다.

3년 동안 함께 글쓰기공부를 해 온 문우들과의 인연을 소중하게 생각하며, 그분들이 있었기에 계속 글쓰기를 할 수 있었음에 감사한다. 문윤정 선생님께도 그동안의 지도에 사의를 표한다. 지금부턴 다른 방향에서 글쓰기 노력을 기울여 볼까 한다.